robert baillie

des filles de beauté

Quinze / prose entière

Collection dirigée par François Hébert

DU MÊME AUTEUR :
La Couvade, Les Quinze, éditeur, 1980.

Illustration de la couverture : collection de l'auteur
Maquette : Gaétan Forcillo

LES QUINZE, ÉDITEUR
(Division de Sogides Ltée)
955, rue Amherst, Montréal
H2L 3K4
tél. : (514) 523-1182

Distributeur exclusif pour le Canada :
AGENCE DE DISTRIBUTION POPULAIRE INC.
(Filiale de Sogides Ltée)
955, rue Amherst, Montréal
H2L 3K4
tél. : (514) 523-1182

Copyright 1982, Les Quinze, éditeur
Dépôt légal, 4e trimestre 1982
Bibliothèque nationale du Québec

ISBN 2-89026-311-8

*À ma femme qui est de toute intel-
ligence et de toute beauté.*

*À ma fille qui n'est pas moins
licheuse que son frère.*

*À ma mère qui est une grande
liseuse.*

PREMIÈRE PARTIE

Quand j'avais la beauté, je m'en oc-
cupais très peu. L'éloignement du
monde, l'éducation virile que j'avais
reçue, m'avaient préservée de la
vanité.

Laure Conan

Le roman de Merlin

*Je la trouve trop belle, trop char-
mante, trop heureuse, trop aimée.*
                        Laure Conan

I

Le bonheur d'être trois

Là, le bonheur nous étreint. Mais ça ne durera pas. Nous allons nous mettre à penser à la Licheuse et c'est l'angoisse qui va nous saisir, nous broyer jusqu'à ce que son histoire soit toute racontée. Mais il faut l'inventer, elle, Monkémile et les autres, ceux-là tous qui nous hantent depuis des mois, des années. Nous ne serons jamais trop nombreuses pour faire vivre tout cela qui existe déjà quelque part dans une réalité.

Qu'est-ce que c'est que cette peur de dire que la Licheuse n'est qu'une des filles de Beauté, que Beauté est notre mère et que la Licheuse n'est que notre demi-soeur puisqu'elle est issue du second lit de Beauté, celui-là qu'elle partageait avec l'usurpateur Monké-mile pendant les absences de notre père ? D'où vient cette peur de dire à l'univers que cette Licheuse de demi-soeur s'appelle Merlin en toutes lettres, que nous lui refusons ce privilège comme nous nous obstinons à lui refuser son rôle de frère et de garçon parmi nous ? Merlin n'est qu'une Licheuse, notre frère n'est qu'une des filles de Beauté, la moins vraie, la moins savante et la

11

moins démiurge. Merlin n'est rien de plus que nous. Merlin n'a rien de plus que les filles de Beauté.

Merlin la Licheuse ! Merlin la Licheuse ! Merlin la Licheuse !

Nous sommes toutes belles parce que nous ressemblons à notre mère. Beauté portait son nom. Elle était belle comme sa soeur Blanche était pâle et comme Petite n'était pas grande. Chez nous, il n'y avait pas de mauvaises surprises du sort qui font les grandes histoires comiques de certaines familles où les noms dénoncent ceux qui les portent plutôt que de coller à eux comme une peau. Nous, nos noms nous ressemblent.

Des filles de Beauté, la seule qui ne soit pas conforme aux données matriarcales, c'est la Licheuse. La Licheuse est moins belle que nous. Merlin ne porte pas son nom. La Licheuse porte tout, sauf ça. Il y a un peu de notre faute. Nous ne sommes pas des philologues ou en tout cas, à cette époque où elle est apparue dans notre vie, nous n'étions pas savantes, mais jalouses. On était trois filles de Beauté. On était assez. Pourquoi a-t-il fallu que Monkémile, le ci-devant trop effacé voisin, se souciât d'augmenter la progéniture de notre mère en ajoutant sa créature à celles déjà complètes et suffisantes de notre Maurice ? Si la Licheuse ne portait plus son surnom, on le lui imposerait encore. Elle restera la Licheuse jusqu'à la fin, jusqu'à notre fin en tout cas. Et que notre frère se le tienne pour dit : son nom est mort et enterré. Nous n'avons pas besoin d'un Merlin-pêcheur dans notre sillage. Qu'il aille dire à sa mère qu'on n'a pas besoin de lui pour jouer ni pour rien. Cette Licheuse ne sera jamais le fils de Maurice ni notre frère. C'est décidé.

Nous n'habitions pas un taudis ni un palace. C'était grand, éclairé, pas moderne, mais près des magasins. La Plaza nous connaissait comme nous savions par coeur tous les noms dans l'ordre de toutes les boutiques qui s'alignaient entre les rues Bellechasse et Jean-Talon. Des deux bords de la rue et dans les deux sens, c'était la Plaza. La Plaza Saint-Hubert ne portait pas ce nom absurde. Qu'y a-t-il de moins « Plaza » que la rue Saint-Hubert ? C'était la rue Saint-Hubert, mais c'est devenu la Plaza. Un peu comme la Licheuse aujourd'hui, cette rue commerciale est dénaturée. Dans les deux sens, dans tous les sens.

À l'époque, il n'y avait pas de sens unique dans les rues de Montréal, ou peu. Aujourd'hui, il n'y a qu'un sens ; au fond, il n'y en a aucun. Les voitures s'embouteillaient jadis du nord au sud et du sud au nord, se garaient les unes par-dessus les autres, en double, en triple et de telle sorte que la rue Saint-Hubert devenait, vers les cinq heures du soir, le vendredi surtout, impraticable. C'était un mail forcé avant la lettre et les commerces profitaient de ces engorgements qui retenaient littéralement la clientèle ainsi sédentarisée. On en était réduit à consommer sur place, faute de pouvoir s'évader vers le centre-ville ou vers la périphérie où ne proliféraient pas encore à cette époque les centres commerciaux.

C'est là, près du *Cinéma Plaza*, que nous connûmes Monkémile, le charcutier licencié du coin qui aurait voulu devenir notre nouveau père quand Maurice nous abandonnait pour des semaines, des mois qui nous semblaient des éternités. Plusieurs familles grecques ont fait faillite sur le même coin. Ça n'est pas la xénophobie, c'est le désert, le métro, l'inflation et le scandale de la viande avariée qui ont eu la peau de la rue Saint-Hubert ainsi que la nôtre.

Nous étions trois, nous étions heureuses. Mais Beauté se sentait seule depuis que notre vrai père levait si souvent les pattes, comme elle disait. Tu lèves le camp comme on lève les pattes. On jurerait que tu ne sais plus écrire comme c'est presque ton métier quand tu voyages au loin. Quand notre père disparaissait dans ses recherches, il devenait, pour nous toutes, un cher disparu.

Notre mère, nous l'appelions par son prénom depuis que papa était mort pour nous, mort et enterré dans ses voyageries invraisemblables comme dans le vocabulaire de Beauté. Il nous semblait qu'elle ne méritait plus de se faire appeler maman puisque Maurice n'existait plus très fort dans les parages de la rue Saint-Hubert. Et puis, elle était tellement belle, notre mère. Belle et jeune, veuve à l'herbe comme elle disait à Maurice, cela faisait son affaire de ne plus se faire crier « maman » par trois gamines espiègles, petites pestes, petite pègre des quinze-cents. Nous ne soupçonnions pas qu'il y avait des prétendants dans la vie des adultes. Nous étions gourdes et puériles. L'enfance est une infirmité. Pauvres naines alignées parmi les quilles parentales du jeu de chien dont on ignore les règles. Plutôt que de punir notre mère, nous trouvions notre perte en préparant le lit bleu de mer de celle qui devait l'appeler maman en exclusivité, quelques années plus tard, pendant des nuits et des nuits d'insomnie. Le prétendant engendrerait la prétendante comme l'adulterie engendre l'adultère. Ce que nous étions sottes et bêtes ! Et puis, des scènes à la veille de chaque départ quand ils nous croyaient endormies, engourdies dans les infantiles limbes de l'inconscience. Si tu pars

13

encore, je te préviens, je fornique avec le premier venu. Ce sera Émile Foucault, le charcutier lascif, puisque c'est son métier de plaire aux femmes malheureuses.

Pourquoi ne se prenaient-ils pas au sérieux ? Maurice riait comme un fou, comme un vrai malade. Ils riaient et ils roulaient sous les tables comme des fous furieux plus concupiscents que tous les bouchers de la terre. Puis, c'était comme s'ils retombaient en enfance et nous nous sentions assiégées comme des ruines dans leur amour. Nous nous sentions vieilles, vieilles, vieilles comme quand on est tellement sénile et débile qu'on n'a plus de parents, qu'on est seul, qu'on s'en invente dans les colonnes de la nécrologie quotidienne. C'est dur de vieillir quand le bonheur nous étreint et qu'on sait que ça ne durera pas.

Quand la Licheuse vint au monde, nous avions une vingtaine d'années à trois. Aujourd'hui, nous en avons une cinquantaine, toujours à trois, alors que la Licheuse n'en a que douze à elle toute seule. L'écart entre nous s'élargit. Quand nous serons centenaires, elle aura à peine dépassé la vingtaine qui nous étouffe déjà. Même Beauté sera plus jeune que nous. D'ailleurs, ils nous ont donné des noms de vieilles filles que nous préférons taire pour ne pas nous disperser et parce que, comme toutes les filles dans la famille de Beauté, comme Blanche et comme Petite, nous portons bien nos noms. Les porter toute une longue vie, c'est exténuant. Non, nous ne serons jamais trop nombreuses pour nous distinguer parmi l'anonymat des autres et l'hermétique solidarité de nos tendresses de sœurs. On est vieilles, on est seules, mais on est sages comme trois. On est sages comme des adages.

Le bonheur d'être trois ne va pas sans quelques petits inconvénients. À l'école par exemple, pour se retrouver dans la même classe, la plus jeune devait faire des efforts de surdouée, celle du milieu devait se maintenir dans la médiocrité ambiante et la plus vieille, jouer les cancres, les débiles, ce qui n'est pas si facile vers les quatorze quinze ans. Quand on est un brave parent libidineux, ça va tout seul. Mais quand on est une faible enfant si naïve et si pure, ça ne s'invente pas tout seul. Quel boulot ! Des amitiés de filles, c'était superflu. Devions-nous avoir un ou des amis de garçons ? Nos bicyclettes, nos soutiens-gorge ? C'est que nous avions toutes trois deux ans d'intervalle entre nous. Nous les avons toujours et chacune en est douloureusement consciente. Tout ce que nous avons en commun est inouï. Alors, le journal intime est-il seulement pensable pour nous ? Ce texte en témoigne-t-il ? Qu'est-ce que c'est que ces lamentations de vieilles folles ? Nous sommes intimes à un point inimaginable. Ça fait partie de notre métier d'enfants vieillardes. Quel métier que celui d'inventer ; quel beau labeur que de s'inventer à chaque ligne ! C'est le meilleur moyen de disparaître quand on a de la peine comme on en a.

Nous formons un bloc. Nous sommes tout d'une pièce. Un monstre à trois têtes, à quatre seins, ceux de la dernière se font trop petits et trop rares pour compter. Nous sommes un dessin de Merlin, à trois, tout ce que vous voulez. Nous sommes un bloc, mais nous avons peur des fissures et il y en a. Toutes trois possédons nos propres angoisses, nos fêlures secrètes ; toutes trois devons lutter contre une bête, trois bêtes en nous en tous poils dissemblables l'une des autres. Il faut la taire, il faut les taire à trois. Face à l'ennemi, nous demeurons alliées à la vie à la mort comme des vrais garçons de ruelles. Si la Licheuse n'était pas là, nous sommes persuadées que nous n'existerions pas aussi intensément. Dans le fond, elle est notre raison de vivre, notre ciment, notre colle forte si résistante. Nous la méprisons à un point tel que ce n'est plus croyable pour une qui ne serait pas des nôtres. Oui, on fait corps. Nous sommes les trois « mousqueteuses » incorporées du quartier de la Plaza. Nous n'avons pas besoin d'inventeur. Nous sommes notre propre composition. Autonomes, nous n'avons besoin de personne dans notre collectif d'auteurs. Surtout pas d'un dessin de bébé. C'est tellement con des bébés qu'on n'en fera jamais. On ne comprend pas celles qui les aiment. Le quatrième mousquetaire peut toujours se faire voir, on n'a pas besoin d'une romancière de cap et d'épée pour nous éterniser. Elles étaient quatre qui voulaient se battre, contre trois qui ne voulaient pas.

Avant, c'est papa qui faisait qu'on était unies. Contre tous, mais surtout pour lui. On a toujours voté pour notre père. Avant, on était très patriarcales. On l'est encore, mais de moins en moins. Tout s'use. Il n'était pas très beau, Maurice, il n'était pas très fort non plus, mais il était drôle et n'avait pas du tout la même odeur que nous. Il ne sentait pas non plus comme Beauté et c'est pour ça, croyions-nous, qu'il s'arrangeait pour fuir. En fait, nous n'étions pas vraiment contre Beauté, ne pouvions pas l'être puisque Beauté c'est notre mère commune. Nous nous pâmions sur lui pour faire comme elle. La singer. Au fond, elle était plus patriarcale que nous et ça nous agaçait. Alors, on rivalisait. Pendant qu'on le harcelait par nos jeux, nos yeux, nos séductions fatales, elle avait tout son temps pour aller sur la Plaza, n'avait plus besoin de l'aimer à temps complet. Il nous gardait, on le récompensait. Maurice n'appréciait pas toujours nos promesses électives, mais on votait toujours pour lui, pour qu'il nous garde encore un soir.

La Licheuse n'a pas le droit de sentir ce que sentait Maurice. C'est pour ça qu'on la badigeonne, qu'on l'asperge, qu'on la noie à même les flacons de Beauté quand elle nous laisse toutes seules comme ses gardiennes. On lui fait ce qu'on faisait à Maurice, multiplié par trois. La Licheuse n'a pas le droit de revendiquer Maurice comme père. Nous serons ses briseuses de grève.

Même le soir, surtout le soir, Beauté se sauvait dans les magasins. Elle disait qu'elle n'en pouvait plus, qu'il fallait qu'elle aille n'importe où, que faute de pouvoir disparaître pour des semaines, des mois, du moins s'évaderait-elle pendant quelques heures. Deux ou trois fois par semaine, quand Maurice était disponible pour nous garder, Beauté se sauvait de nous. C'est qu'on avait tué toutes les voisines, surtout les adolescentes et les adolescents purulents qui ne venaient à la maison que pour entretenir leur couperose dégueulasse à même le garde-manger qui nous était interdit. C'est le soir après souper qu'on était des plus efficaces. Alors, papa nous embarquait dans sa vieille Ford à pédales, comme disaient les voisins mesquins, et nous emmenait jusqu'au parc Lafontaine pour nous noyer, nous lâcher lousses parmi les petits enfants abandonnés du bas de la ville. Ça nous changeait terriblement du monde aveugle de la rue Saint-Hubert, notre unique et implacable terrain de jeu.

Il ne prenait pas d'alcool, en ce temps-là, notre père si humain. Il ne prenait jamais de bain non plus. Il n'avait pas le temps, il voyageait toujours. Il était parfait comme un père céleste. Il était parti, comme on dit. On aurait voulu être mariées avec lui, toutes les trois, en même temps. Comme ce n'était pas possible, alors on essayait d'être pareilles à lui. Nous non plus, on ne se laverait pas avant d'aller au lit pour rêver qu'on partait avec lui. Ça faisait enrager bougrement Beauté qui faisait des scènes à Maurice qui riait, qui riait, qui riait comme un vrai déchaîné. Quand la Licheuse rit comme riait Maurice, nous nous arrangeons pour que ça ne dure pas trop longtemps. Quand on garde la Licheuse le soir, elle ne trouve pas ça drôle, drôle, drôle et fait des scènes à Beauté. Notre mère s'en trouve très agacée, aime moins son prodige enrubanné de bleu qui se pâme violette en tirant sur ses boucles d'oreilles. Beauté alors nous redécouvre, nous implore, nous embrasse, nous étreint comme le bonheur exclusif de

16

sa vie. Nous devenons sporadiquement sa grande consolation. Mais ça non plus, ça ne dure pas assez longtemps.

On a eu beau être propres comme des savons de fantaisie, un jour, ils sont venus le chercher. Maurice voyait des pivoines rouges sur les murs nus, battait Beauté et nous bourrait de friandises pour qu'on cueille les fleurs de sa folie. À l'hôpital, c'était pareil, mais là, ils ne nous laissaient pas grimper sur les meubles parce qu'il n'y en avait même pas dans sa chambre. Chez nous, ça sentait trop propre depuis qu'il était parti pour de bon. Le cœur nous levait. Surtout après le souper. Alors, on s'est mises à sortir le soir, nous autres aussi. En cachette de Beauté, bien sûr, en abandonnant la Licheuse à ses crises qui finiraient par l'étouffer pour de vrai.

Notre père, on a fini par savoir qu'il ne voyait même plus les pivoines sur les murs de sa chambre, qu'il n'en verrait plus jamais, enfin qu'on était trop petites pour grimper jusqu'où il était maintenant. On était assez grandes pour comprendre qu'il était mort: on avait dix-huit ans, à trois. Mais être mort, ça pouvait vouloir dire tant de choses. Avions-nous mis trop de parfum de Beauté dans cette rasade de gin que Maurice, ivre déjà de la moitié de la bouteille, avait avalée d'un seul trait pour nous prouver qu'il était un homme et qu'il savait boire comme un Cosaque du Don ? Lui qui ne supportait pas l'alcool le plus mièvre ! Cette fois-là, Maurice fut absent plus longtemps que de coutume. Ce fut une mort longue. Ça ne roulait plus sous les tables, ça ne riait pas fort dans le grand logement si clair de la rue Chateaubriand. L'amour était en service commandé chez le boucher de malheur. Quand elle est venue au monde, nous savions bien qu'elle ne pouvait pas être le fruit de la folie dévoreuse de Maurice, notre petite Licheuse à la manque. Ça nous consolait un peu.

Beauté prit toute la place. Elle se mit à investir nos vies en délaissant, croyions-nous, de plus en plus la rue Saint-Hubert et ses magasins. Elle essaya de s'approprier abusivement « ses grandes filles », comme elle disait. Nous lui réservâmes un accueil froid, un non catégorique. Elle était trop belle, elle n'avait pas le tour avec les enfants, en tout cas pas avec nous. Pas de camaraderie, on était trois, on était assez. Elle se leurra un peu parce que nous l'appelions par son prénom, mais elle eut à revenir à la réalité assez promptement. Les coups qu'on lui a faits... Tu nous élèves mal ! Tu ne sais pas t'y prendre ! Ce n'est pas avec des mignardises qu'on dresse des filles comme nous !

17

Elle s'absentait durant la journée maintenant quand elle croyait qu'on allait en classe. Il y avait un salon de coiffure près de la rue Bellechasse. Il y en a un autre aujourd'hui, mais Beauté n'y travaille plus avec Florence comme à cette époque. Avec son prénom et avec sa façon si convaincante de le porter, notre mère y occupait ce qu'on appellerait aujourd'hui, non sans équivoque, le poste d'esthéticienne. Pas philosophe pour deux sous, en plus de laver et de « monter les têtes », elle rafistolait les visages des clientes en les maquillant. Autodidacte en son art, Beauté ne manquait pas de goût pour elle-même. Comme elle était, un masque, fut-il le plus chromatique, n'aurait jamais pu l'enlaidir. Elle s'efforçait de reproduire, sur les visages des clientes, les réussites qu'elle affichait si sobrement sur le sien propre. Mais elles n'étaient pas toutes belles, les clientes de Florence ! Loin de là... On aurait dit que les plus affreuses du quartier se passaient le mot pour affubler Beauté de leur laideur décourageante. Pourtant, elle s'efforçait, en mettait davantage, effaçant dans la mesure du possible un défaut trop évident pour souligner le rare trait acceptable. Souvent, Beauté réussissait à faire oublier pour un temps leurs complexes à ces dames. Cela explique en partie l'affluence des femmes laides au salon où notre mère professait.

Beauté attirait à elle la laideur du quartier. C'était plus qu'un vilain jeu de mots qu'on taisait dans le prospectus du Salon de Florence. Ce n'est pas tout ce qu'on taisait non plus. Nous convenions de ce que la dextérité de Beauté dans la ride et le point noir pouvait jouer d'attraction sur une clientèle assidue. Nous apprîmes cependant que, parallèlement à l'exercice tout à fait convenable de notre mère de même qu'à celui de la coiffeuse et patronne Florence, d'autres services moins licites s'ajoutaient, étaient offerts à la clientèle si assidue. C'était un salon aussi polyvalent que l'école des Soeurs qu'on fréquentait peu à cette époque de notre vie de filles.

Un beau jeudi buissonnier qu'on s'ennuyait comme des perdues, nous décidâmes de jouer le tour qui coûta son emploi à Beauté, sa relative sécurité, et à nous, notre terne mais heureuse et vagabonde indépendance. Si nous flottons périlleusement depuis quelques lignes dans le passé simple trouble de notre souvenir, c'est que, plongeuses rares d'un capitaine coulé à pic au milieu de nos rêves de bitume et d'asphalte, nous voguons en catastrophe dans une galère de culpabilité. Comment rescaper le récit filandreux de notre équipée de forbans sans desservir l'avantageuse image de nous-mêmes ? Comment faire le récit de la frégate meurtrière, de l'expédition pirate des trois mâtures armées contre la flotte impériale de la haute coiffure sans y sombrer nous-mêmes ?

Après avoir fait provision de ces petites boules piquantes qui poussaient dans les broussailles poussiéreuses de la ruelle derrière chez nous, nous nous postâmes en vigie au coin de la rue, afin de bombarder en bordée de bâbord l'attirail des belles coiffures étagées par Florence. La plupart des clientes ne s'apercevaient du ravage inextricable qu'une fois rentrées au port. Mais il fallut qu'une vieille toquée nous surprît en embuscade et aille avertir la garde côtière de la rue Beaubien. C'était, pour Florence, le dernier geste à faire puisque, amenés sur les lieux, les policiers plutôt indiscrets fouinèrent du côté de l'arrière-boutique, les braves. L'invincible armada baissait pavillon. Florence fermait son salon illico à cause de la masseuse qui y pratiquait illégalement son art. Beauté perdit son emploi, sa réputation, la possibilité de se faire engager ailleurs dans le quartier, sa belle sécurité et notre jalouse indépendance de maraudeuses des mères.

C'était à cette époque que l'on situe très exactement aujourd'hui entre celle du vrai père et celle, terrible, du faux, du néo-père. L'intempestif, celui qui allait nous fabriquer la Licheuse. Beauté ne pardonnait pas à Maurice d'être si loin de nous pendant ce naufrage qui engloutissait tous ses espoirs de devenir un jour sa propre patronne dans son propre salon de Beauté. Il n'y aurait jamais d'Institut de Beauté, d'Académie de Beauté pour immortaliser son amour de la vie en bon français.

Le désespoir de maman fut si grand, si plein que nous faillîmes lui témoigner notre affection. Un peu plus et nous n'étions plus que les trois petites filles dépareillées que nous refusions d'être. Un peu plus et nous devenions trois sœurs distinctes avec trois noms inventés, trois âges, trois visages à lécher. Il faillit y avoir une plus grande, une aînée, une fille à son père qui rendrait jalouses les deux autres. Notre mère lui aurait raconté la passion de Maurice pour la première de ses filles, passion qu'il ne départageait pas de celle qu'il vouait à sa toute nouvelle Ford rouge pompier et à son métier de chercheur ambulant. L'aînée aurait eu un nom fictif avant toutes les autres ; nous l'aurions enviée, ç'aurait été la félicité même dans le vaste appartement si clair, si bien situé. Ç'aurait été Félicité ou Béatrice, la plus vieille, la première, la fille de Maurice, la fille de notre père, la fille à son père. Puis, il y aurait eu une deuxième par habitude, la petite deuxième, l'effacée, la laisséepour-compte, la bonne, la trop sage et secrète Ange-Line. Ange-Line, deuxième en tout et en partie, à l'école comme à la table ou dans nos jeux de trois fois passera. La petite, la bébé chérie de sa mère, Laurelou, aurait fait des études très avancées sur le dos des deux autres, soutenue par ses soeurs mêmes, encouragée, ingrate, trop savante et trop jeune pour aucune reconnaissance future. Laurelou aurait pu devenir une Licheuse à son tour, pour finir le plat. Mais le désespoir de Beauté, fut-il si déprimant, si total, si violent, ne parvint pas à briser notre belle unité, notre hautaine et impitoyable indifférence. Nous laissâmes à Maurice les noms de celle qui le hantait au fond de son abîme des morts. Ça non plus, ça ne devait plus exister pour nous. C'était trop compliqué pour des filles, des simples filles, même pour des filles de Beauté.

Il n'y eut ni aînée, ni seconde, ni cadette. Il n'y eut rien. Ni Laurelou, ni Ange-Line, ni Béatrice dite Béaba. Que nous comme un mur pour Beauté, pour notre pauvre Beauté ruinée, malheureuse et abandonnée. Misérabilisme des magasins à rayons et des salles paroissiales, matinées du samedi et soldes de janvier. Nous l'appellerions Beauté quand même en ricanant dans les coins, en essuyant la vaisselle beige incassable, rouges de honte quant à la radio ça oserait nous chanter, rien que pour nous, « Ne fais jamais pleurer ta mère ». Notre mère trop belle demeurerait l'accessible image de notre propre défaite. Puis notre mère de théâtre dans l'apprentissage de la vraie vie deviendrait notre mère fictive pour les aventures d'occasion, celle qui dit non pour nous, « ma mère veut pas », notre mère « j'vais le dire à ma mère », celle de maman « maman j'ai peur », celle de « achalle-moi donc pas bon », en lui claquant notre porte au nez. Et pleurer en pensant à sa peine de mère. Se révolter en brisant son image de mère.

Il fallait neutraliser ce par quoi elle nous tenait, ce par quoi nous risquions de disparaître individuellement et à tour de rôle dans sa profuse et exigeante chaleur maternelle. Car elle nous subjuguait par son visage, par ses seins et par sa taille. Il y en aurait eu pour une plus grande, pour une moyenne et pour une plus petite. Voilà ce qu'il fallait annihiler: la beauté de notre mère, la beauté graduée pour chacune, l'étagement charnel de sa possessive tendresse. Il fallait décourager cette mère poule désorientée, se réinventer une Beauté d'avant la chute. Réveiller cette Beauté commune de la rue Chateaubriand, cette Beauté qu'on ne voyait plus rue Saint-Hubert entre Bellechasse et Jean-Talon. Le reste irait tout seul puisque l'on s'inventa, vulgaire et marâtre pour nos récits, une Beauté mal engueulée, la Beauté des ruelles et des fonds de cour, la Beauté ordinaire des cordes à linge, la Beauté pour rien du tout.

Nous étions ses pygmalions à rebours, ses peintres cubistes dernière manière et Beauté, notre *ready-made*, notre *fast-food*. On démolissait son image trop parfaite pour nous empêcher de l'aimer au point où on en aurait cessé de vivre. Il n'y aurait pas d'arrache-coeur dans notre cour.

Or, nous nous mîmes le doigt dans l'oeil, dans les yeux, la corde aux cous. L'entreprise aboutit à l'entrée en scène d'un suppléant bonheur, d'un adjudant donneur de tendresse, le Monkémile de la coupe française et du pur boeuf de l'Ouest, la marque rouge de notre désillusion filiale. N'allait-il pas pousser Beauté hors du logis si grand, si clair, en lui fournissant les fonds qui lui permettraient de rebâtir ailleurs son propre commerce de beauté, en nous abandonnant derechef ? Le mur érigé s'effondrait sur nous, sans l'ombre d'un doute, dans l'ombre morbide de l'insensibilité et de l'indifférence rudement conquises, pour notre perte. Beauté ne nous aimerait plus. Nous allions gagner cela, mais Beauté aimerait ailleurs et aimerait de plus en plus avec toute sa fausse vulgarité, sa fausse haine, une Licheuse parmi nous et un Monkémile bailleur de fonds. Nous ne l'avions pas pressenti, nous en bavions de dégoût pour nous-mêmes. Sottes, nous étions sottes comme trois.

II

Le premier lit de Beauté

Nous habitons maintenant un palace dégueulasse dans un quartier terne et ennuyeux, rempli de parcs et d'arbres frêles. Quand Monkémile mit sa main grasse sur nous en épousant les projets de libération de Beauté, il nous sortit du trou, comme il disait. Il fallait tout quitter, tout liquider : le grand logement clair de la rue Chateaubriand, la ruelle buissonnière et la Plaza si encombrée. Il nous transplanterait à Rosemont, à l'est des avenues habitées, dans ce quartier d'Anglais et de secrétaires où il nous faudrait vaincre notre écoeurement à coups de poings dans le vide.

Car c'était le désert de la banlieue comme c'est devenu aujourd'hui celui du troisième âge et des bingos. Si au moins il nous avait déménagées dans le secteur plus populaire du Rosemont d'avant les avenues, le Petit-Nord des Italiens de la rue Papineau entre Beaubien et Jean-Talon, ou alors dans la rue Cartier près de Saint-Zotique où il y avait des synagogues à bombarder par les vitraux, tous les samedis après-midi. Non, il fallait fuir toutes ces odeurs qui nous auraient rappelé notre père éternel. Il fallait se nettoyer une fois pour toutes de la misère, fuir à jamais la promiscuité des petits coins d'émigrés. Monkémile était un business-man. Monkémile avait depuis longtemps renié sa rue natale. Il fallait le suivre maintenant vers le boulevard du progrès, celui qui porte le nom d'un pape, celui-là qu'on décorait dans le temps des fêtes de mille feux que venaient admirer les petits crottés du bas de la ville, dans les Ford à pédales de leurs pères cassés et tendres.

Nous, on rêvait de la rue Masson, la rue des magasins, la rue natale de Beauté. Ça n'aurait pas été la Plaza, mais c'aurait été quand même mieux que le désert. Et puis, c'aurait été le Rosemont de Beauté fille, la paroisse de Beauté enfant, le quadrilatère de ses premières fréquentations, le secteur où elle subjugua notre père absolu et quelques autres, le tour du bloc de notre continuité et de notre pérennité. Là, nous aurions vécu loin des stériles chicanes avec les Anglais asexués de la Nesbitt School, petits buveurs d'orangeade chaude, petits impuissants propres et bornés, occupés à leur football auquel nous, les filles de l'école des Soeurs pudiques, n'avions pas droit. À nous les « bommes » de la 4e Avenue et de la ruelle de Dandurant, à nous les rixes dans les tourelles sombres de la rue des Carrières, les feux de hangars et le chewing-gum sur les sonnettes des portes du boulevard Saint-Michel !

Non, notre Beauté et son Monkémile aspiraient à mieux en évitant surtout pour les filles de Beauté ce qui avait coûté si cher de déboire et de désillusion aux trois princesses de la rue Masson. Pourtant, ce quartier-là, bien que modeste, n'avait pas si mauvaise réputation du temps de Beauté enfant. C'étaient encore des champs, un poulailler, des chiens, des pigeons voyageurs et un trottoir de bois. Non, ce n'était pas la misère d'un Faubourg à m'lasse s'enfonçant loin au sud ; c'était un village de Montréal qu'approvisionnait en matériaux de construction notre grand-père Cantin. C'était au temps de la quincaillerie Cantin, magasin général et bureau de poste où paradaient trois grâces à la fois distinctes et inséparables, moitié comme nous, moitié comme nos ombres redoutées : Beauté, Blanche et Petite parmi les clous à finir, les timbres de la couronne et le savon Barsalou.

Beauté était la plus sérieuse, la plus romantique des filles du quincailler Cantin. Notre grand-père tenait sa ferblanterie, comme il disait, pendant que sa femme le régentait du haut de sa cage de maîtresse de poste qui trônait en plein milieu de la place. Les filles étaient identifiées à l'entreprise familiale de telle sorte qu'elles étaient les filles du magasin de fer comme on dit les filles du roi, les filles d'Isabelle, les filles de la charité, de joie, du feu, accompagné d'un regard entendu. C'était plus qu'une institution, c'était une vocation. Des filles de fer. Jamais elles ne se séparaient, jamais elles ne se trahissaient. Dans la famille, la solidarité tient le coup depuis des générations. Une alliance de chair et d'acier pour un bouquet de fleurs vivantes et affriolantes. Nous n'avons rien inventé, nous n'avons que restauré un pouvoir que Beauté, Blanche et Petite ont un jour abandonné, un bien qu'elles ont un jour dilapidé.

Des trois grâces de la quincaillerie Cantin, c'est Beauté qui fut la dernière à risquer une aventure solo. Solidaire, mais plus solitaire à cause de sa manie de lire, elle fut la dernière à s'affirmer dans son unicité. On l'appelait la Liseuse. Elle dévorait tout, depuis les gazettes des toilettes privées *no entrance*, jusqu'aux revues de mode du comptoir des coupons. Beauté lisait avec avidité tous les petits romans clandestins que les expositions de livres pieux du temps de la neuvaine paroissiale laissaient filtrer. La Liseuse manquait de santé parce qu'elle lisait trop, disait-on, ne prenait pas assez d'air, s'enfermait trop longtemps, trop souvent dans le placard à varsol, à décapant et à térébenthine. Elle aimait ces odeurs abrasives qui la transportaient dans des univers plus éthérés encore que ceux de ses romans édifiants. Parfois, dans son réduit secret, la Liseuse ne lisait pas, ne lisait plus, n'en connaissait plus les lois ni les plaisirs. Elle rompait le pacte, elle commettait le crime d'évasion entre la fable sainte et les vapeurs de naphte.

Blanche fut la première à franchir le seuil pour convoler. C'est au bras de Monkomer qu'elle déserta. Ils n'allèrent pas bien loin. La quincaillerie occupait le rez-de-chaussée d'un immeuble de trois étages dont le premier était habité par les parents. Blanche et Monkomer se juchèrent au second et la complicité de Blanche avec ses soeurs n'en fut pas vraiment altérée au début. Monkomer travaillait tout le jour aux usines Angus comme tous les hommes du quartier. Le soir, il apprenait son métier d'embaumeur avec son ami Pit, chez Urgel Bourgie, l'entrepreneur voisin de la quincaillerie Cantin. Petite, on s'en doute bien, s'envola jusqu'au troisième avec Monkpit tandis que Beauté l'aînée resterait fille encore un peu. Il n'y avait pas beaucoup d'espace sur les tablettes du grand-père Cantin, mais Beauté s'y sentait à son aise pour fureter dans les amours des autres, en y trouvant consolation. Il n'y avait pas de presse, à cette époque, pour elle.

Petite vient nous visiter de plus en plus souvent sur le boulevard du pape. Surtout depuis que Monkpit a levé les pattes. Contrairement à ses soeurs, Petite n'a jamais eu d'enfant. Elle envie la Licheuse de faire les belles études que Monkémile lui paye. Petite aussi déteste pour mourir notre Licheuse de soeur, mais elle préfère s'acoquiner avec elle pour paraître plus jeune, plus instruite. Parce qu'elle n'a pas eu d'enfant de son croque-mort, qu'elle est toute menue, Petite, la troisième fille de la quincaillerie Cantin, se croit plus proche de la Licheuse que de nous. Elles parlent contre nous. Elles parlent aussi contre Blanche qui subit son Monkomer et ses garçons si achalants. Blanche, elle, ragote contre Beauté notre mère depuis qu'elle s'est libérée de Maurice et qu'elle habite sur le boulevard du pape. Il faut dire que depuis que la quincaillerie

Cantin a été vendue au voisin Urgel Bourgie, la famille d'en haut trop populeuse est toujours sur le bord de l'expulsion. Quand Blanche a accouché de son troisième couple de bessons, Monkomer a perdu la face, sa réputation et toute crédibilité dans ses négociations avec son patron et propriétaire. Blanche, Monkomer et leur trâlée de garçons devront déménager bientôt. Vers l'Ouest ou vers le Sud. Aboutir dans le bout de la Plaza où il y a de grands appartements si clairs, mais délabrés, ce serait la mort de Blanche, l'ankylose de ses bessons sportifs et le désespoir de Monkomer. Monkomer souhaiterait tant partir à son compte dans un quartier plus chic où l'on ne meurt pas à crédit sur des petites assurances minables. Des petites assurances-vie minables. Des petites assurances de vie minable. Monkomer nous envie tant de nager dans l'opulence de Monkémile qu'il ne nous honore plus jamais de ses visites. Nous, on s'en sacre royalement, sans morgue aucune contre nos cousins germés qu'on ne fréquente presque pas.

Nous, on se fiche pas mal de tout depuis qu'on a perdu l'espoir de revoir un jour les joies de notre enfance. Notre père a tout raflé en s'en allant. Même la rue Saint-Hubert n'est plus la même. Avant, il y avait tellement de monde sur ses trottoirs qu'il fallait se tenir par la taille toutes les trois pour foncer contre la foule. Des fois, Blanche et Petite venaient à la maison de la rue Chateaubriand. Elles venaient ensemble de Rosemont ma chère pour magasiner. C'étaient, pendant la vaisselle, des discussions interminables sur les rivalités qu'il y avait entre les rares magasins de la rue Masson et ceux combien plus nombreux de notre rue Saint-Hubert. Mais ce n'était qu'un jeu en ce temps-là et nous partions toutes six comme une seule femme dans la cohue.

Il fallait nous voir alors ! On refoulait tout le monde sur la chaîne du trottoir, même les vendeurs de crayons culs-de-jatte et les aveugles tresseurs de babiche, on les poussait dans les vitrines. Dans ce temps-là, la Plaza n'avait pas besoin des arbres dans leurs boîtes pour donner l'illusion de la bousculade. Dire qu'aujourd'hui le désert s'étend jusque-là, un désert parsemé d'arbres en boîtes de conserve. On pense aussi que Maurice est dans sa boîte et ça nous fait sûrir toute la joie nostalgique qu'on a à se raconter notre bonheur d'antan.

Maurice notre père adulé quand il a sorti Beauté de sur les tablettes de la quincaillerie, il l'a aussi sortie pour tout de bon de la rue Masson. Monkomer, Monkpit et leurs femmes collaient comme des parasites dans la maison du ferblantier Cantin. Il n'y avait plus de place pour nous. Les tablettes débordaient. Alors, on a vu le jour là-bas, derrière la rôtisserie qui n'avait pas l'envergure internationale qu'on lui connaît aujourd'hui. Quand on n'en peut plus, quand Petite vient nous voir pour nous persécuter, nous écoeurer avec la Licheuse, quand Beauté pleure parce que Blanche la boude, quand on s'aperçoit qu'on n'est pas venues au monde ensemble, qu'on n'a pas le même âge, qu'on va être centenaire un jour, que nos cousins marchent, par paires, par pères identiques en tous points, qu'ils jouent au football avec les maudits Anglais de l'école Nesbitt School, alors on téléphone au 374-2150 et on se fait venir du poulet barbecue de chez Saint-Hubert pour le souper. Là, on est bien, on se colle les doigts avec la sauce, on se barbouille le menton avec les frites dégoulinantes de ketchup, on macule les divans de Monkémile, on s'essuie les doigts et les mentons dans les rideaux plein jour de Monkémile et jusque dans son lit à baldaquin, on saute de joie les unes sur les autres. On étreint le bonheur jusqu'à ce qu'il suffoque, étouffe, crève dans sa sauce.

Nous, ça ne sera pas pareil. Nous autres, nous nous tenons, nous ne nous lâcherons pas. On a la Licheuse, on a Beauté, on a Blanche et on a Petite. C'est bien assez pour notre malheur et pour notre bonheur en même temps. Nous, on est plus que des filles de Beauté, on est plus que des soeurs, c'est sûr.

Quand on est issue d'un lit de Beauté, on a peine à imaginer qu'il puisse un jour y en avoir un deuxième. D'ailleurs, le lit de Maurice notre père bien-aimé n'était pas le premier. C'était le seul et unique lit de Beauté mamour mamie. Il est devenu le premier parce qu'il y en a un deuxième. Depuis que nous sommes devenues le premier lit de Beauté, nous n'en menons pas large. Nous devenons invraisemblables.

Nous sommes le lit humilié, le lit rapetissé, tassé dans l'encoignure d'une chambre de Beauté passée. Si nous étions aimées comme la Licheuse, nous ferions dans la vie des choses moins banales que de ne rien faire. Depuis que nous cumulons nos cinquante-quatre ans bien comptés de vie bien commune, nous n'allons plus à l'école des Soeurs polyvalentes. Centenaire, le premier lit de Beauté sera un lit ignare et mal élevé. C'est une bien mauvaise portée. Nous détonnons sur le boulevard Pie-IX. Nous sommes un lit sanguinaire, un lit de douleur, un lit de fer rouge.

Beauté nous eut de la même façon toutes les trois et cela nous suffit. Nous ne voudrions pas en savoir davantage. Quand elle raconte à Petite nos accouchements, sa soeur blêmit comme

Blanche et bénit le ciel que Monkpit ait été complètement flasque toute sa vie. Quand Beauté raconte les horreurs de ses couches du premier lit, elles s'équivalent tellement que même Petite ne sait de quelle fille de Beauté il s'agit. Là, on est contentes ; là, on jouit sans retenue. Beauté pleure alors car elle s'imagine qu'on se réjouit des douleurs qu'on lui a infligées, puis elle se venge.

L'horreur des couches du premier lit de Beauté n'a d'égale que la douceur de celle du deuxième. La Licheuse a glissé dans notre vie comme un savon mouillé. Allez attraper ça : elle nous échappe encore, elle nous fuit comme un feu follet, comme une anguille gluante. Des filles de Beauté, c'est la seule qui soit arrivée sans les fers. Ce que Beauté oublie de dire, c'est qu'elle l'a eue à l'hôpital, sa Licheuse. Nous, c'est dans la Ford à Maurice qu'on venait à moitié au monde. L'autre moitié déboulait dans l'escalier du grand logement si clair de la rue Chateaubriand. Les fers qui nous ont fait sortir de notre mère, les fers qui nous ont jetées dehors, qui nous ont éjectées du premier lit de Beauté, ce ne sont pas les forceps des médecins spécialistes en gynécologie : c'est le fer forgé du balcon sur lequel on était prisonnières pendant des mois et des mois à attendre Maurice. On a imprimé dans nos têtes les rosettes du bras de galerie qui étaient notre jardin, notre espace vert, notre environnement écologique, notre trop longue gestation au-dessus de la rôtisserie congestionnée de pollution et d'hormones.

Beauté nous a portées vingt-sept mois durant lesquels on se faisait l'une les autres. Les unes l'autre. Notre père adulé, ça n'était pas un Monkpit, loin de là ! Nous, ce qui pourrait nous arriver de pire, c'est qu'un jour sur notre chemin se dresse, fier de lui et content de nous voir, un Maurice tout ragaillardi avec, toutes portières ouvertes sur le bord de la rue, sa vieille Ford rouge pompier remise à neuf. Il pourrait nous arriver ce qui est advenu aux soeurs de Beauté, ces grâces furtives. Si on tombait sur un faux jeton, sur un faux Maurice, sur un Monkémile déguisé par exemple ? Ou sur un Monkomer, sur un Monkpit travestis en vrais hommes ? Des frissons nous parcourent le corps rien qu'à y songer.

Il faut faire attention à la semence que Beauté a bercée si longtemps sur la galerie. Il ne faut pas nous gaspiller. Il faut qu'on tienne, il le faut. Pour nous, il n'y aura jamais de premier ni de second lits. *Dans notre vie, point de lit*, telle est notre maxime, notre devise. Nous nous couchons par terre, toutes nues sur les tapis de Monkémile, sur les peaux de Beauté. Nous nous étendons toutes

27

nues et bien collées sous les tables, en tas, toutes bourrées de peurs, toutes gonflées d'angoisses, saoules d'orangeade et de frites piquantes, molles d'amour l'une pour les autres. Toutes une en tas. Toute une au cas où le deuxième lit nous surprendrait. Toute une en attendant que le deuxième lit revienne de travailler après souper.

III

La Licheuse parmi nous

On avait pas mal fêté la veille. Quand la Licheuse nous a trouvées toutes souillées, toutes collées ensemble sous le lit, elle est allée faire une crise à Beauté.

La Licheuse est moins belle que nous, moins nombreuse surtout. Ça ne nous intéresse même pas d'en faire ici le portrait. D'ailleurs, on ne sait pas dessiner, on trouve qu'elle n'en vaut pas la peine et puis nous avons trop à faire. Quand on pense à toutes celles, à tous ceux qu'il va falloir faire vivre et mourir dans notre création collective, on est découragées. Nous n'avons pas huit bras pour tout faire à la fois, nous ne sommes pas monstrueuses à ce point. Nous sommes des vipères, pas des pieuvres.

C'est Beauté qu'on déteste le mieux, c'est Beauté qui prend tout notre temps. Aujourd'hui, Beauté est malade. Beauté n'a même pas besoin de trop fêter la veille pour avoir la peau courte au matin et être dépressive comme une épagneule, tous les lendemains de sa vie. Beauté est malade et ça devient son métier. C'est la faute à la Licheuse. Elle l'a eue trop vieille. La Licheuse est passée par Beauté pour compliquer la vie, notre vie. Avant, on était plus sûres de nous ; avant, l'amour ne nous préoccupait pas. Avant, on avait la santé contagieuse. On contaminait le monde entier et notre mère.

Monkémile était poilu, très poilu et sa Licheuse aussi. Noire et poilue comme elle est, on comprend Monkémile d'éviter pour sa fille tout contact avec les Méditerranéens du marché Jean-Talon. La Licheuse ressemble à une ourse mal rasée mal léchée. Quand on dit qu'il faut porter son nom ! Nous, on est comme Beauté d'avant la Licheuse, blondes et longues avec des tailles de guêpes. Avec des dards aussi. Notre faux bourdon de Monkémile en bave d'humiliation et de tendresse. Mais Beauté, quand elle a attrapé sa maladie du second lit, sa plaie égyptienne, elle est devenue laide pas pour rire. Elle portait pointu et très haut, pire que l'épouse Giovanna dans le tableau de Jan Van Eyck. Elle avait l'air d'un échassier gonflé par la famine. Blanche et Petite étaient certaines qu'elle aurait un garçon, Blanche surtout qui en avait tant porté, la pauvre.

Beauté nous a joué un sale tour. Beauté nous a roulées dans son ventre obscène avec son garçon manqué. Elle avait juré de mettre au monde un frère pour ses filles adorées. On l'aurait appelé Maurice ou Merlin comme on aurait voulu. Monkémile n'avait même pas bronché. Il devait se douter que nous nous gourrions toutes. Quand la Licheuse a dégonflé le ventre de Beauté, on a bien vu qu'elle n'avait rien de plus que nous. La Licheuse, pas de prénom pour cette petite boule ronde poilue et si tranquille. On ne l'entendait pas. Elle était sage, trop sage à notre goût, trop silencieuse dans ses grimaces mauves de poupon prématuré.

On y pense et ça nous fatigue. Rien ne va. Ça ne marche pas comme on le souhaiterait. Ça ne vient pas comme on le voudrait. Depuis que Petite s'est annoncée, on tourne en rond dans notre palais des papes comme des impies. On se sent coupables avant même que Petite nous tombe dessus. Car on sait ce qui s'en vient, on sent que ça va gueuler contre nous. Des fois, on voudrait tout lâcher et sortir dans l'air frais de septembre pour tout recommencer. Mais on ne peut pas, on n'ose pas, on est collées ensemble, on est coincées comme des rates dans notre boîte à bijoux.

Petite nous regarde, démontée. Elle va crier comme d'habitude, nous reprocher notre manque de gentillesse pour la petite Licheuse si gentille, elle, si vulnérable, elle. Mais le temps ne passe pas ce matin, le temps se fige et on se sent regardées par Petite comme jamais. Ses grands yeux louches bougent de façon ridicule, exorbités, ahuris. C'est une grenouille, une poule, une dinde. Quand est-ce qu'elle va crier, bon Dieu, quand est-ce que ses abattis de volaille apeurée vont se mettre à nous froisser, à nous épousseter avec rage comme des plumeaux nerveux ? Petite recule, porte ses mains vers sa bouche et dégobille entre ses doigts comme une salope des petits mots secs et cassants comme ses ongles. Garces, gueuses, chipies, charognes, slip et slap et caca. C'est caca ça ! C'est caca ! Monkémile ! Monkémile, vite !

Nous ne sommes pas belles à voir ni à sentir ce matin, faut dire, mais sommes trop fatiguées, éreintées, tannées comme des vieilles pelleteries pour faire un effort. On file vaches, on file bouses. On est bien collées ainsi, toutes souillées, toutes nauséabondes. Propres, ce matin, on aurait l'impression de mentir. C'est vrai qu'on a fait des cochonneries ensemble, c'est vrai qu'on s'est fait des caresses dégueulasses, c'est vrai qu'on s'est vautrées dans notre sexualité, comme dira Petite à Monkémile. C'était la première fois de notre vie hier qu'on saignait toutes les trois en même temps. Ça nous a bouleversées. Alors, on a fêté l'événement comme des déchaînées. On s'est mordues, on s'est léchées, on a été des licheuses effrénées les unes pour l'autre, on a été des licheuses heureuses entremêlant leurs lèvres d'en haut et leurs lèvres d'en bas dans des gymnastiques folles. On a ouvert nos corps avec nos ongles comme dans les poèmes des vierges illuminées. On a été heureuses comme des pures beautés, comme des peaux de visions.

Beauté aussi, c'est une vraie peau pour Blanche, mais elle ne se roule pas comme nous avec ses soeurs, loin de là. Blanche s'imagine qu'elle fait des trucs osés avec Monkémile devant nous quand ils ont bu. Blanche assure sa soeur Petite que c'est à cause de Beauté et de son exhibitionnisme si nous sommes de vraies malades sexuelles, des déviées, des peaux nous-mêmes. C'était pareil avec l'autre. Ça roulait sous les tables. Des roulures ! Des vraies peaux, une race de peaux !

Nous, on ne trouve pas. S'il nous arrive de boire un peu trop ou de ne pas assez manger, des vertiges nous saisissent et nous devenons tendres. C'est tout. On ne se pique pas, on ne fume même pas. Des vraies demeurées, si on nous compare aux paumées de la polyvalente des Soeurs. On fait plutôt mystiques, au fond. Au bout d'une période de jeûne intense, nous devenons toutes piquantes sur nos corps comme après un accouchement. Entre nos chairs se hérissent des petits poils doux doux doux comme ceux que la Licheuse avait sur son crâne mou mou mou. Ça n'est pas parce qu'on se frotte un peu du côté de la pornographie, une fois de temps en temps, quand Petite s'annonce, qu'on est vraiment dévoyées pour autant.

Le vice ne nous atteint pas pour la bonne et simple raison qu'on est transparentes comme l'air, et libres et belles comme la mort. On n'y peut rien, la beauté nous aveugle héréditairement et nous n'avons plus que nos mains et nos bras et nos pieds et nos seins pour nous reconnaître l'une les autres dans ces ténèbres d'amour. C'est tellement simple l'amour qu'on se porte, que seuls les caëns et les caënnes ne peuvent plus le comprendre. Mais il y en a beaucoup autour de nous. Avec leur gourdin et leur oeil de malin cyclope. Si on acceptait la Licheuse parmi nous, Petite trouverait tout ça charmant, attachant, sain et libérateur. Ce ne sont que des enfants, des enfants, des enfants. Il ne faut pas les surprendre quand. Il ne faut pas, c'est tout. C'est écrit partout dans les livres sur les enfants. Malheur à celle par qui ! Tu parles pour toi-même, Blanche Cantin. Et patati, et patata.

La Licheuse en a vu d'autres, elle. Au début, on l'ignorait. On faisait comme si. On l'aurait laissée brailler pendant des nuits et des jours si bébé Licheuse avait décidé d'avoir des coliques et un cri pour les conjurer. Nourrie au sein de Beauté, la bébé Licheuse n'a jamais eu mal à son ventre et n'a jamais pleuré pour rien. Ses flatuosités douloureuses, ses borborygmes flatulents, ses coliques néphrétiques, il fallait se charger de les lui procurer. Pauvre petite Licheuse, il fallait qu'elle apprenne à souffrir par là où elle pécherait. Il faut souffrir pour être femme. C'est écrit partout dans les livres des hommes. Il faut souffrir pour être belle. Surtout quand on est laide et poilue comme une chatte des créneaux.

On lui a fait subir toutes sortes d'initiations à la Licheuse. On lui mettait nos robes, nos bonnets, nos culottes, tous les accessoires de Barbie. Elle faisait presque partout, dans nos tiroirs, nos carosses de poupée, dans nos chaises hautes, dans la litière du chat, le plat de vaisselle, dans le four de la cuisinière et entre les deux plateaux de la grillette à gaufres. La fois de la grillette à gaufres, on ne savait pas qu'elle était branchée. Elle n'avait qu'à crier quand ça lui faisait trop mal. Elle est restée marquée un peu sur les mains. Beauté ni personne ne savaient qu'elle était muette dans la douleur, cette petite Licheuse. Nous, on s'en doutait bien un peu. Malgré tous les traitements qu'on lui faisait subir, elle ne réussissait jamais à faire sortir un vrai son de sa gorge déployée, prête à se vider tout le corps à l'envers comme une mitaine mouillée qu'on enlève ou comme un chausson coincé qui reste pris dans la botte. Ça restait bloqué dans ses bronchioles. Une vraie perchaude. La fois des hameçons. La fois des pépins de pomme dans ses oreilles et dans ses narines partout, le laxatif au chocolat amer, la petite tombe improvisée dans l'armoire à cravates de Monkémile parce qu'on jouait à Monkomer et à Monkpit dans la garde-robe de Beauté. Les tatouages au pyrograveur. La peinture, la teinture et les produits de beauté. Une fois, du fixatif à cheveux partout sur son corps trop mollasse, pour la faire tenir debout raide comme la poupée qui marche, elle qui ne tenait même pas encore assise toute seule. On ne lui a jamais fait boire de parfum ni d'eau de toilette à la Licheuse : on savait que c'était trop dangereux. Il fallait qu'elle nous survive, elle.

Les petites pincées affectueuses, les morsures d'amour, les torsions, le tirage des petits poils dans la nuque en passant, tout cela multiplié par trois, au cube et à l'infini quand les jours de pluie s'éternisaient et qu'on s'ennuyait comme des perdues. On l'aimait, on l'aimait notre nouvelle poupée de soeur, on l'aurait mangée toute crue toute ronde comme des anthropophages. Ça attendrissait tout le monde. Même nous. Oui. La Licheuse était désarmante. On aurait dit qu'elle nous aimait pareil, nous faisant des joies comme une conne, comme une bébé Licheuse de poire. Et patate. Et gnangnan.

Oublier, c'est facile quand on devient vieilles : ça devient la seule occupation. Se souvenir, c'est notre fonction officielle de soldates inconnues. Si on avait le temps de faire tout ce qu'on lui a fait endurer à la Licheuse, c'est que Beauté comme Maurice avant, comme tous les autres, ils nous avaient déjà oubliées au détour de ces années ingrates de latence insoutenable où il se passe pourtant tellement de choses sans que ça paraisse. À six, huit, dix ans, on est sans intérêt quand il y a une Licheuse naissante dans le palais papal, alors on en profite. On profite, ça devient notre grande profession, notre accablante vocation, notre oeuvre au masculin singulier. Comme ça pousse, la mauvaise herbe! Ça pousse dans le dos et ça nous fait vieillir.

Nous avons subi tous les clichés de consolation comme des sucettes trop dangereuses ou trop salissantes pour la Licheuse. Quand on a été vraiment plus grandes, on a cessé nos techniques trop voyantes. Nous nous sommes raffinées. Notre approche devenait plus subtile, moins évidente. Il ne fallait pas que la Licheuse devienne la stigmatisée du quartier pour que toute la rue en parle. Il ne fallait rien ajouter à la compassion que les adultes lui témoignaient. Elle avait assez de son petit caractère mièvre, de son infirmité congénitale et de son allure générale sans ajouter des motifs trop visibles à l'épanchement de Beauté, de Petite et des autres. Non, il fallait devenir tout miel avec elle, profiter du choc que causerait le résultat d'un examen de son larynx pour geindre avec les autres sur son pauvre sort.

Un jour, Beauté nous laissa tout à fait seules avec la Licheuse. Elle devait avoir deux ans. Il fallait la garder. La belle, la grande responsabilité. La belle, la grande confiance de notre mère. Nous étions, nous serions maintenant ses petites mamans. Nous ne réciterons pas le martyrologe de notre Licheuse qui ne s'appelle pas Aurore et qui ne fera jamais de cinéma parce que le cinéma muet est mort et enterré. Le misérabilisme de l'histoire de notre Licheuse, comment l'éviter, le contourner ? Comment raconter ce dernier haut fait qui marqua la fin de notre carrière de matrones vigilantes ? Comment relater cette dernière extravagance qui fit la manchette des ragots ? Comment retenir ce que des articles calomnieux et scandalisés diffusèrent sur nous de par la ville ? Nous avions exceptionnellement la garde de l'enfant : c'est ainsi que commençaient leurs sales comptes rendus de sépulcres blanchis. C'était l'année de l'enfant, nous allions faire la manchette.

Cette fois-là, nous avions pourtant oublié d'être méchantes. C'était sorti de notre vie et c'est pour cette raison que Beauté nous faisait confiance. Où allait-elle ? Pourquoi cette hâte, cette soudaine nervosité après le coup de téléphone de Monkémile ? Un accident ou quoi ? Et Petite qui était introuvable, et la voisine alitée. Qu'est-ce que c'est qu'un aller retour soyez sage il y a ce qu'il faut vite vite vite ? Vaguement question de grand-maman Éva, la mère de Maurice, et je te pousse et je t'embrasse et je saute dans le boulevard avec l'auto qui crisse comme une charretière.

Il s'était mis à neiger abondamment. La première neige. Nous ne nous tenions plus, il fallait faire quelque chose. Beauté nous avait abandonnées pour une bonne partie de la journée. Qu'est-ce que c'était que ce Saint-Hyacinthe, lieu d'affaires et de commerce ? Lieu tragique, lieu de mort, n'est-ce pas là que Monkomer a fini par se dénicher pour son compte une maison funéraire, un salon, comme ils disent ? Et grand-maman Éva qui avait fondu comme Maurice quand Monkémile nous avait dénichées ? C'était la première neige et elle ne fondait pas au sol tellement elle était abondante et drue, elle. C'était trop cruel de rester enfermé dans la maison alors que le boulevard Pie-IX était déjà tout blanc d'une grosse neige pelotante. Il fallait sortir, il fallait aller dehors nous rouler dans cette graisse moulante.

Mais la Licheuse nous encombrerait, elle qui prenait toujours le bord des escaliers ou le bord de la rue. N'avions-nous pas résolu de ne plus la faire souffrir ? Elle n'exhiberait plus ses saintes plaies. Débouler un escalier, dégringoler d'un perron sur le ciment du trottoir en pleine garderie auraient paru plus que suspect. Des antécédents préjudiciables, comme ils diront, nous auraient condamnées sur-le-champ. Rouler sous un camion, s'enfoncer des bâtons dans le ventre, s'étouffer avec du sable, se coller les lèvres et la langue sur le fer gelé. Il n'était pas question de l'exposer à de tels périls. Elle ne devait pas sortir, elle toussait, elle souffrait de sa gorge, l'intervention dans son larynx était trop récente encore, Beauté nous l'avait formellement interdit. Alors, dans ces conditions, il fallait s'organiser pour que la Licheuse se garde toute seule.

Il y avait les dangers du dehors, mais il y avait aussi les dangers du dedans. Il fallait la protéger contre nos jouets auxquels elle n'avait pas droit, et contre notre chambre interdite qui l'attirait tant, nos tiroirs, nos miroirs, nos placards. Il fallait la protéger contre elle-même pendant notre absence.

Nous, nos sandwiches, on les mangerait dehors, sous le perron, notre repaire de vipères. Pour la Licheuse, Beauté avait préparé de la purée de fruits dont elle avait horreur. De toutes façons, la lui administrer par petites doses nous écoeurait. Elle en bavait une moitié et crachait l'autre parce qu'elle était trop grosse ou trop grumeleuse. On la lui servirait dans les petits plats du chat qu'on répartirait dans la cuisine sous les meubles. On attacherait un bout de notre corde à sauter à un pied de la table et l'autre extrémité de la corde à sa cheville. Comme ça, en laisse, elle pourrait ramper sous les chaises et sous les meubles pour jouer ou pour manger à son aise lorsqu'elle aurait faim. Pas de danger de strangulation. Elle pourrait même nous regarder par la porte-fenêtre et nous, la surveiller de l'extérieur. Nous voulions sortir, nous le voulions absolument. On sortirait. Ce n'est pas une Licheuse qui nous en empêcherait, ni une promesse en l'air, ni les menaces, ni la confiance larmoyante et nerveuse d'une mère entourée de mystère, ni l'intervention toujours possible de la voisine intriguée. La première neige, c'était la première neige, quelque chose de très fort, quelque chose d'irrésistible pour les filles de Beauté.

On s'est amusées toute la journée, même si la neige a cessé. Sous le perron on a lunché quand on a eu faim et dans la boue on s'est régalées lorsque la neige si lourde fut toute fondue. On était à mille lieues de la Licheuse qui devait dormir, pensions-nous, dans sa litière sous le buffet. On ne pouvait pas savoir qu'elle pataugeait, elle aussi, dans un jus. On ne peut pas tout prévoir quand on a huit, dix, douze ans. On oublia même de rentrer pour *Goldorak*. Il restait d'autres sandwiches et des gâteaux et des eaux gazeuses, de quoi se faire un festin de fête. Nous avions trop de plaisir à jouer les maquilleuses qui font des masques de beauté avec la terre imbibée d'eau du ciel. On en a oublié la fête. On était ivres, on était dans un autre monde. Univers sans purée, sans vomissure, sans diarrhée, sans rien de cela qui nous exaspérait tant dans une autre réalité. Puisqu'on ne la voyait pas par la porte-fenêtre, parce qu'il n'y avait plus ni porte ni fenêtre au pays des masques de beauté, il n'y avait plus de Licheuse pour nous.

C'est quand Beauté s'est ramenée le soir avec Petite et Monkémile qui la soutenaient péniblement, qu'on a pensé qu'il s'agissait d'une de ces journées graves et rares pour que nous eussions été seules, abandonnées aussi longtemps. Chez elle, la voisine assoupie dans sa fièvre n'avait pas répondu. Nous, on avait décroché le téléphone : ils l'avaient crue avec nous. Les policiers s'étaient contentés de jeter un coup d'oeil dans la cour où ils firent même semblant de participer à nos jeux, les braves. Tout semblait sous contrôle comme dans toutes les cours des maisons de la ville avant l'heure de *Goldorak*. Nous étions trois : une, deusse, troisse. On leur a dit que maman était revenue et ils nous ont crues, les braves. Nous sentions confusément que quelque chose d'important se tramait dans le ciel si sombre qui s'était éteint tout d'un coup au-dessus du perron. Les nuages claquaient des dents et toutes les images épeurantes de nos compositions françaises de novembre nous envahissaient, nous saisissaient comme de la réalité ! Nous étions transies et terreuses : il fallait rentrer.

C'est là, par-dessous les marches qui ne faisaient plus d'ombre qu'on les a vus arriver. En catastrophe ou plutôt comme des épaves. Serrés les uns contre les autres, comme portés par la fatalité, éplorés comme des corneilles détrempées par une première neige précoce. Et dignes et nobles comme dans une descente de croix. Les chevilles de Beauté roulaient maintenant de chaque côté de ses souliers trop hauts, ses bas percés au genou, ravalés sur ses belles jambes et comme du vomi dans le froissé de son ventre sur son manteau de laine bleue si chaude. Depuis que la Licheuse était parmi nous, c'était bien la première fois que Beauté osait rentrer aussi tardivement. D'où venait-elle dans cet état ? D'où sortaient-ils avec ces têtes d'enterrement ? Qu'allions-nous prendre lorsqu'ils découvriraient notre Licheuse écumante dans son jus, marinée, ligotée dans ses liens sous la table de la cuisine, hurlant silencieusement, les yeux exorbités, et les poils de sa tête collés de vermine en grumeaux ? Et baveuse, et morveuse, et spumeuse comme une épileptique convulsive ou une chienne éreintée au bout de sa rage.

Ils ont coupé notre corde à sauter à deux ou trois endroits. Nous avons protesté, véhémentes, menaçantes. Ça nous crevait le

36

coeur de voir ainsi la Licheuse, mais il ne fallait pas jouer le jeu de leur mélodrame. Au fond, ils en jouissaient déjà eux-mêmes. Les cris de Petite, la main preste de Monkémile nous laissaient froides. Nous regardions Beauté, notre Beauté ahurie et en transe qui gémissait abêtie dans un coin, coulant le long du mur comme une vieille tache. Il fallait penser très fort à notre corde à sauter plus bonne à rien, plus bonne à sauter, plus bonne à danser dans la mort et rentr'ti-Pierre, rentr'ti-Paul, scansion interdite, rupture définitive. Irrécupérables : nous, notre corde, notre mère. On la serrerait dans les placards interdits, on la serrerait dans nos bras. On les cacherait dans notre chambre, notre mère, notre corde, loin de la Licheuse qu'on ne voulait plus voir ainsi, qui finirait par nous faire fondre en larmes nous-mêmes, taches indélébiles sur le mur lisse et coulant de la honte. Serrer les dents alors comme les nuages qui s'étaient retenus, eux, qui n'avaient pas crevé, eux, comme des pleureuses grecques de tragédie antique. Sale Petite, sale hoquet s'éternisant, rebondissant contre le mur, lamentations, plainte contre le mur de notre résistance. Il fallait que ça ne soit pas vrai. Il fallait que ce ne soit qu'un maudit rêve d'enfant fiévreux, un damné cauchemar d'enfant malade la nuit dans son épais sirop de sommeil agité et lourd à la fois. Comme quand c'était notre rougeole, comme quand c'était notre rubéole, notre scarlatine, notre varicelle, nos oreillons, notre picote volante, notre coqueluche aiguë. Comme quand c'était les fifilles à gros bobo, les fifilles délirantes qui voyaient des pivoines sur le mur et qui avaient peur, peur, oh ! tellement peur parce que les pivoines devenaient grosses comme des lunes, s'enflaient comme des visages mongols de Beauté penchés sur nous pour nous aspirer toutes dans un réveil combattu.

Maman ne bougeait pas. Elle ressemblait trop, ce soir-là, à l'image gonflée de nos rêves. Beauté était laide maintenant comme une vieille morte de trois jours, une noyée, une droguée saoule aux as, une débarrassée de la vie.

La Licheuse ne perdrait rien pour attendre. On la ressortirait au printemps. Noeuds, pas noeuds. Pas pour danser, notre corde, pas pour sauter. La plus souple, la plus merveilleuse, irremplaçable. Non, elle ne perdrait rien pour attendre son printemps, la Licheuse. Notre mère à danser, notre mère à sauter. Sous les meubles, au pied des murs, partout. Mais Beauté, qu'est-ce qu'elle avait donc à pleurer maintenant à petits coups dans son manteau de laine bleue et ses cheveux ébouriffés ? Et qu'est-ce qu'ils attendaient pour lui porter secours, Monkémile et Petite ? Ils pouvaient bien cesser de frotter leur Licheuse ici et là où est-ce que c'était le plus mauve, le plus marqué. On aurait dit qu'ils en voulaient à notre mère. On aurait dit qu'ils la blâmaient autant sinon plus que nous pour ce qui était arrivé à leur Licheuse.

Beauté sentait drôle, elle sentait fort ; elle sentait bon notre Beauté, cette fois-là. On ne l'oubliera jamais. Elle s'est penchée vers nous et elle a murmuré tout doucement les choses qu'on avait devinées depuis longtemps, dans le noir ciel de nos compositions de novembre. Grand-maman Éva-Rose était morte, ce midi-là. Elle avait déboulé dans sa cave, pour toujours.

Les policiers sont revenus, ont transporté la Licheuse à la clinique, ont fait leur rapport. Les braves. Le lendemain, tous les quotidiens parlaient de nous, de la Licheuse, de Petite et de Monkémile, de Beauté. À peine de grand-maman Éva. Il y a même un journal qui a déformé son nom : dans la nécrologie, il la faisait mourir sous le pseudonyme ridicule et provocant d'Éva-Rouge. Il s'était trompé de couleur. Une coquille, ça arrive même dans ces colonnes-là. Celles qui ne l'aimaient pas ont dû trouver ça drôle à mort, faire des farces plates, inventer des jeux de mots faciles avec le cadavre de notre grand-mère qu'on ne reverrait plus jamais, jamais au grand jamais... On a découpé l'extrait et on l'a serré dans notre tiroir interdit avec la photo de Maurice et notre corde à sauter.

Puis le printemps est venu, cette année-là, longtemps après Pâques, mais il ne s'est rien passé. La nature a fait son travail, c'est tout. Ils ont enterré les mortes de l'hiver et les journaux ont tout oublié. Il faudra attendre le printemps où la Licheuse aura ses vingt ans à elle toute seule pour ressusciter nos haines. En attendant, elle se fera prendre plus d'une fois, pour jouer, pour le plaisir, sous l'escalier avec d'autres cordes qui serviront aussi d'attelage à notre Licheuse de trait. Le calme plat, ce sera finalement la monotonie de notre puberté, comme elles disent, retardant la sienne, la devançant, la guettant tapie dans sa latence interminable. Une Licheuse accrochée à tous, à toutes comme un bébé cachalot après sa baleine mère bien harponnée, sanglée déjà le long de son remorqueur pour se faire dépecer vivante.

Et s'ennuyer nous autres au large, s'ennuyer tout au long de la semaine parce qu'on nous réformait dans une prison polyvalente pour les enfants perturbateurs de batracienne débile. Enfance exceptionnelle, mésadaptées sociales, et toute la batterie, le bataclan des euphémismes allégés, soupe douteuse dans laquelle nous nagions, nous, et où il fallait faire notre temps comme des forçats parmi la fine fleur de la délinquance juvénile.

Beauté ne se remettra jamais de sa première fugue du palais papal. Quand elle est revenue malade pour en crever dans son manteau bleu de Saint-Hyacinthe, qu'elle nous a surprises en flagrant délit d'abandon et de désespoir, Beauté a sombré dans les limbes de sa ménopause et n'en est jamais ressortie tout à fait elle-même. Elle est devenue une grosse Beauté molle et délabrée. Elle s'est mise à avoir un visage autour de son beau visage de Beauté, une taille par-dessus sa fine taille de Beauté, des mollets autour de ses bras et du poil sur ses jambes si délicates. Notre Beauté s'est mise à épaissir de partout sauf des jambes qu'elle conserva intactes comme le vestige décharné d'un temple dévasté, envahi par la graisse du temps. Toutes les grossières images sont bienvenues maintenant que Beauté était devenue vulgaire. Elle ne détonnerait plus jamais sur le boulevard, ni dans nos coeurs. On pouvait l'aimer comme avant, il n'y avait plus de danger à rester prises dedans puisque notre mère était devenue une Beauté repoussante pour les licheuses.

Notre demi-soeur ne léchait plus Beauté, s'en éloignait, en avait peur, aurait-on dit. La Licheuse louchait de plus en plus vers une autre qui louchait prodigieusement vers elle. Paris-Carotte, la petite voisine, entrerait en scène. Toutes deux deviendraient semblables, elles deviendraient pareilles, elles feraient corps. Des filles de Beauté, à leur tour, revues et corrigées.

Depuis que nous sommes centenaires, nous n'avons plus d'âge. Beauté dépérit à vue d'oeil dans son linge sale qu'elle ne lave même plus en famille. Ses soeurs voudraient bien l'entourer, mais Monkomer est parti à son compte à Saint-Hyacinthe et elles sont parties avec lui. Nos cousins se sont évaporés vers leur nouveau terrain de jeu. Blanche et Petite ont déserté la ville. Beauté ne peut même plus vivre sa vie de soeur moyenne ou cadette ou aînée. Elle n'a plus le choix, les grâces ont éclaté. Elle est seule. Des fois, on pense qu'elle va toutes nous entraîner dans ses limbes. Le palais des papes est devenu une maison de femmes vides. Le palais des papes, nous en avons bien peur pour Monkémile, notre pauvre Monkémile, son palais va devenir une maison vide de femmes si ça dure.

IV

Monkémile avant la guerre

S'il y a quelque chose que Monkémile ne peut supporter, c'est le poil. Jamais il ne l'a toléré sur lui-même, jamais il ne pardonnera à sa fille de s'en faire une marque de distinction sous le nez, sous les aisselles, entre les jambes et sur les bras. Une femme à la Proust, la Licheuse. Jamais Monkémile n'aurait cru que Beauté elle-même en cultiverait un jour des prairies en moissons plein son corps si blond si glabre de déesse de Carrare. Sa Norvégienne, son lait de jouvence, son Iseult en camaïeu, sa Catherine Deneuve en cyprine à sa proue. Cheveux épars, chair nue. Chair nue surtout. intacte et absolument lisse. Ne se rasait-il pas lui-même depuis cinquante ans ? Le crâne, le dos, les phalanges-phalangines-phalangettes ? Il portait ses combinaisons d'hiver même en été, même pour dormir afin de s'épiler le reste de sa personne, par frottement. Hirsute comme un singe par son père et par sa mère, Monkémile, trapu héréditaire, était devenu poli et luisant comme un ver blanc à force de persévérance, de principes et de propreté maniaque.

Depuis qu'il est chauve des pieds à la tête, Monkémile adore se frotter contre la peau de soie des filles de Beauté. Quand il embrasse la Licheuse, il a l'impression insupportable d'embrasser un cul d'homme et il le dit avec beaucoup de vulgarité dans sa gorge, et il ajoute en mouillant son gros cigare phallique qu'il n'aime pas ça, comme si c'était nécessaire. Nous, là-dessus, nous le comprenons bien. Il y a alors entre Monkémile et les filles de Beauté cette complicité qui fait que nous le tolérons maintenant dans son palais. Dans la famille, on a le pubis jaune et clairsemé. C'est rare et il faut payer cher pour y croire.

Nous avons la peau lisse comme de la chair de fruit. Nous avons d'abondants cheveux blonds cependant que nous laissons pousser, que nous encourageons à s'étirer par les mystérieuses mixtures de la coiffeuse Florence. Notre tignasse est longue d'un siècle de prévenance et d'entretien. Quand Monkémile devient trop entreprenant, nous lâchons notre crinière par-devant et par-derrière et la flagellation le refroidit et l'excite à la fois. S'il rapplique, nous nous habillons avec notre chevelure et alors, comme il est réfractaire tout à fait, il nous laisse tranquilles, ne nous retrousse plus, redevient indifférent comme un Monkpit ordinaire.

Quand nous étions plus jeunes, ça n'allait pas tout seul. On avait beau être petites, on ne pouvait pas se prémunir contre les assauts de façon aussi efficace. À cause des poux des petits crottés du bas de la ville que nous aimions fréquenter avec Maurice, Beauté nous coupait les cheveux à la garçonne. Il nous traînait toujours un bout de fesse sous la culotte pendante que Monkémile pinçait avec ses doigts ronds mais habiles sous les tabourets de son comptoir. C'était dans le temps de notre père absolu, dans le temps où Monkémile n'était que le petit gros vicieux gentil pareil de la salaison Foucault. Ses charcuteries étaient tellement bonnes, sentaient tellement polonais ou italien, nous revenaient tellement moins cher que les sales frites molles du Saint-Hubert Bar B-Q huppé, pas abordable pour les petites filles du grand logement si clair de la rue Chateaubriand, qu'on se laissait faire un peu. C'était avant la guerre, c'était avant notre terrible, notre irré-médiable conflit mondial avec Beauté. Vous allez la faire mourir, votre mère !

Une petite pincée sur les fesses, ça n'a jamais fait mourir une fille de Beauté, encore moins trois. Une pincée, trois gifles affec-tueuses, mais efficaces, c'était équitable pour un plein sac de rognures de *peperoni* à l'ail. On laissait à d'autres les retailles d'hosties et les chips Duchess pâles. Nostalgie. Aujourd'hui, Mon-kémile n'ose plus souvent. Depuis que Beauté refuse de lui raser le dos, depuis que Blanche interdit à Petite de le faire et depuis que la Licheuse lui a fait éclater deux grains de beauté, qu'il a failli se rendre au bout de son sang, Monkémile ne peut compter que sur nous. La crainte de nous offenser, c'est pour lui le début de la sagesse, c'est-à-dire qu'il sait pertinemment que s'il déroge, notre anti-Samson perdra ses Dalila et redeviendra en peu de temps le gorille qu'il a toujours combattu en lui-même comme sur sa sacrée personne. Le boulevard Pie-IX ne le tolérerait pas. Monkémile croit dur comme fer que les Anglais des avenues sont sans poils de pied en cap et il veut les singer. Très contradictoire. Malgré tous ses efforts, Monkémile est un joli macaque.

Quand on travaille dans le saucisson et le *smoked meat*, on ne peut pas se permettre la toison biblique. Les Grecs et les Libanais qui ont fait successivement faillite là où Monkémile a fait fortune, coin Beaubien, auraient dû le savoir. Les beaux Zorba de la rue Saint-Laurent auraient dû apprendre avant d'émigrer sur notre Plaza très catholique qu'on ne tolère pas le poil frisé dans le jambon cuit ou le steak haché, fut-il plus frais, plus maigre que celui d'un Monkémile. Tant pis pour eux, tant pis pour nous.

Monkomer et Monkpit avaient été des amis d'enfance, puis les amis de garçons de nos tantes. Ce qu'on ne savait pas, c'est que Monkomer et Monkpit avaient été dans la même classe que Monkémile pendant toute la durée de leurs classes primaires. Ils avaient donc grandi ensemble dans le même quartier, dans la même paroisse, dans la même rue. La même misère. Les familles de Monkomer, de Monkpit et de Monkémile étaient même voisines dans cette maison vétuste du bas de la ville. Eux autres, ils sortaient tous trois du même moule, de la même serre chaude, celle qu'on appelait le Faubourg à m'lasse, au sud-est du Plateau Mont-Royal.

C'est chez Messier 850 que les soeurs Cantin, les trois grâces de la quincaillerie, allaient le plus souvent quand elles délaissaient la rue Masson pour aller magasiner en plus grand sur le Plateau. Est-ce là, à mi-chemin de leurs patries que se sont rencontrés Monkomer et Blanche, Monkpit et Petite ? Probablement. Le Plateau était une sorte de zone libre, un quartier tampon entre la misère et l'aventure. En tout cas, c'est sur le Plateau Mont-Royal que Beauté a rencontré Monkémile pour la première fois. Notre père adulé n'avait pas encore émigré de Saint-Hyacinthe vers la ville et Beauté reposait sur les tablettes de son père avec ses soeurs. On ne blâme pas Monkémile d'avoir tenté sa chance une première fois à cette époque. Mais là où Monkomer et Monkpit ont réussi, Monkémile a lamentablement échoué. Aussitôt que Blanche a eu l'audace de convoler puis, Petite, l'erreur de l'imiter, le Plateau s'est vu vider à tout jamais des filles de la quincaillerie Cantin. Quand Messier 850 ferma ses portes, il y avait belle lurette que les quinze-cents de la Plaza Saint-Hubert avaient supplanté ceux du Plateau Mont-Royal, dans les sacoches de nos tantes ainsi que dans le coeur de notre Beauté fille. Voilà ce que c'est qu'une ville. Ça prendrait au moins un chroniqueur pour chaque quartier. Nous ne sommes pas assez nombreuses pour ce métier-là. Tant pis pour Montréal et ses petites patries oubliées.

42

Lorsque notre mère reconnut Monkémile derrière son comptoir de faux marbre dans la salaison Foucault licence complète, elle était au bras de notre père fraîchement débarqué de Saint-Hyacinthe. Ils ne renouèrent rien. Monkémile avait voyagé et s'était instruit dans les chiffres et dans la viande. Pour acheter un commerce comme sa charcuterie en pleine Plaza en pleine expansion, il fallait de l'argent et de l'anglais. Monkémile avait compris et lorsqu'il avait fui le Plateau et le Faubourg, c'est pour Plattsburg qu'il s'était enrôlé. Là, il fit fortune en apprenant le métier de cuisinier. Quand il vendit ses stands de hamburgers et de hot-dogs bilingues sur les bords du *Lake Champlaine*, Monkémile était riche à craquer et bilingue comme ses affiches par-dessus le marché. Il s'en était sorti, il ne reverrait plus jamais Monkpit ni Monkomer qui lui faisaient tellement honte avec leur petite misère. Quant à Blanche, Petite et Beauté, il était à cent vingt lieues de se douter qu'elles deviendraient un jour les gardiennes de son sérail.

Monkémile, c'est l'envers de Maurice, c'est pour ça qu'on y pense un peu. Hier encore, il a tenté de manifester sa présence, son existence larvaire. Il nous a proposé une promenade au Jardin Platonique, comme il dit pour faire son drôle. On a refusé avec empressement. C'est à deux pas d'ici. On n'a qu'à suivre le boulevard jusqu'à la rue Laurier. On ne voulait pas y aller parce qu'on le connaît par coeur, son Jardin. Il y a longtemps qu'on en a fait le tour. Il porte bien le nom qu'il lui invente, celui-là. Platonique, quelle tristesse, quelle inertie ! Au moins notre père adulé nous traînait dans des parcs amusants et dangereux, des terrains de jeux où l'on pouvait se faire mal, se tirailler, être vivantes. Monkémile, quand Beauté lui a raconté que notre père sanctifiant nous emmenait au parc Lafontaine, il s'est mis à nous traîner tous les dimanches de la vie au Jardin Botanique.

S'il y a un parc plat à mort pour des filles de Beauté, c'est bien le Jardin Botanique. Ça prenait bien un frère pour nous inventer ça. Le frère Marie-Victorin trônait cul-de-jatte parmi sa flore laurentienne qu'on ne connaissait ni d'Ève ni d'Adam. Des herbiers, des jardins miniatures. En pleine ville ! On en connaissait des plus beaux, des plus vrais, des plus cachés dans les ruelles des Italiens où ça sentait la sauce forte en plus. Mais Monkémile faisait cela pour se faire accepter, disait-il, pour nous faire oublier le passé. Le gaffeur. À chaque fois, c'était l'ennui morbide que l'odeur mauve des mièvres saint-josephs ou la senteur rance d'urine foncée des vieux garçons suscitaient.

Pour nous, les fleurs, ça évoquera toujours les parfums écoeurants du salon mortuaire de Monkomer et de Monkpit où l'on avait reconstitué un cadavre qui aurait pu être n'importe qui sauf notre père affectif. Les pétunias et les marygolds, c'était l'envers de ce qu'il sentait, c'était le contraire de sa folie si vivante, si délabrée, si tendre. Le Jardin Platonique, c'est bon pour des Monkpit flasques et ruminants ou pour une Licheuse pâmée sur sa jardinière d'enfants.

Pour qu'il nous laisse tranquilles, on s'est mises à tout casser, à tout arracher, là-bas. Dans les serres aux carreaux crasseux où même le soleil ne daigne pas pénétrer, on étouffait, on jouait les phtisiques. C'est dans ces serres chaudes aux décors de théâtre de marionnettes et de pâté chinois qu'on a poussé la Licheuse dans les *cactus venenosus*. On se doutait bien qu'il y avait du poison sous ces mots d'église. On en a eu la preuve. Ça lui a coûté tellement cher à Monkémile qu'il a longtemps hésité après pour nous ramener dans des serres. Il y allait tout seul avec la Licheuse pour lui faire passer sa peur des plantes. Elle s'affolait à la vue de la moindre brindille. Elle avait peur des plantes comme d'autres ont peur des chiens ou des rats. C'était devenu très gênant. La Licheuse n'était presque plus sortable. En tout cas, nous, on ne l'accompagnait plus au Jardin Botanique. Monkémile amenait la petite voisine Paris-Carotte avec eux pour faire de la compagnie. Comme ça, quand la Licheuse piquait sa crise, ça pouvait avoir l'air d'un jeu d'enfant. Ce n'en fut pas un de la guérir de sa phobie des plantes, bien que Paris-Carotte, il faut l'admettre, fût plutôt efficace.

Paris-Carotte, c'était une trouvaille ! Même la Licheuse en avait honte. On n'avait pas idées de traîner ça avec soi dans des lieux publics. Elle s'appelait Marie-Fronce, perlait pointu pointu comme sa mamon d'amour et avait les cheveux rouge rouillé. Paris-Carotte était presque aussi pire que notre Licheuse, mais son père qui était un importateur de bijoux plaisait à Monkémile parce qu'il était d'affaire comme un vrai gentleman.

Depuis qu'il ne tenait plus la salaison de la Plaza, Monkémile ne chômait pas pour autant. Il brassait des affaires inodores, incolores, insipides. Florence, la coiffeuse interdite et recyclée, avait refait surface dans la vie de Beauté en devenant notre voisine d'à côté. Florence était devenue Fleuronce après un mariage d'or et d'argent, un mariage de breloques importées, avec un bijoutier voyageur des vieux pays. Un Suisse *made man* comme disait Monkémile, en s'étouffant dans l'épaisseur de sa platitude qu'il faisait durer longtemps. Le Suisse de Fleuronce lui avait fait une fille, Paris-Carotte, qui était devenue l'ombre chinoise de notre Licheuse, par l'entremise de notre admiratif Monkémile.

Nous ne nous prenons pas pour les soeurs de Cendrillon ou pour les jumelles Dionne. Nous ne nous prenons ni pour les trois soeurs Brontë ni pour les soeurs Koestler aux longues jambes, ni pour des Soeur-Berthe-au-grand-pied. Nous pouvons bien le confesser ici, nous sommes sans cesse menacées de morcellement, de divisions. Des fois, une part ou l'autre de nous-mêmes flanche et sombre dans des états lamentables d'affection ou même d'amour.

Oui, comme pour Monkémile, une part de nous-mêmes que nous nous efforçons de garder secrète, une part de nous-mêmes que nous n'osons nommer, que nous maquillons, est-ce Béaba ou Laurelou ou l'Ange-Line-que-je-te-retrousse, une grosse part de nous s'abandonne à la non-indifférence toute francophile pour Paris-Carotte. Le grand rêve européen. La neutralité tiraillée dans les grandes passes des montagnes suisses. Quand ce morceau fébrile de nous touche et caresse les cheveux en feu de Paris-Carotte, nous tressaillons comme des mâles en rut, orignales, le coeur nous lève à des altitudes alpestres et nous aimons, oui, nous aimons Paris-Carotte de toutes nos forces, de toute notre faiblesse aussi. Car elle dégage un parfum de terre et de crevasse sous l'avalanche rousse de sa tête. Elle sent l'herbe roussie et les cailloux brûlés de la montée Douce de Saint-Maurice dans le Valais. Ça évoque pour nous la poussière généreuse du rang Fameux de Saint-Hyacinthe, dans le pays bleu de Maurice qui flambe rouge avec elle. Son rire si clair. Entendre cette cascade iodler comme en échos, une part sauvage de nous-mêmes, torrent retenu, déchaîné. Si tout notre être ne se consume pas, bouillonneuses soudain pétrifiées, nos strates englouties, nous nous fissurons toutes, nous nous effondrons dans le gouffre, nous nous émiettons comme de la crotte séchée piétinée par les chevaux du vendeur de glace, dans la ruelle de Chateaubriand entre Beaubien et Saint-Zotique. Voilà ce qu'il faut taire.

Toutes les filles du monde entier auront compris que se cache derrière nous une abominable bête blessée, qu'entre nous s'espace une douleur muette, que la Licheuse au fond nous habite, nous voyage, nous travaille et nous ravage comme un cancer du col. Cela est évident que ça ne pourra pas durer longtemps. Cent ans, cent ans d'usure commune, d'usure de flamme, cent ans à combattre cet incendie de l'enfance, à colmater les brèches, à se

jurer mutuellement le silence, le secret et constater aussitôt la traî-
trise entre nous, la mouchardise en nous. Voilà une part de nous
qui flanche à tout bout de champ, sans avertir. Quand ça n'est pas
pour Monkémile, c'est pour Paris-Carotte et quand ça n'est pas
pour une Suissesse, c'est pour toutes les licheuses de la terre, les
Beauté des concours de Miss, les Blanche de porcelaine, les Petite
en pain d'épice et leurs manques à aimer. Quand on ne se retient
plus, on aime tout le monde et son frère.

Des fois, on n'est plus capables de se faire haïr par le monde,
on se sent seules en nous-mêmes et c'est dans ce temps-là qu'on
est le plus malades, le plus vulnérables et le plus en danger de disparaître comme trois filles de Beauté. C'est ça qu'on reproche le
plus au Monkémile d'avant la guerre. D'avoir été si patient avec
nous, si tolérant, si généreux, si doux. D'avoir tenté de ressembler
à Maurice. On ne lui pardonnera jamais d'avoir mis sur notre
route une Licheuse si totalement offerte et une Paris-Carotte si
tendre sous la dent.

Car en principe, on était contre la haine, mais voilà que la
belle indifférence si durement gagnée aux dépens des Beauté, des
Blanche et des Petite, madames poussives et malhabiles avec des
filles comme nous, voilà que la hautaine insouciance s'écroule
comme s'évanouit le souvenir de notre père envolé. Coupables,
nous redevenons passion éloquente et chant d'amour, des musi-
ciennes pour chœur et orchestre de Vienne, un concerto pour main
gauche de Ravel, les Solistes de Zagreb, le *largo Ombra mai fu* de
Haendel, une soprano avant la mue, une mezzo-soprano, une con-
tralto, des fleurs pour une finale avec l'ensemble de l'Academy of
Saint-Martin-in-the-Fields. N'importe quoi, jamais l'ombre d'un
arbre aimé. On divague loin. On est sur le bord de devenir trois îles
englouties.

Mais ça n'est pas demain la veille. Des filles de Beauté, nous
ne sonnerons pas le glas si gaiement. On va se ressaisir après la
guerre. La terrible conflagration qui va dévaster nos amours coupables, Monkémile et sa Paris-Carotte, Monkémile en son Jardin
Botanique, Monkémile déguisé en Fernandel, Monkémilio qui
finira bien par nous abandonner aux orties, comme il a abandonné
un jour notre Beauté à elle-même et comme un jour l'abandon-
neront sa Licheuse de fille et Fleuronce, les banques suisses et
toutes les autres, dans une serre froide, tout nu, poilu, perdu. Il
verra qu'à la guerre des hommes, on n'enrôle pas des femmes de
palais et encore moins des filles de Beauté. Il mourra seul au front,

bravement, ou il s'en ira pourrir comme un poisson crevé dans l'oubli abject avec un euphémisme au bas du dos en guise de décoration. Il réintégrera son Faubourg, plus démuni, plus humilié que dans sa pauvreté d'antan. Adieu les palais, adieu les clairs de lune.

V

Le dernier lit de Beauté

Le retour d'âge de Beauté s'avéra un désastre pour Monkémile et pour nous toutes. On n'a jamais tant joui ; on n'a jamais tant joui jaune de notre vie. La masseuse de Fleuronce venait régulièrement tripoter les chairs de Beauté au grand désespoir de Blanche et de Petite. Écouettée comme une somnambule, notre Beauté se vautrait allègrement dans sa vulgarité et les chaleurs. Même Monkémile ne la touchait plus depuis longtemps. Nul ne pouvait l'approcher hors sa masseuse illégale et hebdomadaire. Anonyme comme pas une, la masseuse de Fleuronce était la seule créature à ne pas se boucher le nez pour aborder notre Beauté fatale.

Vous allez finir par la faire mourir, votre mère !

Ça la rongeait par-derrière le visage, ce mal étrange qui dégageait des belles senteurs putrides dans l'haleine de Beauté. Qu'est-ce que c'est que la ménopause ? C'était une maladie incurable, une sorte de tumeur maligne qu'on ne pouvait même pas bombarder au cobalt. Belle guerre. On ne se gênait pas au début pour être heureuses du haut de notre cinquantaine bien sonnée. Après tout, la vie continuait. Et puis, n'était-ce pas cette odeur de sainteté que nous reconnaissions, cette senteur coutumière dont on raffolait tant du temps de notre père infesté ? Un mal semblable ? Un mal de vivre comme dans les chansons de la belle grande Barbara ? Beauté allait devenir comme un homme avec cette maladie-là. La ménopause, c'était le même mal, notre mal, celui qui nous rongerait à notre tour quand nous serions vieilles, vieilles, vieilles comme Beauté, quand nous aurions atteint à notre tour, notre quarantaine individuellement, centenaires, nos quarantaines jugulées. C'était endémique, c'était dans la famille. Vieillir, c'était notre marque de commerce. Vieillir. Quand on est sur le point d'ouvrir un institut de Beauté rue des Cascades ou rue Girouard à Saint-Hyacinthe, c'est grave de sombrer tout d'un coup dans la ride et la bouffée de chaleur.

Beauté vivait son mal en forcenée en commandant aux choses et aux gens du fond de sa chambre obscure. Si parfois elle quittait son lit, c'était pour jeter des sorts à ses miroirs éteints. Elle vivait tamisée par des abat-jour bleus qui rendaient livides les visages les plus radieux et les plus sains qui osaient s'introduire dans la chambre. À part la masseuse, nulle n'avait le droit d'approcher ce qui restait de Beauté. Ses soeurs enragées tremblaient qu'on les renvoie chez Monkomer et se multipliaient comme des lapines pour des tâches inutiles qu'elles répétaient sans cesse pour paraître indispensables. Nous, on se cachait sous le lit à baldaquin, dans les tentures et dans la garde-robe. On épiait sa fin, on enregistrait toutes les phases de sa décrépitude.

Un jour que Blanche se désespérait plus que de coutume, elle fit venir ses garçons sous prétexte qu'ils devaient voir leur tante avant qu'elle ne s'éteigne définitivement. C'est ce qu'on a compris. La manoeuvre était habile et ils s'incrusteraient volontiers comme leur mère, si nous ne prenions pas soin de les en dissuader de la bonne manière.

Nos pairs qu'ils se croyaient, ces chers garçons de Blanche et de Monkomer. Tous de la même trempée, semblables deux par trois, en tous points répondant à l'image qu'on connaissait déjà des garçons du voisinage. Bien campés, hésitant encore entre leur joliesse juvénile et leur hideur adolescente, ils incarnaient ce que l'on répudiait déjà depuis longtemps chez les fils brutaux et pleurnichards de nos voisins pelés. Ils étudiaient d'ailleurs dans des collèges que leur payait notre mécène Monkémile qui s'avérait aussi être le leur par l'intrigue savante de leur mère. Nos cousins parasitaient autour de Monkémile comme leur père, Monkomer, avait parasité chez le ferblantier Cantin dans le temps. Ça, c'était une autre maladie, la leur, celle de Blanche et celle de Petite. Un jour elle leur serait fatale, nous le savions déjà.

Ils s'amenèrent sportivement au chevet de notre pauvre Beauté. Ils ne purent retenir leur nausée bien longtemps et la visite dans la chambre fut brève. Très brève. Ils s'éternisèrent un peu trop à notre goût ailleurs, dans nos vies privées. Trois mois qu'ils passèrent à la ville, cet été-là, à nous bousculer dans les escaliers, à table et dans la balançoire. Ce furent les plus rudes vacances de notre carrière. Nous étions cernées. D'un côté, les fiers garçons alertes de Blanche ; ailleurs, leur mère et Petite et Monkémile et Fleuronce à l'affût d'on ne savait quelle représaille venant de nous. Et puis la Licheuse et sa Paris-Carotte qui croyaient se faufiler dans l'affluence vers le grabat d'une Beauté mourante rare.

Mais Beauté, qu'allait-il advenir de notre Beauté cautérisée, à la fois encerclée et abandonnée au fond de son nuage bleu et nauséeux ? Derrière nos rires et nos sarcasmes se cachait une angoisse peu commune. Allait-elle ou n'allait-elle pas s'amender, nous rappeler, congédier la masseuse, répudier tous les autres, ces licheux de linceul, et nous faire monter pieds nus dans son lit à baldaquin ? Pour qu'on regarde ensemble cet album tabou, ces photos interdites depuis son remariage, ces photos de nous si mêlantes qu'on ne parvenait pas seules à savoir de qui il s'agissait dans la même robe refilée de l'une aux autres. Et puis ces portraits du père envolé dans sa folie furieuse ? C'est tout ce qui comptait pour nous alors que ces imbéciles cousins germés nous pelotaient dans tous les coins, dans notre chambre et dans notre trop inquiète et curieuse innocence. Pourquoi disait-elle qu'on la faisait vieillir ? Pourquoi Beauté répétait-elle sans cesse qu'on la ferait mourir un jour à force d'entêtement et de mauvaise volonté ? Des doutes nous barraient les jambes. Des remords nous assaillaient et les cousins profitaient de ces instants de déroute pour nous tenter.

C'étaient des garçons tout ce qu'il y a de plus beaux, de plus normaux pour celles qui aiment ça. Aussi sains et virils qu'on était fières et décidées. Se rabattre sur eux ? Ils s'appelaient indifféramment Félix, Antoine et Laurent, s'intervertissant comme des valets de jeu de cartes. Ils ne sont pas moins jumeaux qu'on est indifférentes à leurs ébats violents. Ils ne sont pas plus boutonneux qu'on a les cheveux rouges comme ceux de Paris-Carotte. On serait portées à les exagérer comme on amplifie tout dans notre résonateur collectif. Félix, Antoine, Laurent et leur vis-à-vis sont presque des hommes sous leur pyjama rayé, mais on n'est pas capables de les imaginer encore en Monkémile, en Monkpit et en Monkomer. Des fois, ils nous tentent entre les rayures. Alors, on a peur dans nos culottes. Le soir surtout, quand Beauté nous boude, lorsqu'elle souffle moins fort que Fleuronce dans la chambre de Monkémile, lorsque sa masseuse lui arrache les mêmes petits cris que ceux que retient à peine, à grand-peine, Fleuronce dans la chambre à Monkémile, on a peur dans nos culottes. On a peur dans nos vagins, nos lèvres d'en haut et nos lèvres d'en bas tremblent comme des machines déraillées. C'est qu'on a froid dans nos os, on a envie de se coller comme avant l'une dans les autres, mais soudain on ne peut plus ; on ne peut pas parce qu'on est gênées, parce qu'on est tout mouillées partout. On se sent moins belles, moins pareilles, moins décidées qu'avant. On se sent épiées par nos cousins dédoublés, voyeurs troublants et louches dans leur pantalon trop serré soudain, dans leur camisole trop moulante et dans leur façon de laisser deviner ce qu'ils attendent de nous sans le dire.

On a hâte qu'ils parlent. Non, on a hâte qu'ils partent, nos cousins, parce qu'ils nous barbent tout le temps. Ils discourent avec Monkémile et leurs obscénités rivalisent dangereusement avec les nôtres. On va sauter sur eux dans peu de temps parce qu'ils nous agacent entre leurs douches et leurs parties de football, avec leur air *clean cut* de supériorité élastique de gymnastes bronzés en vacances. On sait qu'ils sont vierges, les josephs ; on sent qu'ils ont peur. On sait qu'ils sont encore plus intacts que nous et on sent qu'ils sont encore plus froussards que nous dans leur petite culotte humide. Alors, on va sauter sur eux autres comme Paris-Carotte a sauté sur la Licheuse l'autre matin pour se venger de Monkémile, pour venger sa Fleuronce de mère.

Ça n'est pas pour rien qu'on est amoureuses parfois, quand on ne sait plus quoi faire, quand on s'ennuie pour mourir à la place même de Beauté dans cette bordel de vie. Ça n'est pas pour rien qu'on est en pâmoison devant Paris-Carotte comme on ne le sera jamais autant devant nos cousins vrais bessons faux jetons. Paris-Carotte, c'est une petite audacieuse que l'accent pointu de sa Fleuronce de mère n'a pas réussi à dompter sous l'adultère. Elle est comme nous, au fond. Moins nombreuse, elle n'est pas moins terrible avec notre Licheuse. Ça nous a pris du temps à nous en rendre compte, mais ça n'est pas le Jardin Botanique qui l'aura inspirée, la Paris-Carotte ; elle a le feu sur la tête et elle a le feu dans sa robe, la Paris-Carotte, la Paris-Culotte.

C'est Monkémile qui va s'en mordre les pouces, pauvre Monkémile qui les lâchait lousses dans le Jardin. Avec ses contre-pèteries de cancre, c'est un pauvre petit Sol de pacotille, ce cher Monkémile des quinze-cents ! Petite aussi se désagrège. Depuis qu'elle couche dans le même cercueil que sa sœur Blanche, elle doit bien sentir lui échapper la Licheuse. Notre petite Licheuse, c'est une proie facile, petit rat musqué traqué dans sa naïve inconscience. Encore un peu et elle en deviendrait belle. Même pour nous. Pauvre petite Cendrillon d'amour, happée dans le jardin de Beauté, blottie pieds nus sous le baldaquin et qui ronronne à notre place dans l'asphyxiante douceur de la poitrine de Beauté. Qu'est-ce qu'elle ne perdra pas pour attendre, la mignonnette ? Le palais tremble comme de Sodome en Gomorrhe. Les cousins marquent le pas. Il y a trop de monde dans le bordel du pape. C'est pour ça qu'on suffoque. Ça va sauter !

Petite tremble. Comme nous, elle se sent abandonnée par sa Licheuse qui se fait fouetter par une autre chatte. Petite se lamente comme nous. Mais Petite régresse et se met à ressembler à Blanche. Elle lutte, elle lit et elle s'instruit en autodidacte depuis que sa nièce à penser lui refuse sa becquée spirituelle. Alors, elle louvoie dans toutes les directions, elle s'oriente mal, elle s'orientalise, se tarotise, se yoguise et s'ascétise comme une dingue. Petite vieillit mal. Petite se ridiculise et s'enlise dans une mystique bouddhiste qui la rend aussi bigote et scrupuleuse que la Blanche à bon Dieu.

Elles font des neuvaines à saint Jude. Blanche et Petite se vouent aux saints déshonorés et les implorent de sauver leur soeur de sa déchéance. Comment voulez-vous que ça réussisse ? Beauté croupit de jour en jour sans qu'aucune grâce ne l'atteigne, ni les grâces de la rue Masson, ni celles du Plateau ou celles de la Plaza. Elle ne sort plus. Aucune ne peut la sauver de ses vapeurs de femme mûre et juteuse comme poire Bartlett avancée : quand on met le doigt dedans, il s'enfonce comme rien et devient tout gluant de pulpe brunie. Déjà. Beauté ressemble aussi à une fleur du mal abandonnée par son poète, la plus extravagante, la plus lubrique. Une fleur qui devient fruit vite vite, un fruit gâté, une poire molle dans son lit. C'est comme ça qu'elle se sent, c'est comme ça qu'on la sent. Elle nous a convaincues. Les exhalaisons qui s'échappent de la chambre de Beauté envahissent toute la maison et les encens de Petite et les cierges de Blanche s'avèrent inefficaces contre ces effluves douteuses. Putrescente putain chérie, quelle boucherie, quel abattoir, quelle avarie s'annoncent encore dans notre vie ? Parfois, on cauchemardise sa fin en ayant peur comme de vraies folles. On a peur de devenir des femmes comme elle. On aimerait mieux ne pas devenir du tout.

Dans nos mauvais rêves, Beauté arbore des cloques noires sur son visage enflé, des bubons, des chancres, des mouches, tout le bazar. Sur ses bras, sous les aisselles surtout et sur son ventre. Le mal sort, le mal envahit les chairs tendres, les gras de jambe que la masseuse anonyme n'ose plus pétrir tant elle a peur que ça lui reste collé entre les doigts. Beauté achève sa carrière tragique dans la pénombre suffocante de sa chambre. Elle râle, capitonnée dans sa cellulite. Orange et poire sous le bleu menteur des apparences. Son goitre s'est crevé en voulez-vous en voilà et il s'écoule une bile verdâtre dans sa chemise, entre ses seins où suce une Licheuse avide. Nul drain, nulle main pour la dépoisser. Et nous guettons, sournoises, nous épions toujours sa fin, son agonie ultime, mais persistante. Sous le lit à baldaquin, sous la bassine, derrière les tentures de velours doux, on attend. On guette, à l'abri, bien à l'abri des miroirs brisés, enfoncées pour sept ans au moins dans la garde-robe de satin grenat, parmi les draps sales oubliés. Oubliées nous-mêmes, nous attendons notre heure, notre minute, comme des charognardes concupiscentes et passionnées. Quand on se réveille de nos rêves, on n'ose plus aller voir notre mère, on n'ose plus aller voir si c'est vrai.

Depuis qu'elle est abandonnée de tous, Beauté nous appartient. Ni Blanche ni Petite ne l'épongent ni ne la lavent. Finies les ablutions, les effusions matutinales. Ça contaminerait le fleuve, la mer, la voie lactée. Sa chemise est son linceul, sa dernière peau, la nôtre. Beauté, ça sera notre momie à nous toutes seules, notre momie à nous, momie, momie, oh, momie d'amour ! Comme dans les chansons nègres des négresses de la Louisiane. Momie bleue, momie. On est en train de refaire notre Beauté dans son écrin de morte vivante, dans son sarcophage de vivante morte. On se refait une Beauté depuis que Monkémile et sa Fleurone forniquent ensemble sous prétexte de brasser d'autres affaires si importantes. Alors Beauté, c'est de plus en plus notre affaire. Bientôt, on va pouvoir y toucher, y toucher, y toucher, s'en mettre jusque-là de son amour maternel, toutes se beurrer avec, se vautrer dedans, se rouler dans son amour mammaire, son amour utérin, s'y souiller comme quand on était sa maladie, comme quand c'était nous son cancer, comme quand on était dans son ventre douloureux comme trois pieuvres, comme trois ventouses, comme trois vampires de Beauté. Si la Licheuse achève, on aura les restes. Maintenant qu'elle sera vieille, Beauté ne coulera plus pour rien. Ni par en haut, ni par en bas. Ni par ses lèvres d'en haut, ni par ses lèvres d'en bas. C'est fini pour elle, le danger des licheuses de vie ; son temps des sucres est révolu, on ne l'entaillera plus. La sève rouge de son corps ne viendra plus bouillir jamais dans les marmites matriarcales de sa trop généreuse tribu de filles. Ça ne la dérangera plus jamais d'être une femme, notre Beauté passée.

Ce n'est plus la Licheuse qui nous dérange en tout cas. Paris-Carotte a pris sous elle de nous la sevrer, de nous la divertir. Pendant que Blanche et Petite font leurs dévotions respectives,

Paris-Carotte s'adonne à son aise à son vice préféré. Ce n'est pas nous qui allons intervenir. Pas pour le moment. Au contraire, ça nous arrange. Rien que d'y penser dans le noir bleuté de la chambre funèbre, on se délecte comme des chattes lascives. Nos cousins ? On les a eux aussi réduits à l'autosuffisance. Ils ne nous guettent plus dans les recoins, ne nous pelotent plus dans nos placards et nous évitent même dans toute la maison. Félix, Antoine, Laurent et leurs semblables, nous les avons placés face à face avec eux-mêmes. Félix, Antoine, Laurent et leurs images ont pendu leurs gémaillères gémellaires à leurs cous en s'embrassant comme des frères. Nos cousins germés sont devenus une affaire d'hommes qu'ils règlent entre hommes. Ils sont devenus des licheux les uns pour les autres comme tous les hommes, comme tous les garçons qu'on connaît. Maintenant, nos cousins pensent que nous sommes devenues des filles de tête et on ne les intéresse plus.

Depuis que Beauté agonise, notre union triomphe de nous-mêmes contre nous-mêmes. Plus elle s'en va, notre Beauté, plus elle se quitte, plus elle s'éteint, plus nous nous allumons l'une l'autre comme des lucioles hallucinées de vertiges, de ces vertiges de vieille libellule bleu acier. Nous ne sommes qu'une petite histoire d'insectes, au fond. Toutes éphémères, toutes pareilles. Quand notre mère mille-pattes lève ses mille pattes velues pour devenir de l'engrais pour les plantes carnivores, nous avons tendance à devenir vulgaires et vicieuses. Quand elle se racornit dans son dernier cocon, nous avons tendance à lui ressembler comme des oeufs. Nous sommes un coeur grec de fourmis rouges piquantes qui bat à la place de son coeur. On grouille, blattes blotties sous elle comme ses fèces. Plus abjectes et plus repoussantes. On est prêtes à devenir tout ce qu'elle voudra. Lécher des plaies purulentes, des chairs molles et putrescentes. Faire lever les coeurs des coeurs tendres, des coeurs de Blanche, des coeurs de Petite roses tendres, des coeurs de mamans ne fais jamais pleurer ta mère. Beauté, Beauté, Beauté. Nous sommes ses vraies, ses seules, ses uniques licheuses. Nous sommes la Licheuse universelle, la grande, l'odieuse, la sempiternelle Licheuse de Beauté, la celle de la mort, la celle de la vie éternelle, l'obsessionnelle plurielle de ses névroses de mourante rare. Nous sommes la selle guettée, souhaitée, la matière fécale et féconde, la foetale récompense, la délivrance, le beau caca d'amour pour la maman d'amour comme le pipi doré pour le papa pressé. Ses crottes. Ses belles crottes d'amour, qu'on les aime donc, qu'on les aime donc ! Laissez venir à moi mes belles petites crottes d'amour ! Si on ne les aime pas, qui est-ce qui va les aimer ? Si leur maman leur fait pas le petit cheval d'amour à ses belles filles en or, qui est-ce qui va leur faire ? Petit galop, grand galop, petit galop. Mais maman est morte de fatigue. Elles sont bien trop grandes, maintenant, ses petites fifilles. Vous allez la faire mourir, ça n'a pas de bon sens ! Vous allez la faire mourir, votre mère, vous allez la tuer avec vos histoires de grandes folles que vous êtes !

Cavalières, nous cavalons. Cavale. Scatologiques passagères sur la jambe de Beauté. Et, hop ! Cavale. Beauté est morte au petit matin, petit lait, petit jour, petit trot. Nous cavalons. Beauté n'est plus, Beauté n'est plus que pour nous. Quand elle s'est effondrée, dégonflée, nous avons roulé sous le lit à baldaquin, dans la bassine ; quand elle a râlé son dernier spasme, nous étions dans le placard de satin rouge, dans le sang ; quand elle a henni sa dernière plainte, nous nous rongions les os des poings, phalanges, phalangines, phalangettes, derrière les tentures grises, avec rage et amertume. Puis, quand tout a cessé de bouillir en elle, avant qu'elle ne devienne tout à fait froide et raide comme notre père à pied dans sa pivoineraie maudite, nous avons surgi comme une seule giclée de passion. Nécrophiles au coton, oedipiennes, freudiennes, tout ce que vous voudrez, on a sauté dans le lit de Beauté. Nous l'avons battue avec nos chaînes en or, et avec nos petits coeurs en or nous avons lacéré cette pâte généreuse et croulante, nous nous sommes moulées en elle comme dans une boue chaude. Pour s'en faire un masque. Petites, toutes petites, toutes foetales dans la coque de Beauté. Notre glaise de Beauté, notre putrin d'amour, notre Beauté d'argile huileuse, notre mère molle, notre merde, notre merdamour excessive.

Depuis, nous cavalons toujours sur ce qui reste de Beauté. Nageuses, nouilles, nous mijotons dans le jus de Beauté. Notre mère-ventre, notre mère-vagin, notre mère-mère, notre mère mûre violacée, brune et pourtant blonde, pourrie, rongée par nous, petites bêtes entêtées, vers luisants, spongieuses, mineuses, suceuses, avaleuses de mère creuse défoncée, rabougrie en son centre comme une lapine de Pâques en chocolat, fondue, notre mère trop riche, trop sucrée, qui colle, qui écoeure, notre mère excentrique, déboulée, notre poubelle de restes, carcasse où se vautrer encore pour que ça sente encore et toujours notre mère charnue, dépotoir de vie, autour du col, notre mère maillon de notre mort, notre mère marmaille, notre marmotte blottie sans son Jésus, notre martre atrophiée, notre loutre dépecée par un boucher ventru, notre rate éventrée, aplatie au milieu de la route où nous cavalons, cavalons, cavalons, piaffant dedans comme des maudites salopes, comme des maudites folles de filles. Oh, notre belle Beauté morte, morte, morte, notre Beauté d'amour partie pour le grand retour, le retour d'âge, celui où nous ne pouvions plus la suivre. Plus belle encore Beauté que jamais. Partie comme notre père. Beauté morte pour nous. Morte et enterrée.

Le dernier lit de Beauté, c'est un lit jumeau esseulé, un lit sans son pareil, dans une chambre à part, mortuaire à mort, six pieds sous terre ou presque. Beauté se repose, plus belle que jamais, plus vive et plus tranquille surtout puisque nous dormons toutes dans nos âges ingrats. C'est ce qu'elles disent, celles qui ne nous aiment pas. Celles qui ne la remplaceront jamais, dussent-elles s'appeler Beauté comme Beauté au-delà du réel.

VI

Les anciens combattants

C'est qu'on avait surpris la Licheuse et Paris-Carotte en train de s'explorer l'une l'autre derrière un bosquet de *cornus alba elegantissima*, dans le Jardin Botanique. Il n'y a plus d'enfants. On a failli courir chercher Monkémile pour le punir de nous avoir traînées de force là-bas, encore une fois. On lui aurait montré sa lécheuse de Licheuse accroupie par-dessus Paris-Carotte, en pleine exfoliation pour son herbier si savant. Mais on s'est ravisées. D'abord, elles étaient charmantes à voir ainsi écourtichées, ricaneuses et espiègles comme nous les aimons. Et puis, nous nous doutions bien que Monkémile et Fleuronce en faisaient autant dans le parking à nous attendre. Ça, depuis que Beauté est partie, ils nous le servent quotidiennement à toutes heures et en tous lieux. Ils ne se lâchent plus, les licheux. Il n'y a plus de parents.

Enfin, nous étions fort mal placées pour intervenir et dans l'apprentissage de notre demi-soeur et dans les entreprises lucratives de notre Monkémile tutélaire. On a haussé les épaules et on a continué à jouer les voyeuses. C'était l'été encore, l'été de force pour des vacantes endeuillées et ennuyeuses.

Paris-Carotte, chère petite Paris-Carotte, qu'on l'aimait donc, qu'on l'aime donc cette affreuse petite rouillée d'amour ! Oh, depuis que Beauté notre propre mère s'en est allée, c'est sûr qu'on aime tout le monde. On est bien obligées. On est prêtes au pire. On est même rendues licheuses, licheuses, licheuses avec tout un chacun. Mais Paris-Carotte, notre Paris-Carotte, on l'aime depuis plus longtemps encore, depuis bien avant la paix totale, depuis avant la guerre absolue même. Paris-Carotte, on l'a toujours trouvée correcte, fine, potentiellement aimable et cruelle à notre goût. On aime Paris-Carotte pour le vrai, mais Paris-Carotte aime mieux la Licheuse que nous. Elle aussi. La vie des filles de Beauté est un éternel triangle.

On a changé. Paris-Carotte aussi a changé. Jamais avant la paix totale, Paris-Carotte n'aurait souffert de se laisser chevaucher par la Licheuse. D'ailleurs, notre demi-licheuse n'aurait jamais eu l'audace d'attaquer de front notre alliée. Tout le temps qu'on a perdu à veiller notre moribonde Beauté finale, c'est Paris-Carotte qui a pris la relève auprès de la Licheuse. On ne l'avait jamais dans nos jambes parce que Paris-Carotte l'occupait assidûment entre les siennes, pivelées. Oui, Paris-Carotte, digne fille de Fleuronce, est pivelée partout comme notre Monkémile est poilu partout, depuis qu'on l'a convaincu que ça lui donnait du charme. Du charme ? Quel singe, ce Monkémile d'amour ! Un macaque à queue de cochon comme on a vu dans notre fichier d'animaux rares.

Il y en a que c'est les brindilles séchées, il y en a d'autres que c'est les bêtes vivantes. Nous, ce sont les protozoaires, les spongiaires et les coelentérés qui nous intéressent. Nos bestioles sont loin d'être insignifiantes. Elles sont à l'origine de tout. Il n'est pas nécessaire d'être zoologiste pour savoir qu'il y a près de vingt mille espèces de vers de par l'univers connu et exploré. Qu'est-ce que Beauté doit se trouver ignorante, infestée comme elle doit l'être par toutes ces confréries. Ça, c'est une autre guerre des mondes, une guerre froide, mais destructrice et dévastatrice, une guerre d'usure ultime. Nous n'en sommes pas dignes, nous qui nous croyons si vivantes dans nos cahiers d'herbe sèche, arachnidées tisseuses d'histoires invraisemblables.

Pourtant. Pourtant il y a la vie, la vie qui grouille et qui fourmille partout. Sous l'escalier, dans notre cour, en soulevant les pierres lourdes, en fouillant dans la poubelle, en faisant verdir de la viande crue au soleil si actif des canicules. Mais il n'y a pas que le soleil sous le soleil du mois d'août écrasé de chaleur. Ça nous ronge le coeur d'y penser. Quand on songe à notre Beauté, on se sent devenir putrides comme de la viande verte au soleil des canicules. Qu'est-ce qu'on pourrait bien faire de nos corps ?

La première fois que Paris-Carotte avait ligoté la Licheuse sous l'escalier, parmi les blattes humides et les limaces gluantes, c'était avec notre corde à sauter. Il faisait chaud comme au Salvador en pleine révolution. Ç'a été l'été chaud de la Licheuse. Cette fois-là et les autres fois avant la paix totale, on n'a pas pu constater de nos yeux ébahis le détail des assauts, parce qu'on était occupées à d'autres canicules, celles de Beauté finissante que toutes les images de crépuscules rougeoyants dans des vapeurs d'alcool pourraient évoquer. On était à la guerre comme à la guerre pendant que la Licheuse capitulait sous l'escalier.

Paris-Carotte lui attachait les poignets et les chevilles à la façon des suppliciées dans les tableaux de Jérôme Bosch. Elle lui faisait tous les trucs moyenâgeux, les supplices des saints martyrs canadiens, s'inspirant des saint-sébastien à la japonaise comme Mishima. Du raffinement ! Nous, on trouvait ça étonnant chez un si jeune sujet. Qu'elle était belle ! Elle n'avait pas treize ans, Paris-Carotte. Toutes deux ensemble, elles n'en faisaient pas vingt. Alors nous, ça nous bouleversait terriblement, ça nous faisait pleurer. On était supplantées sur notre propre terrain. Et ils ont cru qu'on versait des larmes sur le triste sort de la Licheuse, les braves. C'était déjà la sacrée paix qui s'annonçait. Et notre déclin, notre perte totale.

L'amour nous a désarmées et nous vivons dans la quiétude. Oui, on a changé, on a beaucoup changé depuis qu'on s'est débarrassées des mollusques, des crustacés, des myriapodes et des échinodermes qui empoisonnaient notre santé affective. Depuis qu'on a classé Beauté parmi les autres procordés de notre fichier d'animaux rares, on peut dire que la guerre est finie entre elle et nous. Si ça peut faire plaisir à Maurice Champagne-Gilbert, tant mieux, il pourra s'occuper maintenant des autres conflits mondiaux.

Blanche a suivi sa sœur dans le trépas de la ménopause. Ça, c'était inespéré ; on ne l'a même pas cherché, c'est à peine si on a eu le temps de la voir fondre. Nos cousins armés s'en sont régalés, eux. Oh, la, la ! qu'on était fières pour eux ! Comme un seul homme, ils l'ont portée en serre, leur Blanche charismatique. Aux herbiers, comme les autres, empotée, marcotée, bien enterrée sous des pseudonymes latins. Ce fut une belle cérémonie, une grande et magnifique libération pour le palais. Plus de jérémiades, plus de ménage, plus jamais d'époussettage, de frottage, de rinçage, d'assouplissage au javellisable ou au non javellisable. Nos cousins ont tout rasé, tout : les meubles empire, les lampes torchères, le cristal de roche, le verre taillé *Cross and Olive*, la porcelaine anglaise, tout, tout, toute l'artillerie y fut engloutie. Monkémile s'en fout, il habite maintenant à côté, chez Fleuronce. Dans un autre univers, les braves adultes. On a fait un échange : on a troqué notre Monkémile contre la sainte paix. Après, ils nous ont fait choisir : Paris-Carotte ou Petite ? Et on a crié, on a crié à pleins poumons : Paris-Carotte, Paris-Carotte, on veut Paris-Carotte ! Alors on a eu notre pivelée petite batracienne d'amour tandis que nos cousins se sont vus concéder Petite qu'ils ont crucifiée pour son plus grand plaisir. Et Monkémile de s'en laver les mains comme un reptile des Écritures.

Il faut préciser que nos cousins ont eux aussi beaucoup changé. Quand ils se sont, à leur tour, départis de leur chrétienne mère Blanche, Félix-Antoine-Laurent multipliés par deux sont devenus un peu comme des filles de Beauté d'avant la paix. Ils vivent entre eux la guerre servile et pour éviter de s'annihiler complètement, ils jettent leur dévolu et leur linge sale sur le dos de Petite. Elle est là pour ça, c'est leur licheuse à eux. Elle joue les oiselles éplorées, elle gagne son nirvāna. Nous, on s'en fiche. Ce qu'on voulait, c'est qu'il n'y ait plus de mammifères adultes dans ce sacré palais. Il n'y en a plus. Les pures, les saines, les chères enfants et les sales gosses ne vieillissent pas à notre contact : au contraire, les Paris-Carotte et les demi-Licheuse se baignent en nous comme dans la jouvence. Et nous ne demandons pas cher du tout. Aimer une fille de Beauté, non, ça ne coûte pas cher ! Il suffit de nous approcher, de s'essayer pour voir. Bien bon pour elle, tant pis pour elle, on n'avait pas besoin de Petite pour être heureuses.

N'entre pas dans notre paix totale qui veut. Si nous tolérons maintenant Fleuronce et Monkémile dans notre voisinage, il n'en va pas de même des vrais pères décisifs ni des vraies mères abstraites. Si on a pris la peine d'éliminer les nôtres à tout jamais de nos cahiers, ça n'est pas à notre âge qu'on va s'encombrer de braves parents repentants. Qu'ils se le tiennent pour dit. On est bien comme on est. On n'accepte plus personne dans notre cour. Telle est la condition de la trêve, telles sont les stipulations de notre cessez-le-feu. Après Paris-Carotte, ça coupe carré, après l'amour illimité qu'on lui porte, il n'y a plus rien, rien, rien. Juré. Craché.

La guerre aux Monks a eu lieu, la guerre aux Monks a été terrible pour les anciens combattants. Nos cousins ne nous ont pas déçues. Les vaillants guerriers se sont illustrés dans des batailles épiques. Hautes en couleurs, à faire pâlir Jean-Antoine Gros, à faire blêmir Napoléon Ier et Dollard des Ormeaux. Mais c'est fini à présent. On a fermé les usines de munitions. Le chômage va sévir de nouveau. Ça va nous frapper comme une calamité. Il n'y a plus rien dans la maison. Il n'y a plus personne. Vidé, le palais ! Tout le monde a foutu le camp pour Rome ou pour le pire.

Le pire, c'est Saint-Hyacinthe où on enterre les mortes vivantes. Mais on fait semblant que ça n'a jamais existé que dans nos maudites têtes de cochonnes d'avant. Les cousins germés, ils ont mangé Petite puis ils sont sortis dans la ruelle et ils se sont sauvés très loin. Avec leurs espadrilles, ils courent très vite et jamais, ni Monkémile, ni sa si brave police ne les rattraperont. D'ailleurs, tiens, Monkémile n'a plus de jambes. On peut décider ça : dire que Fleuronce les lui a coupées afin qu'il demeure auprès d'elle. Ça ou autre chose. Tout s'en va chez le diable, tout fout le camp.

Monkémile demeure. Monkémile, c'est un ancien combattant, maintenant. Il se laisse faire. Il est devenu docile comme s'il était notre pure invention. Pourtant. Pourtant c'est tellement plus l'affaire de Fleuronce, maintenant, notre pauvre Monkémile. Il se laisse faire, il se laisse agir par elle. Monkémile se laisse brasser depuis qu'il est devenu l'affaire en or de sa Fleuronce. Tous les matins, elle le sort sur le trottoir devant la porte. Elle lui met des crayons dans les mains et il offre ses crayons aux passants. Comme sur la Plaza. Monkémile vend des crayons sur le boulevard Pie-IX depuis que Fleuronce a hérité de son bijou européen. Cul-de-jatte patenté, Monkémile savoure la paix totale sur le bord de la chaîne du trottoir pendant que les autos passent en l'éclaboussant. Il compte les Ford rouges.

Monkémile a dénombré trois mille vingt-deux Ford rouges depuis la fin de sa guerre. Quand on est condamné à vivre éternellement sur le bord de la rue, il faut s'organiser pour ne pas sombrer dans l'ennui. « Votre Monkémile, en voilà un qui ne lèvera jamais les pattes », grogne-t-il en se trouvant toujours spirituel. Fleuronce, elle, quand elle a terminé d'installer Monkémile au bord de la rue, elle rentre dans sa maison pour travailler. Elle ne coiffe plus, Fleuronce, depuis qu'elle est si riche. Avec sa masseuse interdite recyclée, elle donne des cours de personnalité aux gens du troisième âge du quartier. Fleuronce et sa masseuse anonyme sont les meilleurs psychopathes de Rosemont. Les jambes de Monkémile, quelle misère ! Ça leur en fait une belle quand elles exhibent leur prospectus dans toutes les salles paroissiales. Elles ont fait de Monkémile leur symbole de réussite par l'optimisme invétéré. Les calembours du macaque alimentent les réunions. C'est d'une débilité qu'on n'atteindra jamais à trois, même nous que la paix détraque de plus en plus souvent. Quelle tristesse, quelle dépravation. Les filles de Beauté passent pour des filles détraquées depuis qu'elles racontent leurs peurs plutôt que de les vivre comme avant.

Pendant que la folie de Monkémile fleuronne au bord du gouffre, nous nous désespérons. Notre demi-Licheuse et sa Paris-

Carotte évoluent comme des boursouflées que la rivière charrie. Pouvons-nous harnacher cette rivière polluée par l'oisiveté et l'abandon des mondes ? La demi-Licheuse et la Paris-Carotte suivront leurs cours à l'université réelle où elles se feront bouffer comme des jambes sous les gros chars. C'est dur à croire, mais elles suivront à l'université de la vie vraie des cours de personnalités éminentes, si ça continue. Ce serait plus savant qu'à l'école de Fleuronce, mais elles finiraient par faire les mêmes singeries. On ne les surprendrait plus sous l'escalier à faire le mal parmi les blattes. Elles n'auraient plus besoin de ça.

Au fond, depuis qu'on se tient tranquilles, on se sent déphasées comme des exilées. On se sent apatrides et dépossédées depuis qu'on a vidé le torrent de violence qui bouillonnait en nous comme un seul coeur fébrile. On voit bien qu'on est prêtes à se livrer à la première venue. On n'a jamais été si vulnérables. Ah ! si Beauté pouvait donc venir nous chercher avant qu'on sombre tout à fait dans l'aveu obscène ! Pourquoi sommes-nous toujours toutes seules dans notre douce folie ? Pourquoi tout le monde est-il si réfractaire à la folie des autres ?

C'est vrai qu'on est des vieux enfants maintenant, des vieilles filles de Beauté. D'un côté, il y a les braves êtres humains, de l'autre, il y a les chères enfants. Nous, on flotte entre les deux espèces comme des amibes gelées en pleine osmose. On est seules aussi comme des vieilles filles abandonnées. Quand notre demi-Licheuse et sa Paris-Carotte reviennent de leurs expériences de la vie, on essaye de s'intéresser à leurs niaiseries, mais ça ne sert à rien, on se sent encore plus désoeuvrées. Soudain, il n'y a plus personne pour nous aimer ou pour nous haïr. Notre père céleste a retrouvé sa Beauté fatale grâce à nous et son ingratitude nous afflige davantage. Qu'est-ce qu'on va bien devenir dans toute cette paix totale ? Qu'est-ce qu'on va faire de notre corps dans toute cette paix inexorablement absolue ? Quelle fainéantise, quelle honte que ce désoeuvrement total !

Il faudrait faire trois femmes de nous, trois filles de nous. Éclater, exploser, accéder à l'humaine nature, à l'humaine stature enfin et dans toutes nos unicités : être Ange-Line, être Laurelou, être Béaba avant qu'il ne soit trop tard. Disparaître en chacune de nous. Tentation, tentation, tentation d'être ce que je suis. Satan trismégiste, oh ! méchante transposition de l'enfer trois fois saint ! Que la paix cesse, que surgissent les monstres du Monstre, que notre belle unité se lézarde et que l'édifice s'écroule enfin ! Je ne suis qu'une des filles de Beauté. Non, c'est moi la vraie fille de Beauté ! Non, c'est moi ! C'est moi, c'est moi ! Je suis ce que je suis ! Non c'est nous, l'autre toujours, l'autre infernal, l'autre innombrable, l'autre innommable. C'est nous, la fille de Beauté. Et allez donc raconter ça à celles qui connaissent par coeur tous les noms latins de toutes les maladies de la tête et de l'adolescence.

Pendant ce temps-là, nos cousins courent encore. Au Jardin, dans la rue, sur le trottoir, dans la ruelle. Ils courent, ils courent, ils courent. Quand ils passent devant Monkémile sur le boulevard, ils lui font des grimaces, l'invitent à les suivre, lui volent ses crayons. Quand ils passent devant nos fenêtres, nos cousins baissent leur slip de jogging et nous narguent avec leur mesquinerie dressée comme une corne de rhinocéros épais. Nous leur faisons des grimaces à notre tour, puis des yeux doux, puis des bouches sensuelles jusqu'à ce qu'ils en trébuchent sur les automobiles. Alors, ils montent chez nous pour se faire soigner et nous les soignons bien.

Heureusement qu'on a nos nombreux cousins. Bien sûr, quand un camion dérapera et viendra s'écraser sur la maison de Fleuronce avec Monkémile entortillé dans l'hélice du moteur, cela produira un certain divertissement, mais d'ici là ? Qui va nous sortir de notre torpeur sinon Félix, Antoine, Laurent et leurs semblables ? Qui va varger dans cette paix totale, si nos cousins armés ne le font pas ? Même s'ils veulent nous diviser pour nous aimer ? Même s'ils tiennent absolument à nous scinder pour régner sur notre petit coeur ? Allons-nous résister bien longtemps ? Où est cette belle indifférence, cette autosuffisance de naguère ? Allons-nous nous effriter comme des Venise pour de si petits clapotis ? Où sont passées les filles de fer ? Ne vaudrait-il pas mieux aller vendre nos cahiers sur le bord du canal comme Monkémile, plutôt que de céder à l'angoisse d'être rien ? Nulle n'en voudrait, on le sait déjà. Nous attendrions là, sagement, qu'une bétonnière nous écrase comme trois mauvaises herbes ou que les éboueurs nous ramassent enfin et nous emportent vers le paradis des immondices. Nous aurions la chance inouïe de retrouver peut-être notre père affectif et notre Beauté natale. Et recommencer notre vie !

VII

La vaine foi

Si seulement nous avions vécu dans un autre siècle que le nôtre, au XIXe, par exemple. On a perdu espoir en nous. On a perdu espoir en tout. Qu'est-ce que c'est que cette peur de dire que la Licheuse est partie à son tour, que la Licheuse nous a abandonnées ? On n'est pas plus folles que d'autres, au fond, on le sait bien qu'on exagère tout, que même l'accident qui a paralysé ses deux jambes à Monkémile a pris des proportions de catastrophe universelle. Qu'est-ce que c'est que cette manie de tout amplifier pour se prémunir contre le pire ? Pour qui est-ce qu'on se prend ? Des politiciennes, des poétesses, des écuyères recyclées dans le potin ? Peut-on vraiment s'étonner de l'incrédulité des mères de famille, maigre public outré, paqueté aux as par nos sornettes de ventriloques malhabiles ? On se doute bien que ce n'est pas nos vraies lèvres qui bougent, qui tremblent, qui grimacent pour dire qu'elle est partie.

Quand on pense à la mort, à notre mort que d'aucunes guettent et souhaitent comme une maladie, c'est au suicide qu'on songe, juste pour contrarier, pour ne pas laisser de prise à la joie malsaine de nous éliminer comme des indésirables. C'est au suicide qu'on pense, au suicide collectif des filles de Beauté. Une balle pour trois coeurs ratatinés, une corde à sauter pour trois cous ridés, un autobus sans freins, une pente abrupte qui tourne sec en descendant et un lac profond, pour les vieillardes désespérées que nous devenons.

Car nous avions mis toute notre espérance de vie, toute notre foi, notre vaine foi en notre Licheuse qui nous a quittées. Dans nos cahiers aussi où l'on croyait pourtant pouvoir se l'inventer à notre goût, elle nous échappe. Elle ne s'est pas laissée faire, la Licheuse autonome. Il ne reste que Paris-Carotte, Paris-Carotte, notre trop vivante et désolante remémoration du temps jadis, comme ils disent dans les ballades anciennes. Il faut tout liquider, tout, solde de fermeture, « vente-sale » de faillite totale, abandon des affaires. Comme dans les magasins du mois de janvier, vente de feu, comme ils disent sur la Plaza. Et on les croit eux autres, même s'ils refont le coup à chaque saison. On voudrait devenir des voleuses de feu pour le brasier de sa crinière, pour sa flambée d'automne dans le froid de nos os. Pour faire place nette, changer le stock. Pour qu'on prenne enfin toute la place, notre place. Alors, Paris-Carotte doit disparaître à son tour, à l'heure qu'on aura choisie pour elle. Anéantir ce qui reste de nous, anéantir ce qui nous regarde encore obstinément comme des animaux rares. Paris-Carotte, toutes celles qui ne veulent pas nous aimer d'amour.

On lui a dit que c'était pour lui acheter des boucles d'or pour mettre dans ses cheveux de feu. Est-ce assez poétique ? On lui a fait croire qu'on l'amenait sur la Plaza pour se ruiner pour elle. Alors Paris-Carotte devait tout renier pour nous suivre comme une apôtre fidèle et fervente, une apôtre de l'amour infini. On lui a fait croire que notre Licheuse l'attendait sur notre Plaza, qu'elle se joindrait à nous pour sa très grande fête. La fête de sa tête. Et Paris-Carotte nous a crues, elle nous a suivies. Elle a renié Fleuronce et Monkémile, a pris avec elle tout l'héritage de son orfèvre suisse pour nous suivre. Son fric, celui de Fleuronce, le nôtre, celui de Monkémile. On saurait bien se l'engloutir, tout fondre pour les boucles d'or de Paris-Carotte, notre veau idolâtré, notre animal insolite parmi le fichier des mondes impossibles.

Elle était faible et malade. Elle était rendue, elle aussi, au bout de son rouleau d'enfant. Nous devions l'escorter jusqu'à son extrémité. Elle flottait entre nous trois, elle ne portait pas à terre. Heureuse, comblée, remplie de foi et d'espérance, elle se laissait porter vers sa perte comme une innocente.

La rue Beaubien est longue et sale, sans arbre, électrifiée de barbelés aériens que les brosses à dents des trolleybus épluchent du verglas de la veille. On a bondi, clandestines, sur le pare-chocs arrière du trolleybus. Il pleut des étincelles sur nos têtes, mais nous tenons ferme. Le pare-chocs rebondit sous nos pieds, mais nous nous agrippons à l'arrière du véhicule, nous nous agglutinons comme des vampires après ce cachalot luisant et glacé. Des automobilistes qui nous suivent, zélés, les maudits zélés, klaxonnent et gesticulent pour avertir le chauffeur. Mais il ne s'occupe pas d'eux parce qu'il pense que ce sont des pressés, des maudits pressés qui sacrent après lui à cause de sa lenteur de cétacé. Et nous filons lentement vers l'ouest bien cramponnées aux gros tétons du trolleybus avec Paris-Carotte en otage. Paris-Carotte, petite pirate, ballottée, transportée, aérienne et fiévreuse dans le grésil du matin.

Iberville, de Lorimier, Papineau, Christophe-Colomb. On pense bien qu'on est dans la vraie vie, cette fois. C'est l'autobus 26, on le reconnaît bien. L'itinéraire est familier. Et nous rions. Et nous crions notre joie. Ce cahier va devenir notre journal de voyage, notre livre de bord ; ça va devenir notre cahier du retour au pays natal. On va réintégrer notre Plaza foetale et dénaturée. Jamais nous n'aurons tenu aussi longtemps. D'un arrêt à l'autre nous gagnons du terrain. De Lorimier, Papineau, Christophe-Colomb. Parce que la vie nous intéresse. Nous comptons à rebours les étapes à franchir. Toute l'histoire du pays y passe. De Papineau à Christophe-Colomb. Qui pourrait nous contester cela ?

Soudain on ne voit plus le clocher de Saint-Marc et on entend plutôt le carillon de Saint-Ambroise. Une cloche triste et lugubre. Un bourdon. Mais du vrai son : dong, dong, guedong. Puis c'est un cortège. Christophe-Colomb, de Normanville, une éternité. Notre pachiderme se balance de bâbord à tribord. Ses freins gémissent comme des pleureuses. On a le goût de descendre. Ça irait plus vite à pied. Mais nous tenons le coup en scandant *la Marche funèbre* de Chopin. « Nous sommes joyeuses et nous débordons de joie... » De Lanaudière. C'est un enterrement de pauvre, le cortège. « Nous sommes joyeuses... » Pas de fleurs, pas de limousine, un cercueil gris tout court, un petit mort, une petite morte plutôt puisque ce sont des écolières qui suivent le convoi. « Nous sommes... » On se rend compte qu'on est prises entre elles et le corbillard. Notre épais chauffeur s'embourbe dans le cortège. Gueding, guedong, dong. C'est un service de riche, plutôt. Les limousines sont derrière, plus loin, derrière les soeurs et leurs couventines. On ne les avait pas remarquées. Il y a des landaus de fleurs à ne plus les compter. Le fuchsia artificiel déteint dans la rue Beaubien, sur les façades givrées des pizzerias, dans les vitrines. Les vendeuses snobes de *Lily Simon* se cachent derrière leurs mannequins chauves pour voir défiler les *mammas* éplorées. C'était une petite Italienne de la rue Fabre ou de la rue Marquette. « Nous sommes joyeuses et nous débordons de... » Les parents sont scandalisés. On est des figurantes dans un film napolitain. Ding, guedong. Paris-Carotte est rouge de honte. On lui dit qu'elle est fuchsia comme une pivoine en plastique. Mais elle est belle et vivante, en vérité. On rit, on crie, on scande *la Marche funèbre* vite vite comme un french-cancan. On lève nos jupes et les filles des soeurs pouffent de rire en se jouant du coude dans les côtes. On n'entend plus la cloche ding guedong de Saint-Ambroise. Les éclats de rire fusent, étouffés d'abord, retenus à peine, puis éclatés comme des obus fuchsia dans la grisaille. Le feu d'artifice des fils électriques ne fait plus peur aux filles. Elles oublient leur peine commandée et la grosse Maria à l'odeur pénétrante du fenouil et de la tomate forte. Les filles se sentent en matinée de congé. Les soeurs nous font des signes avec leurs cornettes. On leur fait des grimaces et des gestes vulgaires de garçons comme nos cousins nous ont montré, avec le poignet comme ça qu'on branle ou le gros doigt de la main qu'on lance raide vers le ciel qui s'écrase au-dessus de la scène comme une vague. Et les filles se bousculent et les filles quittent la rue pour s'évader par les ruelles transversales et les filles nous sont reconnaissantes et les filles nous trouvent bonnes. Des Antonio veulent nous arrêter, mais la baleine s'emballe tout à coup, leur fout un grand coup de queue et s'élance enfin hors du convoi. De La Roche, Saint-André, Saint-Hubert. Saint-Hubert, tout le monde descend.

Nous n'entrerons pas prendre une orangeade et une frite au chic *Plaza Delicatessen*. Nous n'entrerons pas manger le *smoked meat* mou et mouillé du minable *Plaza Delicatessen*. Nous n'irons pas nous étourdir dans l'obscurité du *Cinéma Plaza*. Nous n'irons pas nous perdre dans la noirceur du *Plaza Bouge* où tourne encore et encore le *Sound of Music* des familles heureuses. Papa n'aura plus jamais raison de partir. Nous n'irons pas chez *Larivière et Leblanc* ou chez *Woolworth* où ça sent si bon le tapis ciré au bout de la fontaine à *sundays*. Nous n'irons pas au fond de chez *Kresge* qu'on n'a jamais su prononcer, ouvrir les cages des perruches en chaleur ou vider du vinaigre dans les aquariums des poissons tropicaux. Nous n'irons pas acheter une cravate rayée chez *Sauvé Frères* pour notre père qui n'en porte jamais. Ni chez *Sauvé Mongeau*, ni chez « *Armand Boudrias* votre tailleur », ni chez *David*, ni chez le « Roi qui habille les gros hommes du canal dix ». Non. Mais nous irons dans tous les magasins de femmes. Les magasins de souliers innombrables, voir les sandales en plein hiver et les bottes de bébé phoque en plein été. *Yellow, Cité, Trans-Canada.* Les magasins de robes de mariée ou de maternité. *Essa* et *Saad* surtout pour voir Anita Barrière en personne. Nous irons au *Coins des Petits*, il y en a deux, chez *Madame Lalongé*, il n'y en a qu'une. Nous piquerons des babioles pour les poupées de Paris-Carotte, chez *Glenn*, chez *Rossy*. Nous irons chez *la Corsetière de l'Est* et nous irons chez *People*. Chez *Corbeil sur la*

Plaza. Nous irons chez *Dupuis pour Elle* avant que ça ferme. C'est là qu'on va finir notre périple, c'est là que Paris-Carotte va finir sa carrière de petite fille.

On lui a défait ses cheveux rouges qu'elle portait en tresses. On lui a dénoué ses gerbes de feu avant de pousser la grande porte trop lourde du magasin pour dames. On lui a surtout enlevé son béret bleu marine d'écolière trop sage. Elle a vieilli tout d'un coup. On l'a fait devenir grande très vite, en lui ôtant sa canadienne beige et ses bottes de caoutchouc doublées de faux mouton. Elle était docile, Paris-Carotte. Obéissante et résignée parce qu'on lui avait promis ses boucles d'or. Des vraies boucles en or pour ses cheveux, des boucles de grande dame du soir, des boucles sur des peignes de nacre comme en importait Fleuronce du temps de la « suisse maide ». Nous lui avons peigné ses longs cheveux carotte qui lui pendaient jusqu'aux reins et nous les avons brossés amoureusement sans que ça tire trop. Paris-Carotte était ravie, incrédule et comblée par tant de maternelles attentions. Paris-Carotte était devenue notre chère fille, notre chère nièce, notre jeune sœur qu'on sortait enfin de son infantilisme solitaire et reclus. Le monde réel, nous lui offrions le monde enfin. Les magasins, les mannequins, les étalages. L'initiation aux choses de la vie. Le monde, les mondes, notre univers de Beauté. Dessous de dentelle et jarretières et brassières, toute la lingerie secrète. Les petits dessous pour les petits lavages. Discrétion des bas nylon. Jersey, soieries, toute la transparence aérienne, le flottement de ce qui glisse, frôle ; caresses froides et légères ; un univers de peaux minces et diaphanes.

Mais tout ça, c'était en haut, à l'étage. Pas avec les sacs à main en faux crocodile et les jupes de tweed taïwannaises et les petites robes pas cher, les chapeaux ridicules et les bijoux d'un sou. Non, au premier étage. Les vrais trésors étaient en haut, au bout de l'escalier roulant, cet escalateur pour le paradis. Il fallait se laisser porter vers notre Licheuse, là-haut, qui nous attendait parmi les froufrous pastel, les cotons clairs, les cachemires moelleux.

On a fait très vite. L'escalier roulant était libre. Pas une chatte. On s'y est entassées sur une seule marche et on s'est laissées monter. Paris-Carotte était au milieu de nous. Les yeux bandés pour la surprise. On l'a retournée pour qu'elle monte à reculons. On l'a poussée. Elle s'est assise en riant. On a fait glisser le bandeau sur sa bouche et on a serré fort. Ses yeux s'affolèrent un peu. Elle bascula sur le dos et ses cheveux s'ébrouèrent en éventail dans l'escalier qui montait toujours. Puis ils s'immiscèrent dans les jointures de la marche et se laissèrent avaler par le peigne métallique du seuil. À mi-longueur du dos, puis jusqu'à la racine. Et elle se débattait et elle hurlait sous le bâillon. Les vendeuses et les acheteuses se mordaient les poings d'impuissance ; et elle saignait de la tête et elle saignait de la nuque ; son sang rouge et ses cheveux rouges ravageaient sa petite bouche envahie. Le cou brisé, son corps tordu, désarticulé, ses jambes ouvertes, frêles, sur sa petite culotte maculée, brune, un peu avalée elle-même par son vagin, moulant ses lèvres douloureuses, ses lèvres qu'on aurait tant voulu, qu'on aurait tant aimé, tant désiré baiser, ses lèvres d'en bas, obsédées, sadiques, dégénérées filles de putain de filles de Beauté.

Quand elles stopperaient le mécanisme de l'escalier roulant, nous serions déjà très loin. Christophe-Colomb, Papineau, de Lorimier, Iberville. On redeviendrait réelles. L'autobus 26 serait notre alibi. Quand on couperait ses cheveux sous sa tête fracassée, il ne resterait plus grand-chose de notre rêve. Papineau, de Lorimier, Iberville. On se laisserait avaler par la vie normale et ses interdits. Lorsque les vendeuses et les acheteuses la dégageraient de dessous le tapis de métal sous lequel elle avait abîmé ses ongles et ses doigts, phalanges, phalangines, phalangettes, nous nous déferions par lambeaux sur le dernier banc de l'autobus électrifié. Entre Papineau et de Lorimier on serait des filles silencieuses et calmes. Entre de Lorimier et Iberville, nous ne serions plus nous-mêmes, que de ce monde ordinaire où tant violence ne se peut pas. Quand les vendeuses et les acheteuses porteraient son petit corps dans le cercueil gris perle de l'Italienne, ce ne serait qu'un film imaginaire inventé. Entre Iberville et les avenues du troisième âge, nous serions devenues ce petit corps ensanglanté, rompu, inerte, mais que personne ne considère sérieusement tellement il est méconnaissable, invraisemblable. C'est une limite, un terminus où l'on serait toutes seules à descendre en mille morceaux nous-mêmes. Des morceaux de moi douloureux, on le jure.

Je le jure. J'entends la cloche de Saint-Marc. À moins que ce ne soit celle de Saint-Ambroise. Quand on vit dans la ville réelle aux cent clochers imaginaires, on ne peut pas savoir d'où viennent ces sonneries lugubres. Surtout quand on se tient sur le boulevard Pie-IX à noircir des cahiers. Parce qu'on meurt aussi bien dans les quartiers de vieilles filles à la retraite que dans les classes de secondaire deux allégées. La différence, c'est que lorsqu'elles meurent trop vieilles, trop dévisagées par la vie, on les expose alors la tombe fermée. On met dessus un portrait avantageux, le meilleur, le moins pire. Du temps qu'elles étaient belles ou en santé. Quand elles étaient des filles de toute beauté. Il faut mourir pour être belles. Avant de les enterrer, on les promène le matin quand il fait beau ou même quand il pleut du crachin ou de la grêle. Entre Saint-Marc et Saint-Ambroise, selon qu'elles étaient d'une paroisse ou de l'autre. Et on fait des cortèges encombrants pour les automobilistes pressés de vivre leur vie si importante.

Moi, je ne suis ni de la vie rêvée, ni de l'autre. Ni de la réalité, ni de la fiction. Je ne cours aucun danger dans les embouteillages. Il n'en va pas de même avec Laurelou, avec Ange-Line et avec Béaba qui se sont toutes défaites en mille miettes dans l'autobus 26 de la réalité. C'est qu'elles étaient du même lit, elles, du même linceul. Et puis, mes soeurs sont beaucoup plus vieilles que moi. Je leur survivrai certes, moi la Licheuse de Beauté, le Merlin des mères nécessiteuses. Merlin sera toujours le vainqueur, Merlin peut faire mourir ou vivre qui il veut dans ses cahiers secrets. Il peut se cacher derrière qui il veut. Il peut être une Licheuse comme il peut devenir les trois filles de Beauté en même temps. Bien maligne, celle qui saura où il se cache vraiment. Merlin est enchanteur, il peut tout. Tant pis pour Beauté qui ne croit jamais en rien. Tant mieux pour toutes ses filles qui sont si nombreuses et qu'on aime comme des soeurs. Il faut me croire, parole de Merlin, parole de licheux.

Les lettres de Beauté

Je trouve triste pour une femme de faire l'éducation de son mari. J'aime mieux me marier avec un homme accompli.

Laure Conan

I

Première lettre à Maurice

Beauté savait qu'elle vieillissait parce qu'elle aimait Mozart maintenant et de plus en plus. De là à être morte et enterrée, il y a tout de même un pas que seul un Merlin pouvait se permettre de lui faire faire. Il ne devait pas se gêner pour tuer sa mère et le monde entier dans ses cahiers secrets, elle en était persuadée. Bientôt elle n'aurait plus été capable de faire un autre enfant, aussi bien mettre toute sa complaisance en celui-là qui lui rendait si bien son ironique mépris et si maladroitement son amour maternel. La violence que Merlin exerçait sur elle, Beauté savait que c'était le métier même de son fils de douze ans qui le lui commandait. Il était à l'âge de faire mourir sa mère, ne devait-elle pas s'y résigner ? Mais il y avait des traces sur son corps à elle. La mort fictive la marquait dans sa chair. La quarantaine qu'elle n'avait pas vu venir alourdissait déjà ces grâces que Maurice vantait tant lorsqu'ils étaient ensemble, dans l'Ancien Temps, comme disait Merlin.

Mort lui-même pour la progéniture parricide, Maurice vivait toujours dans l'affection première de Beauté. Même qu'il existait si

71

fort qu'elle lui écrivait toujours ses rares lettres insensées depuis les deux années déjà qu'ils étaient séparés. Elle s'y plaignait de la vie solitaire à laquelle la distance entre eux l'obligeait. Elle s'y inquiétait aussi de son fils, leur fils, l'enfant unique qu'elle s'apprêtait à découvrir dans son roman de mensonges.

Dans une première lettre à Maurice, Beauté parle abondamment du Merlin. Il l'inquiète ; il souffre, affirme-t-elle. À tel point qu'il s'invente des personnages auxquels il croit absolument. Mais Merlin ne s'invente pas vraiment des personnages, poursuit-elle, il incarne ceux-là mêmes qui hantent Maurice son père. Des soeurs, des filles, des filles de Beauté. Merlin, le fils de Beauté et de Maurice est terrifiant parce qu'il disparaît comme son père dans les jupes de l'affabulation la plus incroyable. C'est la plus mystificatrice des histoires paternelles qui l'obnubile depuis deux ans. Merlin l'enchanté, Merlin l'obsédé, Merlin l'absolue révélation d'une absence envahissante et dévastatrice. Merlin se travestit le soir en filles de Beauté et ça inquiète Beauté, ça la fait vieillir, ça la fait mourir d'inquiétude. Les enfants, ça fait toujours mourir quelqu'un pour des riens. Comment s'en persuader ?

Beauté est remplie de gratitude envers la mère de Maurice. C'est elle qui la décharge du Merlin pendant la semaine. D'ailleurs, depuis qu'elle est devenue si utile, Éva-Rose n'est ni vulgaire, ni déplaisante, c'est devenu une perle, une perle rare. Dommage que son huître se ballote à plus de trente kilomètres du rivage de Beauté. À Montréal, boulevard Pie-IX. Encore une question de distance. Le père à La Malbaie, le fils à la grand ville et Beauté entre les deux, seule, au bord d'une Yamaska plus polluée que jamais, à l'image de son environnement humain aussi puisque bien sûr Beauté travaille toujours à son institut d'esthétique.

À Saint-Hyacinthe, on l'aime, on l'apprécie. Elle sent qu'on l'aime beaucoup, qu'on apprécie son oeuvre de reconstruction. Elle participe activement au renouveau du centre-ville. Les marchands voisins, rue Girouard, ne tarissent plus d'éloges. Son commerce est le plus chic, le plus honorable de Saint-Hyacinthe avec celui du discaire André Perrault et les Orgues Casavant. L'institut de Beauté reclasse le quartier délaissé à cause du centre commercial de la périphérie. Alors, cette boutique si huppée (on vient de Sainte-Rosalie, de Drummondville et de Montréal même pour se faire traiter par ses expertes) apporte un essor et un standing que les façades des deux salons funéraires de la paroisse ne parvenaient pas à imprimer autour de la cathédrale. La Chambre de Commerce locale est unanime. Oui, son commerce est doux, d'une douce efficacité que savent apprécier les commerçants voisins. Parmi eux, le boucher Foucault se distingue. Émile Foucault qui souhaite devenir l'oncle gâteau du cher Merlin en l'absence de son père (à son âge ça lui prend la présence d'un homme dans son éducation, dit-il, c'est plus sain). Émile Foucault tient mordicus à se faire appeler « mon oncle Émile » à chaque samedi que l'amour maternel ramène le Merlin dans les onguents de sa mère. C'est toute une opération !

Si Beauté se retient de tomber dans les pièges que lui tendent son fils et Foucault, c'est par instinct de conservation, moins par bravade que pour l'affirmation d'elle-même. Elle peut et doit seule mener sa barque. N'a-t-elle pas construit tout elle-même, sans l'aide de qui que ce soit, à partir de ses propres moyens ? Et puis, elle se doute bien où Foucault veut en venir en passant par le fils. C'est d'une énormité ! Quand ça ne serait que pour la réputation. Quand on tient un institut d'esthétique rue Girouard à Saint-Hyacinthe, on ne peut pas se compromettre avec le boucher Foucault son voisin, même si son mari est à cent lieues, surtout si son Maurice est mort et enterré depuis de longs mois de travail et d'éloignement. Beauté ironise sur ce marivaudage de campagnards attardés et Merlin, croit-elle, jouera le jeu. Quand on vient de la grand ville, on se croit tout permis.

Et puis il y a l'amour, dit-elle, avec un brin d'inquiétude ou de nostalgie. Quand on aime au point de se laisser être autonome, on ne risque pas de s'embourber dans des aventures sans suite ou plutôt avec les risques et les conséquences qu'on devine aisément dans une petite ville ennuyeuse. Quand Beauté ironise trop, ça inquiète Merlin, mais elle croit que ce n'est rien.

Maurice n'en apprend d'ailleurs pas que sur l'ennui qui suinte des façades mortuaires de la rue Girouard. Il reçoit aussi les ragots de la famille. Car il y a Blanche et Petite, les soeurs de Beauté qui la jalousent toujours du fond de leur mépris et de leur misère endémique. Elles ne tolèrent pas ce couple qu'ils forment, Maurice et Beauté. Cette union hors du commun dépasse leur entendement. Ça les dérange énormément qu'on puisse ainsi chercher le bonheur en dehors des servitudes traditionnelles de la vie commune. Vues par Beauté, ses soeurs n'acquièrent ni noblesse ni dignité dans leur malheur. Au contraire, elle est dure et impitoyable envers elles. On ne pardonne pas facilement à des soeurs de saper sans vergogne sa crédibilité en calomniant dans des lettres anonymes adressées à l'hebdo local. *Le Clairon*, ça dit tout.

Mais les plus belles pages de Beauté se trouvent à la suite de ses lettres. Là, elle parle vraiment d'elle, là elle jette son masque. C'est dans des post-scriptum qu'elle n'envoie jamais avec ses lettres que Beauté bouleverse Merlin son fils, Merlin l'imposteur, le fouineur qui ose violer le secret des angoisses maternelles. Il pille tout ça qu'il cache à la suite dans ses cahiers pendant que Beauté n'en revient pas d'égarer tous ses brouillons.

POST-SCRIPTUM

J'ai grossi. Mes vêtements me serrent. Aux hanches surtout. Bientôt toute ma garde-robe si distinguée ne me fera plus. C'est ce que je veux. Pour m'en départir sans retour. Je me sens oppressée. Merlin ne m'aime pas avec mes airs de madame, parfois Merlin me déteste parce qu'il croit dur comme fer que j'ai quitté Maurice pour toujours. Il m'en veut parce que nous ne vivons pas comme tous les couples qu'il croit connaître. Si Maurice part, c'est de ma faute. Si Maurice invente des chimères que j'ose respecter, il m'accable. Parfois, c'est difficile, parfois j'ai envie de l'expédier par le premier train pour La Malbaie, chez son père. Je pense que je vais le faire bientôt. Moi qui n'ai jamais sombré dans les angoisses ni dans les névroses de mes soeurs Blanche et Petite, je me sens couler lentement vers un fond vaseux, un abîme nauséabond. Ce n'est pourtant pas dans ma nature. Je me sens devenir la rivière qui nous empeste pendant ces canicules. Je suis lourde et je m'enfonce en moi. Je n'aime pas ça parce que ça ne me ressemble pas.

Ça fait deux ans que je les remonte toutes. Dans tous les sens. J'en ai jusque-là de la femme, de cette femme fausse que je maquille pour qu'elle dure. Ça fait vingt ans que je me retiens. Quand je prends deux kilos, je me sens obèse, c'est-à-dire en état de péché mortel ; quand je ne me maquille pas, j'ai peur des miroirs ; quand je ne me coiffe pas, je m'enturbane devant le téléviseur aveugle. Plus je suis seule, plus je me sens regardée. Heureusement que ça ne dure pas ; Merlin revient de guerre et ce sont d'autres batailles qui m'assaillent. Je redisparais derrière des rôles qui me deviennent de plus en plus étrangers. Mais je m'y fourre encore jusque-là comme une bête obstinée, traquée.

Je sens que de grandes choses vont se produire et je sais d'où elles vont venir, mais je ne suis pas prête encore. Je vais les subir si je ne m'y prépare pas. J'ai peur. Ça n'est pas dans ma nature de subir. J'ai peur de réveiller une femme en moi que je ne connais plus. J'ai peur de tuer la mère en moi. Mon ventre. Il suffirait de si peu. Des souvenirs, un album interdit, des photos d'un ancien temps.

Merlin me pousse au rejet. Je vais expulser le Merlin hors de moi, encore une fois. Je sens qu'il est tout fait maintenant, je sens qu'il est un homme. Ça ne me rassure pas. Ça va me faire mal quand il va sortir. J'ai vraiment peur de lui parfois. En témoigne cette écriture minimale que je hasarde où je coule si mal. Car je ne suis qu'une étrangère avec moi-même. Je n'ai pas l'habitude de me parler. Une étrangère comme en cette petite ville proprette, comme en ce rôle trop parfait de mère éternelle. Douze ans. Quand on y pense. Une gestation de douze ans. J'ai grossi, j'ai vieilli. Je ne me reconnais plus. Je ne suis qu'une vieille radoteuse.

Je ne supporte plus mon nom, ce nom absurde par lequel je me sens investie d'un manque à vivre la vie normale d'un être humain. C'est si simple dans mes mots. Et pourtant, les mots me travaillent. Ce nom me culpabilise comme mon enfant. Il me semble parfois que je ne les ai pas choisis, ni l'un, ni l'autre. Comme Merlin, mon nom m'empêche de vivre, moi qui y ai englouti toute ma vie pour sauver le monde. Belle vocation ! Travailler dans la beauté, dans la bonté, besogner dans la femme, dans la mère comme dans la matière même. M'en libérer ? Comme Maurice se libère de nous, Maurice, avec son métier d'homme, son métier essentiel d'homme essentiel ; chimères, chimères qui le retiennent dans le pays rouge de Charlevoix. Et quelque chose en moi de très puissant me retient pareillement de le rejoindre ou même de signer comme avant, Ta Beauté.

II

Deuxième lettre à Maurice

Le temps passe, mais Beauté ne le note pas. Elle l'oublie. Elle ne date pas non plus ses lettres, ni cette seconde, ni aucune. Elle fait part à Maurice de son entreprise de boulimie volontaire. Beauté a lu quelque part chez Camus que des gens pratiquent une philosophie du balancement qui les mène de l'ascèse à l'exubérance, du dépouillement à la surabondance. Beauté a vécu à l'abri de tout excès. C'est assez. À son âge, elle décide d'aller au bout d'elle-même ou en tout cas, elle se cherche des limites. Elle enfle, elle se gonfle comme une outre avide. Elle ne mesure pas quotidiennement les kilos qu'elle gagne ; elle se réserve des surprises. Quand le samedi arrive, elle saute sur la balance pour voir, pour rire. Mais la plupart du temps, elle ne trouve plus ça drôle. Puis elle part pour Montréal afin d'y prendre son fils et de le ramener auprès d'elle pour le week-end.

Merlin est un enfant problème pour sa mère, mais il est un ange pour le reste de l'univers. L'univers connu et reconnu par sa petite conscience de jeune pubère, c'est le monde usé de sa grand-mère. S'il faut en croire Éva-Rose, Merlin est si affectueux qu'il lui fait oublier qu'il n'est qu'un garçon. En effet, celle-ci souhaitait ardemment que Maurice et Beauté lui donnent une petite fille cageoleuse à gâter. Ce fut Merlin, un Merlin qui très tôt sut combler chez sa grand-mère ce besoin de débordement. Et ça fait douze ans que cela déborde effectivement. La mère de Maurice en oublie que Merlin n'est qu'un garçon, tant il a su se faire oublier au profit d'une image rose de lui-même, une image rose dans tous les sens du mélioratif et du cliché féminin. Chez la grand-mère, jamais Merlin ne se travestit le soir. Éva-Rose s'en charge elle-même, si l'on peut dire, en lui procurant tout ce qu'une petite fille câline standard peut extirper d'une adulte un peu demeurée et très naïve. Merlin l'enjôleur, Merlin est plus licheux, comme elle dit, que la plus excentrique des poupées de cinéma.

Quand Merlin revient auprès de sa mère, les samedis ternes de Saint-Hyacinthe, ce n'est pas pour être mignoté par une Beauté abstraite. Si la personnalité trouble du Merlin de la grand ville s'affirme, les week-ends sont le laboratoire de sa réalisation la plus violente. Le sexisme d'une gardienne débonnaire se heurte à l'intolérance d'une Beauté ahurie. Merlin, la virile petite peste, saccage avec minutie la solitude rompue de sa mère, un édifice déjà chancelant de culpabilité. Mais ce serait pire encore, se dit Beauté, si Blanche ou Petite, ses soeurs éprouvées, se mêlaient malencontreusement de la garde du Merlin. Alors, on passe l'éponge sur la semaine d'Éva-Rose et l'on recommence en neuf tous les samedis prodigues. On essaie de sauver les meubles pour un week-end, les meubles, mais surtout ce qu'ils recèlent d'occasions pour Merlin le paradeur.

Une femme, ça ne peut pas élever un enfant toute seule, en tout cas pas un garçon. C'est l'avis de Blanche et c'est l'avis de Petite. Ce qu'elles ne peuvent accepter surtout à la face de l'univers, et il est à peine plus étendu que celui de Merlin, c'est justement d'être mises de côté. Pas de place pour elles dans l'éducation du neveu, pas de place non plus pour elles dans le commerce de Beauté. Pas de place pour elles dans la vie de leur soeur, si ce n'est la part incongrue que celle-ci leur concède parcimonieusement une fois par mois, à son Institut d'Esthétique. Et là encore, en creux de semaine, en début de mois, c'est la préposée aux shampooings ou même la masseuse qui leur montent la tête, comme elles disent, et non la patronne comme c'est de mise pour les dames de Drummondville, de Sainte-Rosalie et d'ailleurs.

Quand elles se font monter la tête, Blanche et Petite sont d'une réceptibilité inouïe. Tout est bon pour leur pâture : les ragots d'employée mal rémunérée, les frasques du Merlin, les visites du boucher Foucault les confondant toujours comme si Blanche était sanguine et Petite dégingandée.

Émile Foucault est poisseux comme son métier l'exige et vicieux et ratoureur comme pas un. Foucault, c'est un ivrogne sympathique qui ne perd jamais la carte et qui, plus il est saoul, plus il est aimable et plus il marche droit. Il n'a qu'un défaut nuisible à son commerce et à sa profession : il se prend pour un Don Juan, s'invente des conquêtes, y croit et colporte ça partout. Les Maskoutains l'ont baptisé Foucault-le-Fougueux, mais ils tolèrent son libidinage parce qu'Émile salive sans passer jamais aux actes. C'est un grand parleur petit faiseur. Il pratique un libertinage platonique. L'alcool, dit-on, l'a rendu impuissant en le féminisant de plus en plus par le ventre et par les seins qu'il a énormes. Les femmes ne le craignent pas. Beauté apprend à ne pas trop s'en méfier malgré les quelques écarts qu'il se permet avec elle depuis deux ans qu'ils sont voisins, rue Girouard. Quand elle raconte à Maurice les petites obscénités de Foucault ainsi que ses rares et surprenantes incartades, ce n'est pas pour l'alarmer, c'est pour donner un peu de relief à la couleur locale de sa pâle chronique.

Merlin aime bien son « oncle » Émile. Comme tout bon boucher de paroisse, Foucault travaille bénévolement à l'organisation des loisirs pour les jeunes. Ça se réduit bien naturellement à la formation et à l'entraînement des équipes de hockey, pour garçons seulement, durant l'hiver et à la formation et à l'entraînement des équipes de base-ball, pour garçons seulement, durant l'été. Les filles, il n'y touche pas, comme il dit. C'est trop fragile ! Son oeuvre se borne à fabriquer des hommes avec la graine maskoutaine qu'on lui confie. Ça fait se tordre de rire les garçons qui le respectent tout de même. Et il a du succès auprès d'eux tous. Foucault a réussi même, et c'est un tour de force, à sortir le Merlin de la boîte à bijoux de Beauté, tous les dimanches, pour l'enrégimenter dans une équipe de hockey à l'aréna locale. Foucault a révélé à Merlin sa flamme pour Beauté. Merlin les invente en couple loufoque quand il veut faire enrager sa mère. Il n'est pas sûr de conjurer ce triste sort quand il agit ainsi. Tout est tellement possible avec des parents si bizarres, si partis, comme il dit.

Depuis que Foucault est devenu un père pour lui, Merlin a pris de l'assurance. Ses jeunes muscles s'affermissent de jour en jour et lorsqu'il se regarde dans la glace de Beauté, l'adolescent se découvre une carrure inespérée, pause en athlète, se trouve divin, s'aime et se maquille et se travestit de plus belle. Merlin ne sera pas impuissant comme Foucault. Pendant qu'il jouait les Guy Lafleur sur la patinoire, Beauté a découvert dans les draps froissés de son Narcisse une première fleur d'amidon. Ce n'est pas Éva-Rose qui consentirait à reconnaître dans ces traces le sperme de sa petite Licheuse d'amour. Parmi le fouillis des couvertures, une autre fois, Beauté a retrouvé sa robe de nuit bleu clair empesée comme le reste avec son collier de vraies perles qu'elle avait égaré, il y a des mois. La robe de nuit bleu de mer ne lui va plus tant Beauté a pris du poids. Elle s'est amusée à la mettre quand même. Pour voir. Ça non plus, ça ne l'a pas fait rire. Lorsque Merlin a surpris Beauté dans sa chambre, dans ses draps, dans la robe de nuit bleu de mer moulant son corps de façon provocante, il s'est improvisé bacchante en dansant comme un possédé. Strip-tease burlesque, il n'avait gardé sur lui que ses épaulettes et ses jambières de hockey et noué à sa taille le collier de vraies perles. Il dansait ainsi, en mimant une érection gigantesque et une masturbation effrénée sur son bâton de hockey dressé au-dessus de sa mère interdite. Interdite dans tous les sens ? Beauté a presque peur des mots qu'elle risque, qu'elle trouve brutaux et crus comme des insultes, comme des jurons, un vocabulaire tabou, un vocabulaire mâle qui sonne vulgaire dans sa tête, un vocabulaire d'homme qui sent l'homme, odeur du cuir et du tabac, parfums acidulés qui n'entrent pas dans sa boutique de femme, qui flotte mal dans son univers agressé, transgressé par ce fils, pillé, violé par son Merlin sauteur.

Les mots sont des résonateurs. Saint-Hyacinthe. Sainte-Hyacinthe. Hyacinthe, Jacinthe, la fleur, la fille, la femme. Plante bulbeuse, pierre précieuse, zircon jaune rougeâtre, une hyacinthe, une jacinthe. Qu'est-ce que c'est que ce saint grotesque parmi les fleurs et les pierres filles du soleil ? Qu'est-ce que c'est que ce moine polonais qu'on fête pendant les canicules ? Hyacinthe, Sainte-Hyacinthe à mille lieues de toutes les Cracovie émasculées. Saint, Saint, Saint comme Tropez, comme Trophime, comme Trose, Saint-Trose-du-Nord, Saint-Trose-de-Laval, Sainte-Rose. Une vraie folle, tiens. Saint-Hyacinthe. Non vraiment, Beauté n'avait jamais pensé ce nom. Travestissement. Avec ses h et son i grec. En mettre partout, symbole phallique : Hyacinthe. L'inverti moine voyeur. Non, impossible, même après deux ans, ce nom le lui revient pas. Une gueule pas catholique. Saint-Hyacinthe. Encore aujourd'hui qu'elle l'écrit en toutes lettres, ce nom résonne mal, résonne mal mâle. Beauté joue avec les mots comme une experte, comme si elle avait compris la fine fin de toute écriture. Si elle s'égare pendant tout un paragraphe sur la phonologie de son lieu d'élection comme ils disent, de son lieu d'éviction comme elle croit de plus en plus, c'est que cette ville comme son nom lui échappent encore malgré les deux années qu'elle a mises à y croire. À y faire son lieu, à y faire son nom. Beauté de Saint-Hyacinthe. Saint-Hyacinthe, ville de Beauté. Ville de toute beauté ! Mais ville dénaturée, ville difficile à croire comme tout le comté, tout le pays bleu qui l'isole et la protège. Ville masculine, ville absurde. Femme caricaturée.

Et c'est de là que partent ces lettres avec toutes les lettres qui passent par la porte des Anciens Maires pour rejoindre le fleuve et s'embarquer pour La Malbaie, vers Maurice le chercheur de trésor. Toujours pour La Malbaie, jamais vers la grand-ville, jamais vers ce Merlin qui rêve à la chemise bleu clair de sa mère en ne s'endormant pas le soir. Son lit, ses draps, elle sait maintenant leur secrète pubescence. La mâle baie fébrile où s'échangent des transferts de sens et de sexes ; ville commerciale où l'on troque son nom contre la laideur du monde ; lit solidaire où l'on grenouille seule et seul comme en une rivière plus polluée que poésie d'antan ; ville acide sous la pluie où l'on branle son membre comme une vieille hampe de drapeau dépenaillé ; ville perdue dans laquelle Beauté s'égare, aux confins de l'inconscient, remugle dans lequel elle se noie, où se vautre son fils. Vieilles proses pieuses, oedipe mal porté, mais qu'est-ce qu'elle est venue chercher ici, son héroïne ? Pourquoi suivre sa trace jusque là-bas ? En cette fin de siècle-ci, les lettres ne voyagent plus par voie fluviale.

Il y a deux ans, quand Beauté a remonté pour la première fois le boulevard Laframboise, oui Laframboise, jamais elle n'aurait cru en son installation si permanente au bout de son effort, au bord de cette Yamaska cancérigène qu'elle hait comme une rivale. C'est elle qui avale, qui ravale tous les déchets des hommes. Éboueuse d'homme curieux, vidangeuse d'homme creux en son centre, boueuse d'homme mûr pour la folie furieuse. Rivière femme ? Était-ce bien pour elle-même que Beauté était venue croupir en cette ville ? N'était-ce pas pour rejoindre Maurice encore qu'une recherche maladive entraînait vers cette rivière, vers cette ville, vers cette femme, cette autre femme d'un autre temps qui le fascine, qui l'ensorcelle toujours ? Comme une rivière, comme une rivale.

Beauté termine sa seconde lettre de peine et de misère en s'informant maladroitement comme une coureuse qui serait partie à rebours, de la température qu'il fait là-bas. Elle s'informe aussi des progrès des recherches de Maurice sur Laure Conan, à La Malbaie. Et le musée qu'il y construit, et la thèse, et tout ce travail si méticuleux de reconstitution d'une vie ? Archéologie d'une âme. Elle a peur qu'il reste pris au piège de ces lieux comme elle-même, il y a deux ans, elle fut happée, kidnappée par le charme discret et aliénant du chef-lieu montérégien.

POST-SCRIPTUM

Messire Antoine Girouard me voit chaque matin ouvrir la boutique. Parfois messire Antoine Girouard me regarde, par la vitrine du Foucault voyeur, traverser sa rue en direction de la cathédrale. Je m'y cache pendant de longs moments.

Ni les orgues Casavant, ni *Le Clairon* n'ameutent qui que ce soit en ce lieu. C'est ma retraite, c'est mon refuge. C'est de là que je lui écris. En suspension, les lustres gigantesques attendent que je m'écroule tout à fait avant de s'effondrer sur moi. Des vautours de cristal. Ils vont tourner longtemps dans leur nef. J'attends avant de m'anéantir qu'une force extérieure m'y oblige. Je ne porte pas ma mort en moi. Au fond, le bonheur m'étreint. Il n'y a que dans ces lettres que je m'abîme. Alors, je sens les boiseries de chêne blond m'habiller comme un cercueil et je suis une vieille femme en noir pour pleurer mon deuil de Sicilienne abandonnée. Pour quelle Amérique m'a-t-il encore dupée ? Car je m'ennuie quand je pense à lui et à ses rêves. Je ne pense à Maurice que lorsque je me renferme ici pour lui écrire. Un jour, je sais que je ne le ferai plus. J'ai peur de vieillir toute seule, entre les fontaines lumineuses du parc Casimir-Dessaules. S'il était là, je pense que ce serait pareil. Si Maurice était de ce monde, comme je lui dis, je pense que je m'ennuierais de lui quand même. Je ne suis pas certaine que sa présence changerait quelque chose à ma vie. C'est grave de le penser, c'est pire de le dire ici. Mais quelque chose m'y force. Quel Maurice me manque ?

Quand je vais au marché tous les samedis avec Merlin, je l'amène chez Roberto, à l'auberge de nos amours et nous buvons une orangeade en parlant de Maurice et de rien. C'est le meilleur moment du week-end, le seul, mais qu'on ne peut prolonger parce que le patron Roberto a peur à sa licence, comme il dit. Il ne doit pas tolérer les mineurs dans son établissement. Je le prends pour moi et j'en rigole comme une démente. Nos amours se confondent et j'ai douze ans. Au Palais de Justice, on nous attend dans le détour de l'allée lumineuse à Casimir-Dessaules pour meubler des filières neuves et vierges pendant que les vieilles histoires, les causes vétustes traînent en longueur, languissent dans l'oubli et le mépris des magistrats de province. Y a-t-on déjà plaidé des causes d'inceste ou de parricide ? Le puritanisme de cet univers victorien continue de me dépayser autant qu'à mon arrivée. Je suis trop vieille pour mon fils, mais je suis trop jeune pour cette ville.

Et dire que c'est pour sa cause, sa si bonne cause que je m'enterre ici. Quand j'ai quitté Montréal et Florence pour partir à mon compte, comme ils disent rue Girouard, n'était-ce pas pour le suivre comme une bonne épouse ? Montréal et Florence, c'est comme si j'avais eu à quitter deux villes pour le suivre, une métropole effervescente et une capitale de l'art, une capitale de beauté. Je rêve au Palazzo Vecchio. Habiter sous son toit, notre toit, mon toit, comme tout le monde. Je hante une cathédrale délabrée depuis que ses recherches ont entraîné Maurice si loin de Saint-Hyacinthe. Pourquoi faut-il que cette femme morte depuis si longtemps me prive de sa tendresse ? Pourquoi suis-je réduite à être jalouse d'une morte qui faisait un métier si opposé au mien ? Une morte si différente de moi. Laure Conan. Une fille morte, archaïque, une ruine. Une morte si morte que des années entières de fouilles ne seraient pas suffisantes pour savoir seulement quel visage ravagé elle a emporté dans sa tombe. Les vivantes ont peur de La Malbaie, de Saint-Hyacinthe et de toutes les villes de province comme d'une autre tombe et leur fils davantage. Ils devraient savoir pourtant que la vraie rivale n'est pas une femme, ni une ville, ni une rivière, mais le temps qui use, le vieux temps, l'ancien temps qui veut toujours refaire surface. Mon ancien temps à douze ans, mon ancien temps trouve sa source dans une blessure intime et collective qu'il faut taire, qu'il faut tarir pour qu'elle ne saigne plus comme moi-même je cesserai de saigner dans mon ventre.

Mère morale, femme de discours. Voilà que je me laisse prendre au piège des vautours de cristal qui cliquettent au moindre courant d'air. Cette cathédrale de pacotille est un bazar, un musée de verroterie clinquante. Il faut que je sorte d'ici. Il faut que je m'en sorte au plus tôt. Je ne suis pas qu'une survivante, moi. Ni une suivante, ni une sainte non plus. Il n'y a plus de règles soudain, il n'y en a plus nulle part.

Dans le fond, je ne suis peut-être pas si différente de celles qui l'obnubilent depuis deux ans. Laure Conan, Félicité Angers, Angéline de Montbrun, trois femmes en une ! N'en est-il pas ainsi de nous toutes ? D'ailleurs elles nous chantent plurielles, toutes les femmes qui font le métier de l'ancêtre. Félicité Angers. Je m'y reconnais plus volontiers qu'avant. Avant, c'était une rivale. Avant, elles étaient toutes mes rivales, de femme en héroïne. Toutes menaçantes, comme des filles de beauté, telles des sirènes enjôleuses. Leur chant ne nous avait-il pas entraînés jusqu'ici ? Qu'est-ce que c'est que cette Pénélope voyageuse qui poursuit son Ulysse jusque dans ses fantasmes de marin d'eau douce ?

C'est ici, parmi ce qu'il restait de la famille Angers, c'est à Saint-Hyacinthe que Maurice s'est réellement guéri de sa mère. Je n'ouvrirai pas l'album rouge des photos de famille, mais je sais ce qu'il recèle. Il a fallu que Maurice Angers réintègre la ville natale de sa mère pour oublier sa mère. Soudain, elle n'existait plus, soudain, il ne la voyait plus parce qu'il avait pris sa place. C'est une plus vieille, une plus archaïque qui l'a saisi. Ça ou autre chose, me disais-je, pourvu qu'il reprenne goût à quelque chose, pourvu qu'il se remette à vivre.

C'est devenu une passion. La recherche de Maurice sur l'ancêtre écrivaine l'a entraîné aux confins du pays de Charlevoix. Il y est resté pris. Maurice Angers y construit encore le musée Laure-Conan pour sa postérité. Maurice Angers a retrouvé un sens à sa vie et c'est à mille lieues de nous qu'il se refait un visage d'homme. Les masques qui le hantent, ce sont les visages de Laure, de Félicité et d'Angéline qui se mêlent, se superposent, s'annihilent dans une quête douloureuse. Félicité, Laure et Angéline cherchent à inventer la beauté. Félicité Angers derrière son pseudonyme de Laure Conan et par l'entremise de son personnage romanesque d'Angéline de Montbrun, elle cherche ce que je cherche moi-même depuis tant de temps. Mon métier ressemble au sien. Après tout, on peut bien dire que je lui ressemble. Cette femme-là, c'est moi, c'est nous toutes puisque la beauté fut son drame.

Fille de discours, fille de morale. Les vautours de pacotille cliquettent encore dans l'édifice baroque de mes songes. Je ne suis qu'une folle de sacristie, une grosse femme folle qui se prend pour une fille de Beauté sur son banc de chêne blond. Moi ou une autre, moi ou toutes les autres. Maurice ne m'aime pas, Maurice aime toutes les autres femmes en moi et c'est trop, et ce n'est pas assez. Je ne veux plus être la Beauté d'un autre.

III

Troisième lettre à Maurice

Beauté n'est pas une femme d'église. Écrire une lettre lui est pénible parfois. Annoncer à Maurice de mauvaises nouvelles concernant sa mère la retient, l'empêche. Elle écrit moins bien, moins vite et son écriture change au point qu'on dirait qu'elle est d'une autre, d'une plus vieille, d'une plus désillusionnée de la vie. Cette troisième lettre à Maurice est une lettre grise. On y apprend cependant beaucoup de choses.

Blanche et Petite ont élu domicile rue Girouard, chez Beauté, au-dessus de la boutique. Elles se sont fait saisir jusqu'à la dernière chemise. On ne laisse pas à la rue deux pauvres orphelines même si leur venin vous a empoisonnée depuis votre naissance. Des vipères, des vautours, quel bestiaire vous menace ? Vous étiez une licheuse, petite dernière, une préférée de votre mère et de votre père, une gâtée, pourrie, une à qui tout était permis, même les études les plus extravagantes. Tout se paie. Vous êtes dans le commerce pour le savoir. Le comité paritaire des coiffeurs du Québec fut facile à convaincre. Mais cette résistante opposition des soeurs mêmes de Beauté. Vous preniez-vous pour un fils parmi ces soeurs ? Une femme dans le commerce comme son père ! Y engloutir tout l'héritage, tant qu'à y être...

Leurs mauvais mariages ratés n'en finissent plus de solder l'échec total, la faillite monumentale de leur vie. Elles étaient dans le commerce, elles aussi, mais dans celui de leurs maris, pas dans le leur propre, des commerces par alliance, par mésalliance plutôt. Leurs maris justement ne sont-ils pas devenus les riches exploiteurs des devantures si absurdement futuristes de la rue Girouard ? Omer et Pit n'en continuent-ils pas à escroquer sur la vie en croquant tout ce qui meurt si abondamment dans le chef-lieu maskoutain ? Les entreprises les plus florissantes de la région, c'est Omer et c'est Pit qui les dirigent derrière leurs façades mortuaires. Sansregret et Sanschagrin. En voilà encore deux qui portent leurs noms. Et associés pour le bonheur de toute une province comme chacun le sait.

Leurs femmes jamais n'ont eu la moindre part dans leurs affaires. Pit et Omer ont mené de main ferme et leurs commerces et leurs ménages. Ils ont été si intimement associés dans la vie et pour la mort que l'union rompue de l'un avec sa femme n'a pu qu'entraîner le désastre dans le mariage de l'autre. Et Blanche et Petite de se retrouver sur la paille, toutes liquidées avec un terrible règlement qu'aveuglément elles ont signé comme leur arrêt et leur condamnation. Aujourd'hui, la loi empêcherait ces femmes répudiées de se pendre elles-mêmes, mais naguère quand Maurice, quand Beauté ont voulu intervenir, comme ils furent malvenus ! Leur pension minimale, c'est tout juste si elles acceptèrent que Maurice la négociât avec leurs prédateurs.

Blanche et Petite ont tout englouti depuis ce temps. Il ne reste plus rien. Ni biens, ni demeure, pas même la maigrelette pension puisqu'elles obtinrent une avance qu'elles dépensèrent trop vite. Pour le reste, ce sont les fils dont elles n'ont pas eu la charge qui reçoivent tout. L'éducation d'un garçon c'est tellement important. Une femme seule, ça n'élève pas des garçons. C'était l'idée de Pit et c'était l'idée d'Omer. Les cousins furent donc confiés à l'institution digne d'eux, et Blanche et Petite réduites à la culpabilisation éternelle comme des pécheresses tarées d'abandon. C'est qu'il fallait faire des hommes avec ces fils innocents et nul prix n'était excessif. On le comprend bien, c'était l'opinion d'Omer et c'était aussi l'avis de Pit ; c'était une idée générale, de celles qui mènent le monde, un consensus contre lequel seules des exaltées ou des extrémistes hystériques pouvaient s'objecter. C'est ce que pensaient Omer et Pit, c'est ce que penseront leurs fils. Les cousins germains de Merlin, ses bourreaux, ses violents équarrisseurs de petites manières furent éduqués selon les principes immuables d'un paternalisme par délégation de pouvoir. Avec eux comme avec leurs pères, les vivantes et les morts en ont pour leur saoul. Ce seront des hommes solides, aux idées inébranlables.

Émile Foucault, lui, a les reins solides en affaires. Pourtant Foucault a mal aux reins, Foucault s'en est donné un coup dans son arrière-boutique entre le baril de foie de porc et les cageots de langues salées. Foucault n'arrive plus à se remettre de ses efforts. La coupe française impressionne encore le pauvre monde. Mais il faut la faire, comme on dit. Entrelardée ou faisandée, la viande d'Émile n'a pas sa pareille dans tout le pays et l'arrière-pays de Maska. Et la chair est tendre, si tendre qu'on en abuse parfois. Il faut payer. Alors on double le corset avec l'emplâtre. Mais ça donne prise aux commérages.

Le boucher Foucault n'en demeure pas moins l'entraîneur de Merlin et de ses cousins germains. Les résultats sont brillants pour un début de saison. Les As de Sainte-Rosalie et les Pigeons de Drummondville n'ont qu'à bien se tenir. Mais la patinoire est si mal chauffée que c'est un martyre tous les dimanches pour Émile. Il s'y traîne pour la seule édification de la jeunesse maskoutaine.

Il y a aussi la foire au bétail de l'automne. L'exposition agricole approche et déjà il faut prévoir l'organisation générale ainsi que la sollicitation pour la participation des détaillants en boucherie et charcuterie de la région. C'est Foucault, l'organisateur des petits abattoirs artisanaux. C'est lui aussi qui a ressuscité les halles du marché, rues Saint-Simon et Saint-Antoine. C'est Roberto, l'hôtelier du coin, qui est le plus reconnaissant. Très édifiante encore cette entreprise de revalorisation des viandes porcines de la région. Tant pis pour la rivière Yamaska charoyeuse zélée du purin industriel.

Émile Foucault n'est pas écologiste, il oeuvre au fond, comme Omer et comme Pit, à l'essor régional par l'entremise de son art. Ne travaillent-ils pas tous, tout compte fait, dans le même sens ? Et Beauté là-dedans, Beauté et son Institut, son Salon comme ils disent, pourquoi faut-il croire qu'ils l'aient si cordialement accueillie ? Elle, l'étrangère, elle qui venait de la grand ville comme une survenante et qui aurait pu bouleverser leurs habitudes de sédentaires. Ils ont compris qu'elle serait de leur bord, de leur folklore. Beauté travaille à la même oeuvre qu'eux tous, mais dans une autre viande. Ça les comble, ça les revalorise, ça les universalise de se voir cautionnés par une artiste de la ville, une femme si évoluée qui n'a pas peur de se compromettre avec des paysans parvenus.

Quand Beauté ouvre sa boutique tous les matins de la semaine, des relents de boucherie porcine lui font lever le coeur. Elle ne s'y fera jamais. Elle n'a pas la vocation de la rivière. C'est pour ça qu'elle se sauve dans la cathédrale tous les matins comme pour se purifier. Beauté n'est pas une femme d'église, mais elle le deviendra un jour.

Qu'est-ce qu'elle va faire là tous les matins du bon Dieu ? De quels péchés s'accuse-t-elle dans le secret du confessionnal de chêne blond ? Elle se sent regardée, elle se sent épiée davantage depuis que ses soeurs ont investi son apparence de vie. Quand on habite la grand-ville, ces histoires de village semblent surannées. Pourtant.

Elles alimentent les conversations en tapinois, les pensées et les lettres de toute une population. On ose à peine se servir du téléphone.

Prise au piège du terroir, Beauté, la déracinée des boulevards, Beauté se découvre une manière de province qui étouffe ses lettres. Ici, elle se retient du mieux qu'elle peut. Elle a l'impression qu'on la lit quelque part entre Saint-Hyacinthe et La Malbaie. Elle se sent écoutée par d'autres que Maurice et ça la gêne absolument. Elle détruira ces lettres comme elle a fait pour toutes celles qui les ont précédées. Puis elle les reprendra encore avec combien de prudence. Ces trois lettres à Maurice constituent un mince échantillon de toute une littérature focalisée sur l'empêchement de vivre.

Déformation, emprise, ostracisme. Il y a plus encore. Elle a l'impression de trahir. C'est que Beauté, ici, refuse l'inévitable aveu. On a peur. On ne sait trop comment s'y prendre. On a peur d'en mettre trop, d'exagérer, d'amplifier, de dramatiser. On est un adulte responsable. Il faut savoir doser. Tous les événements risquent, dans cette solitude désoeuvrante, de prendre des proportions de catastrophes. S'enterrer dans la campagne obtue. Y aurait-il de par le vaste monde, un lieu d'asile pour le dire mieux ? Ailleurs, dans un autre cadre, ne s'agirait-il que d'une femme, d'une pauvre vieille femme du palier voisin, de la rue voisine, une inconnue qui vient de se découvrir un bon motif pour disparaître ? Sans trace, dans la ville opulente et anonyme. Y aurait-il quelque part un lieu clos pour une femme qui souffre, mais qui ne veut pas qu'on le sache, qui ne veut pas surtout qu'on le dise à Maurice ?

De long en large dans le transept, s'égarant entre les deux façades lugubrement futuristes, ça hésite dans le décor forain de la foire au bétail. Parce qu'on ne peut plus se retenir. Parce que la parole donnée ne tient plus, toute grimée comme une catin de cirque qu'on oublie sous les manèges. Des couleurs de tombola qui déteignent sous l'averse inattendue. Inattendue ? Maladroite surtout, cette lettre qui doit révéler la terrible nouvelle qui a frappé Éva-Rose en plein visage. Frapper, quel verbe, quelle violence inutile dans les circonstances. C'est *Le Clairon* qui claironne sa fausse note en épouvantail. En plein visage, comment éviter ce lapsus lamentable, ce triste calembour involontaire, immense de vérité, gros de peur et d'angoisse pour cette femme qui en sera la victime. Victime d'une image, victime d'un mot échappé dans le bruit : Néoplasme. Un mot trop savant. Un mot plein de danger. Comme si les dictionnaires médicaux n'existaient pas.

87

Ce qui retenait un peu Merlin les premières fois qu'il en était conscient, c'était ce teint trop jaune de sa grand-mère. Oh ! bébé, il n'en faisait pas de cas, mais grandet, il n'était plus sans se méfier de cette couleur olivâtre et terreuse qu'arborait la grand-mère Éva sur ses joues. Il l'embrassait sur la bouche plutôt. Surprise. Léger mouvement de recul. Il cherchait les lèvres d'Éva-Rose parce qu'elles étaient rapides et fuyantes, sans bavure, sans mollesse comme celles de Beauté ou celles de Blanche ou celles de Petite. Il évitait ce contact râpeux avec les joues qui le faisait frissonner jusque dans son ventre.

Éva-Rose ne se maquillait plus depuis le mariage de Maurice, avant que Merlin n'annonce son entrée dans la famille Angers. Jamais elle ne s'était résolue à demander un conseil à sa bru qui s'y connaissait pourtant en la matière. Discrète, jamais Beauté n'aurait osé lui suggérer quoi que ce soit pour corriger la grossièreté de son visage. Termes d'ailleurs qui n'avaient plus de place dans sa conscience, aussitôt que Beauté franchissait le seuil de l'Institut de Florence. Avant de connaître la sécheresse absolue, le visage d'Éva-Rose avait connu des heures éclatantes, ruisselantes de mauvais *cold-cream* et de fards de piètre qualité. Avant le mariage de son fils. De l'exubérance à la sécheresse, la philosophie du balancement. C'était un visage abîmé par l'excès du masque gras et chromatique. Le masque permanent du complexe et du refuge qu'elle portait même la nuit. Éva se devait d'être rose. Femme oblige en ces temps-là. En ces temps-là ? Un jour, Maurice a mis un terme à la folie de sa mère, en utilisant un langage outrageant en présence de Beauté qui se tut. Ce silence approbateur avait réduit Éva-Rose à l'humiliation la plus totale. Pendant des années elle ne se retoucha le visage qu'avec le gant rude et le savon de pierre ponce. Femme excessive. La déshydratation complète et absolue de cette peau malmenée devait entraîner bien des malheurs. Cernes, rides, crevasses avant l'âge où l'on apprend à les respecter. Des traitements antirides avant l'âge où l'on apprend à les respecter. Des traitements antirides suivirent avec toute l'inefficacité qu'un tel ravage avait infligé à ces tissus vieillis. Son visage avait cent ans.

Ça ne devait être qu'un point noir. Elle en riait presque, à son âge, disait-elle, comme une trace de l'adolescence attardée... Comme Merlin lors des séances d'embrassement quotidiennes, Éva-Rose apprit à s'éviter elle-même dans les glaces. Puis elle le pommada discrètement, le couvrit, son point noir, d'une mèche rebelle, l'oublia, y revint, s'inquiéta sérieusement car ça devenait un chancre disgracieux. Bénin. Puis elle laissa faire. Le temps, meilleur remède. En secret, tapi derrière la mèche, ça devenait une masse qui n'aboutissait pas. Ça prenait des teintes. Et surtout, surtout, ça ne faisait pas mal. Une sensation à peine au toucher. Cette chose prenait des proportions sans qu'une douleur n'émerge. Ni du centre, ni de la périphérie. C'était comme si ça ne luttait pas. Pétrir cette chose avec le bout des doigts, irrésistiblement. Pour mesurer l'ampleur, la croissance journalières. L'angoisse de la retrouver toujours, menaçante. Puis, eh bien ! c'est ce que Beauté se retient d'annoncer à Maurice comme un oiseau de malheur dans cette lettre qui n'avait que cela à dire, cette lettre qui se retient, qui parle de tout, de rien, de l'abattage du bétail à boucherie et de l'association des marchands de vie et de mort.

C'était devenu malin. Ça portait maintenant le nom tabou qu'on évite, qu'on maquille. Un ulcère malin, un kyste, un abcès tumescent, papillome ou nodule tumoraux, néoplasme, néoplasme. Cancer.

Mais cette femme qui allait connaître l'affreuse transformation de son visage terne et aride, cette femme qui allait se voir dans la chair de son image, décrépir, livide, repoussante ; quoi faire, quoi dire ? Parler d'un cas imaginaire, inventer la guérison d'une cliente de Drummondville ou de Sainte-Rosalie ? Mentir. À quel théâtre fallait-il se livrer ? Pauvre limite, lamentable impuissance de l'écriture ou de la parole dans ce drame qu'on refuserait de croire de toutes façons. Romanesques, ces histoires-là n'arrivent qu'aux jeunes héroïnes d'histoires pieuses. Pas aux vraies mères trop affectueuses, pas aux vraies grands-mères pleines de tendresse, de naïveté et de goût de vivre. Ou alors on n'en parle pas. Les saines et les sains ne veulent pas savoir. Pour se protéger. Alors on s'enferme dans la foire du bétail et la jacasserie de village.

POST-SCRIPTUM

Qu'est-ce qu'on peut faire ? Qu'est-ce qu'on va faire ? J'écoute la *Messe en* ut *mineur* de Mozart, la nuit, et je sens s'écrouler des mondes. Je suis peut-être une femme atteinte, moi aussi. Je me retiens. Je pense à elle très fort. Pas moi, pas moi. Je lui cède toute la place. Éva-Rose ne veut plus voir personne. Qu'est-ce que je vais faire ? Je sens que ma carrière achève. J'ai perdu la foi dans mon métier de femme, dans mon art de femme. Quand je méprise cette ville, je suis injuste. C'est moi que je rejette et je leur en veux simplement de ne pas l'avoir fait à ma place. Où est ma place ? Je n'ai plus de place, je ne tiens plus ma place, je ne tiens plus en place. Quelque chose me pousse que je ne comprends pas. Mozart, Merlin, Maurice. Il y a trop d'enfants dans ma vie.

Lorsque mon fils m'annonça qu'il ne pouvait plus habiter chez sa grand-mère, j'ai tout de suite pensé qu'il refusait de vivre avec elle pour des raisons que j'allais peut-être condamner avec mauvaise conscience et culpabilité. Cette femme si bonne, si tendre, je ne pourrais pas la souffrir plus longtemps que les quelques instants que je lui concède chaque samedi. Elle me fait trop penser à moi lorsque je suis aimable avec les clientes de Sainte-Rosalie ou d'ailleurs. Je me suis usée dans la bonté. Lorsque j'étais toute petite, déjà, je m'abaissais dans des turpitudes de gentillesse. Petite fille câline. Je me détestais parce que j'étais incapable de m'empêcher de me vautrer dans ces aménités douceâtres auprès des adultes. Pour me faire aimer, aimer à tout prix. Aujourd'hui qu'il faudrait aimer cette femme, j'en suis incapable.

Quand j'ai connu Éva-Rose si sèche et si hautaine, elle m'a plus d'emblée. J'acceptais qu'elle soit froide et distante ; j'adorais cette façon glaciale qu'elle avait de repousser les êtres. Elle avait peur que je lui prenne son Maurice, que je le garde pour moi toute seule. Sa retenue, la distance dans son contact avec le monde, tout cela était tellement à l'opposé de ce que j'avais appris à être, à paraître. Avec elle, pas de chichi ; avec elle, pas de manières. Une rudesse paysanne. Elle était reposante, je la trouvais digne et honnête. Elle me reposait de moi. Je refusais de croire que tout cela n'était que retenue. Je refusais de reconnaître que tout n'était que peur, interdit, frustration et complexe.

Merlin est venu au monde. J'ai appris à découvrir la fêlure dans le personnage idéalisé d'Éva-Rose. J'ai saisi la portée de cette naissance pour elle. Éva-Rose devenait séduisante à son tour. Merlin, le fils de son fils méritait qu'elle redevienne femme et séductrice selon les mêmes diktats autoritaires qui m'avaient été imposés. Quand j'ai senti à l'hôpital même où j'avais accouché, l'odeur nouvelle, inaccoutumée de ce mauvais parfum sur cette femme, j'ai compris qu'un masque tombait, qu'un autre le remplacerait, hideux et risible, plus loufoque encore. Ta mère bouffon, ta mère fellinienne, ta mère mascara et mascarade. Puis cette scène, théâtrale et ridicule, où Maurice la qualifiait de tous ces titres abominables. Mesquin comme un adolescent qui ravage le bordel de sa mère qui le fait vivre dans l'opulence et la sécurité. Lui, le rédempteur de sa déchéance. On aurait dit que toute sa violence contenue éclatait tout d'un coup. Maurice l'enfant calme était devenu un volcan. « Mon royaume est un volcan », disait-il. Voilà qu'il éructait comme un nourrisson gavé, sur le sein même de sa trop généreuse nounou. Ce n'était pas avec un homme que je partageais ma vie, c'était avec un enfant, un bébé, un nourrisson mal sevré. Merlin allait prendre toute sa place, la place de Maurice. Le prince de mon royaume, c'était un enfant, un enfant révolté, jaloux. Et voilà que j'en avais un autre sur les bras. Maurice, Merlin, une dynastie de poupons. Mais il y avait la tendresse, la brave tendresse qui me manque encore.

Quand le rideau s'est baissé, moi, étreinte par l'émotion causée par la justesse, la précision, la violence de ses méchancetés, moi, je suis restée muette devant cette Éva-Rose effondrée dans sa poudre de riz, dans son nuage crevé. Son regard alors, pitoyable, m'a fait prendre le parti du fils. J'ai pris le parti de Maurice. Contre sa mère ; liguée toute avec l'enfant contre la mère, solidaire de l'homme contre cette femme, contre la femme. J'ai trahi Éva-Rose comme j'ai trahi toutes les femmes. Avec mes faiblesses, avec tout l'art du faible qui s'avoue faible à lui-même. J'ai trahi avec tout l'artifice de mes artifices. C'est pour ça que je ne la supporte plus, c'est pour ça que j'en suis venue à haïr toutes les femmes. Au fond, je suis aussi misogyne que le Merlin ; je suis plus gynophobe que lui. Et ce n'est pas peu dire...

Il faut que je sorte de la femme. Il faut que je ferme boutique. Tout vendre, tout liquider parce que je ne crois plus à ce que je fais, parce que je ne crois plus en moi. Je ne suis plus une femme de beauté. Je ne suis plus une femme de bonté. Je ne serai presque plus une femme si je continue d'être l'épouse, la mère, la sœur, la bru du monde entier. Que Blanche et Petite m'inventent encore des coucheries avec Foucault, que

Merlin les croie s'il le veut et qu'il s'invente des romans pleurnichards et revanchards : je ne sais plus lire. Mes soeurs, mes
clientes, je leur laisse toute la boîte. Qu'elles s'en mettent
jusque-là et que Pit et Omer ramassent les miettes comme
c'est leur métier. Qu'Éva-Rose m'afflige de mon manque de
compassion, de mon inhumanité, de mon manque universel
d'amour, je lui lègue à elle sa dynastie, toute la saga maternelle et filiale des oedipiens de l'univers. Et surtout, que
Merlin surtout se prépare au grand lapsus de la vie. Car il est
temps. Dorénavant, c'est lui qui écrira au monde et à son
père. Il faut que je vive. Je pars parce que je sais que je ne
suis pas coupable bien que je ne sois pas innocente. Je m'en
vais parce que je veux vivre.

Il n'y a pas eu de révolution tranquille dans ma vie de
fille. Je n'ai connu ni Manicouagan, ni Baie de James, ni
Labrador dans ma carrière de femme. Pas de projet du
siècle pour la femme que j'étais. Ni octobre québécois. Ni
octobre, ni guerre. C'est d'une autre violence que j'ai souffert,
la violence des autres, une violence en corollaire, en négatif.

Je ne voulais pas revoir ces photos de l'album interdit. Je
ne voulais pas revoir les photographies taboues de l'album
rouge de l'ancien temps notre jeune temps. J'ai triché, j'ai
transgressé. Ce ne sont que des images, des vieilles images de
nous. Des images d'il y a douzean. J'ai compris dans un
éclair que j'avais quarante ans. Un flash. Ça m'a foutu un
coup au coeur. De revoir Maurice aussi, si réel, si vrai, si
jeune. Il y a douze ans de tout cela. C'est incroyable. Toute
notre jeunesse est là, dans des images qui ne vieillissent pas,
elles. Mais nous, mais nous autres ?

Merlin avait quelques mois. Nous habitions près de la
Plaza Saint-Hubert, rue Chateaubriand, un quartier sympathique et remuant. Maurice étudiait encore, enseignait aux
chômeurs, militait un peu à gauche. Maurice avait la garde
du Merlin, ce soir-là, comme tous les soirs où je devais travailler au salon de Florence. On ne vivait pas comme tout le
monde, on était bien. Un peu marginaux, en rupture de ban,
sympathisants, poètes, et quoi encore ? Ils sont venus le chercher. Ils l'ont arrêté sans mandat, sans motif, sans aucune
justification. Comme les autres. Je revois ces images et je me
dis que ça ne se peut pas, que c'est de la fiction, une bande
dessinée pour des adolescents de douze ans. Douze ans. Je me

dis que si moi-même je doute, c'est qu'on aura bien réussi l'opération. Quand j'entends ceux qui sont revenus d'exil, quand je revois ceux qui les ont expatriés, quand je mesure l'oubli et ma peur, il me semble que c'était hier. Ça redevient trop vrai, trop réel, trop douloureux pour en parler. C'était la grande panique, on s'en souvient malgré nous. Maurice n'était qu'un personnage traqué parmi d'autres. Mais il a eu peur, si peur !

Maurice, c'était plus qu'un personnage. C'était l'homme que j'aimais. Quand on l'a libéré après quelques jours, Maurice n'était plus le même. Au début ça n'y paraissait pas tellement, mais à la longue l'angoisse s'est installée. Des crises d'angoisse, de véritables crises physiques d'angoisse physique. Je n'avais jamais vu cela. On m'avait redonné un homme changé, on m'a donné un autre homme que je ne connaissais pas, mais qu'il fallait aimer du même amour. Ses premières crises, c'étaient ses premières absences, ses premières fugues involontaires, mais violentes. Par la suite, ce furent des traitements pendant des mois, d'interminables mois de réclusion.

Il y a des trous dans l'album rouge de notre vie, des trous noirs qui m'aspirent.

Maurice n'était plus Maurice, il était devenu violent et je subissais sa brutalité dans mon corps. Quand il m'a frappée devant le petit Merlin affolé, ce fut le coup de grâce. On l'a hospitalisé pendant quatre mois, une première fois, puis une seconde fois pendant près d'une année. S'ensuivirent des séjours plus courts, mais fréquents en clinique. Maurice était sûr que la délation venait de sa mère. Mais c'est moi qu'il battait parce que je tentais de le persuader qu'il n'en était rien. Ces photos sont des îles dans la mer anthracite. Me racheter, réparer l'outrage contre Éva-Rose, l'offense contre cette femme, l'offense dont j'avais été complice. Le mal de Maurice était un mal qui venait de loin, de plus loin que l'événement ponctuel qui avait tout déclenché. Je n'ai jamais eu la vocation de martyre. Je n'étais pas faite pour vivre la vie de ces femmes battues qui endurent. Loin de là. Je me distinguais en cela de Blanche et de Petite. Mes sœurs ne me le pardonneront jamais. C'est comme si j'avais rompu un pacte avec elles. Je ne les vois nulle part parmi les images de ce naufrage. Je les ai englouties ailleurs, sous d'autres archipels.

93

Il n'y avait que Maurice. Mon continent d'amour. Dans tous les sens de la géographie et de l'impuissance. Mon continent à la dérive. Je me suis exercée à la tolérance. J'étais patiente. Mais pas dans mon corps. Je me disais que Maurice n'était qu'une victime, une victime parmi d'autres. Je n'en serais pas une dans mon corps. Maurice était à moi, c'était ma part. C'était à moi de le guérir, là était ma responsabilité. Je le guérirais, il redeviendrait comme avant. Il fallait qu'il me retrouve intacte moi-même. Il n'y aurait pas de dégénérescence. J'acceptai qu'il s'absente, qu'il s'éloigne de nous, périodiquement, systématiquement même, lorsque ça devenait pour lui, insoutenable. Avec le temps, ce furent des évasions plus communes, plus normales, pensais-je. Des évasions d'homme ordinaire. Travail, alcool, passions, obsessions toutes communes, régulières comme on dit. Jogging, Mozart, motoneige et ail des bois. Quoi encore ? Des folies douces d'homme actif, d'homme libre, entrecoupées de voyages et de retraites salutaires.

Il y avait eu des changements dans le pays aussi. Il y avait eu surtout cette consigne du silence que tacitement nous respections comme les autres. Maintenant que je romps le silence, maintenant que des brèches commencent à se faire jour ici comme dans l'album rouge de ce temps-là, on n'est plus sûr de rien. On a peur d'avoir peur, on a peur que ça recommence. Malgré toute la sobriété qu'on veut y mettre, malgré toute cette retenue que je m'efforce d'imposer à ce passé qui s'étale presque obscène. Merlin au zoo, Merlin à la Ronde, Merlin au parc Lafontaine. On sent que c'est trop tôt, on sait que ça le sera toujours pour nous. On faisait semblant d'oublier. On devenait des femmes et des hommes d'une autre époque. Maurice au zoo, Maurice à la Ronde, Maurice au parc Lafontaine. Nous n'étions pas à l'avant-scène. En tout cas, moi, je n'avais été qu'une figurante. Mon rôle n'interviendrait qu'après le film des événements, qu'après le générique de la fin. Mais voilà que ça ne finissait plus, que ça ne voulait plus finir, que ça niait même le commencement. C'est moi, dans la Ford rouge, c'est moi pour une fois sur une photo. Je suis partout, mais on ne le sait pas. On ne me voit pas sur ces images puisque c'est moi la photographe au zoo, à la Ronde, au parc Lafontaine et partout. C'est ainsi qu'on a vécu, c'est ainsi qu'on voudrait vivre encore parfois. Mais on ne peut plus. Il n'y a plus de place dans l'album rouge. On ne peut pas combler les espaces vides entre les îles parce que la mer mange tout.

Pendant le temps du grand leurre, je besognais comme une bonne, une bonne mère, une bonne femme. Je croyais fermement que tel était mon rôle, qu'il me fallait être bonne mère et bonne épouse pour éviter la punition. J'étais la photographe en titre. Ce pouvoir m'excluait, mais le scénario classique me rassurait. Je devenais une Blanche et une Petite sans m'en rendre compte à cause de cet alibi auquel je m'accrochais comme à une bouée : mon institut d'esthétique, cette boutique à moi que je construisais parcimonieusement. C'est mon outil de libération, mon art sacré, ma caméra providentielle. Une héroïne, une surfemme. Je devenais la femme mythique. La femme du trappeur qui trappe, la femme du pêcheur qui pêche, la femme du marin d'eau douce qui n'attend plus en ayant l'air d'attendre. Je visais l'objectif comme pas une. J'étais heureuse de vivre en femme active comme tant d'autres, sécurisée par l'anormalité d'une condition partagée avec les autres femmes. Multiple et dépareillée en moi-même, plusieurs femmes en moi luttant sur tous les fronts. Plus forte, plus maîtresse encore. Je tenais le monde, j'étais de toutes les corvées. Mon aliénation, ma peine de bête, c'était une aliénation commune, une peine tribale, une misère de troupeau. Enfin, j'assumais comme les autres, comme toutes les autres femmes. Je pouvais être solidaire dans l'ostracisme ; je pourrais être solidaire dans la lutte si je le désirais.

Illusions. J'allais comprendre un jour que j'étais une otage que nul régime ne défendrait. Il n'y aurait pas des mesures de guerre pour me déprendre, moi, pour me libérer de l'agression réelle, une insurrection dans ma chair, une violence non appréhendée, mais effective et fatale. Soudain, ça ne focalisait plus. J'avais perdu mon cadre et mes personnages. J'étais seule dans mon cinéma muet, immobile comme lui. Je suis toute seule avec un fils qui parle trop, qui ment trop comme son père. Maurice avait reconquis son métier d'homme et sa stature d'homme. J'étais seule dans mon zoo, dans ma Ronde, dans mon parc Lafontaine.

Je tourne en rond dans ma cage noire baroque pendant qu'Éva-Rose se défait toute. Les femmes font peine à voir au-delà de l'album de famille.

Ça fait douze ans déjà, douze ans. Merlin à l'âge de ces événements qui devaient bouleverser toute notre existence. Quel exil ! Il n'y eut que Merlin. Pendant des mois et des mois, pendant des années, il ne pouvait y avoir que Merlin. Maurice ne savait plus, ne pouvait plus. On s'est usés à comprendre, à oublier. On a laissé faire le temps, et il nous a bien faits. J'ai revu et j'ai compris dans un instant fulgurant le système précis qui avait brisé notre bonheur si simple. J'ai vieilli tout d'un coup au coeur de la cible. J'ai eu peur de devenir une Éva-Rose avant mon temps. Dans un éclair, une déflagration d'images. Un néoplasme dans l'oeil.

> *Le loriot entra dans la capitale de l'aube.*
> *L'épée de son chant ferma le lit triste.*
> *Tout à jamais prit fin.*
>
> René Char

J'ai peur de la délation qui me mord dans le ventre. Je dénonce cette ville et ses remugles comme je me dénonce moi-même, maintenant. Il me fallait Foucault, il me fallait tous les autres pour arriver jusqu'à moi. Je me regarde et je me dis : voilà, c'est moi, j'ai quarante ans, à Saint-Hyacinthe.

Je ne voudrais pas trahir Maurice. Je ne veux pas lui briser cette vie d'homme qu'il s'est douloureusement reconstruite au large de nous. Je ne voudrais pas à mon tour humilier cet effort, cette reconquête si fragile. Mais l'effort de Maurice, c'est aussi le mien. J'ai l'impression de l'avoir fait, de l'avoir mis au monde une seconde fois. L'otage, c'est bien moi. Maurice est mon enfant. N'ai-je pas tout soutenu pendant les pires moments de cette déchéance et de cette reconquête ? Ce n'est pas pour une reconnaissance que je me raconte cela. Ni pour une justification, ni pour une déculpabilisation. Je sais ce que j'ai fait, je sais ce que j'ai à faire. La vie que Maurice s'est fabriquée, cette vie ne me concerne plus. Ni pour le meilleur, ni pour le pire. C'est comme si je l'avais aidé à sortir de moi comme je m'apprête à expulser Merlin de mes jupes matriarcales. Je suis devenue trop envahie par ces grands enfants qui piochent trop fort. Notre vie passée est un film que je regarde passivement comme exclue, comme bannie de l'intérieur.

Il y a Merlin. Merlin, lui, n'est pas qu'un figurant. Merlin est au centre de toutes les photos de tous les albums de ma vie depuis douze ans. C'est assez. Il n'y a plus de place. Il faut changer la pellicule. Le mécanisme est usé. Il y a eu surexposition. Il faut changer d'album aussi. Merlin n'est pas une image. Merlin n'est ni sage, ni mage. Merlin bouge comme un homme trop vivant dans son lit. Il est d'un autre temps, d'un nouveau temps, d'un temps insaisissable. C'est Maurice maintenant qui va s'en rendre compte. Je souhaite pour eux que la trame soit heureuse. Et pourquoi n'en serait-il pas ainsi, après tout ? Si la vie d'homme libre de Maurice ne peut s'accommoder de l'intervention de son fils, alors, il fera comme moi, Maurice s'en inventera une autre. Une vie, des vies, tant qu'il en faudra. À deux, ils devraient parvenir à bâtir quelque chose de vivable. Et puis, qui dit que ce ne sera pas le bonheur, au bout de leur ultime effort ? Le bonheur d'être entre eux. Pour un temps.

Quand on regarde ces photographies et toutes les autres, ce sont des sourires qui nous agressent. Le bonheur nous assaille comme une insulte. Le bonheur possible et impossible. Je le dis. Je le crois. Je l'écris pour m'en convaincre.

Je m'en vais parce que je veux vivre en paix. Comme la Félicité des rêves. Je ne suis pas une femme d'église, mais j'ai besoin d'une paix totale comme en ce lieu. J'ai soif d'un grand silence absolu. Je l'entends d'ici. Le silence a la voix de ces femmes qui m'accueillent. Parce que je me présente à elles dans tout ce dépouillement neuf auquel je m'applique si méthodiquement depuis des semaines. Ma libération est accomplie. Où je vais, je pourrai même me départir de ce nom qui m'afflige. Je vais me baptiser moi-même, me mettre au monde moi-même enfin, en me retirant du monde pour un temps indéterminé. C'est à mon tour de partir. J'ai fini d'attendre parce que ce n'est plus mon métier, désormais.

DEUXIÈME PARTIE

*Il est libre comme un forçat qui traî-
nerait partout les débris de sa
chaîne.*

Laure Conan

L'oublié

Pauvres enfants ! la pensée du départ les assombrit beaucoup, ce qui me rassure.

Laure Conan

I

L'oeuvre à l'épreuve

J'avais douze ans d'ancienneté dans le métier d'enfant quand je résolus de devenir adulte. Je deviendrais un adulte, mais pas nécessairement un homme. Pas encore. Mes soeurs fictives ne me le pardonneront jamais. Les filles de Beauté sont formelles là-dessus, comme on dit à Radio-Québec ; l'enfance doit perdurer, il faut qu'elle « toffe » le plus longtemps possible. Surtout pour un garçon, surtout pour un Merlin. Quand on quitte l'enfance, on meurt plus rapidement encore que lorsque l'on sort de sa mère. Moi, j'ai peur de tout, surtout de mes soeurs abstraites, mais pas de la mort. J'en parle à tout venant. Dans mes cahiers, c'est son pays rouge depuis que Beauté ne veut plus de moi dans ses chemises de nuit.

Si je dis que papa est mort pour moi depuis deux ans, seuls des adultes pourris eux-mêmes iront s'imaginer que le corps de Maurice se fait ronger six pieds sous terre. Quand je dis qu'il nous a quittés notre Maurice, lorsque je répète qu'il a sacré son camp, ce

101

ne sont pas plus des euphémismes que lorsque je dis qu'il est mort, je ne fais des hyperboles. J'ai des lettres. J'ai celles de Beauté, mais j'en ai d'autres encore. Maurice n'habite plus avec nous depuis deux ans parce qu'il a changé de cercueil. Quand Beauté lui écrit, il ne faut pas croire que son effort de veuve de guerre demeure lettre morte pour autant. Maurice est parti pour le meilleur, Beauté est restée liée ici pour le pire. Pour moi tout seul. Mais je sens que cela achève.

Partir, pour Maurice, c'était son droit le plus strict. Demeurer auprès de son enfant chéri, c'était le devoir de Beauté. C'est la logique qui le voulait, ainsi que le métier de Maurice. Lorsqu'il a plongé tête première dans sa recherche pour *Femmes d'hier et de demain*, Maurice ne pouvait pas savoir dans quelle goélette-fantôme il s'embarquait. On a beau s'appeler Angers comme François-Albert Ier, c'est le hasard qui fait pousser des arbres généalogiques dans son jardin privé. Depuis que Maurice a appris que Félicité Angers était son ancêtre, *Femmes d'hier et de demain* a gagné un recherchiste à la pige voyageuse, Beauté un tendre amant au long cours et moi j'ai perdu mon père terrestre et enjô-leur. La vie est un lapsus malodorant qu'on ne peut pas s'empêcher de ruminer du fond de nos instincts, comme ils disent. Quand je dis, moi, que je fais pitié, moi, l'orphelin d'occasion, on ne veut plus me croire, moi, l'abandonné, moi l'oublié des soeurs.

Pourtant Maurice, il nous aimait. Il m'aimait moi surtout, moi Merlin le rescapé de la dernière bourrasque. Le seul et l'unique parmi d'ineffables chimères en jupons. Quand ils m'ont eu, il y a douze ans, je n'étais pas le garçon que je deviens. On s'était fait à l'idée que je compléterais la quadrature du cercle familial, moi la Licheuse, la dernière en titre, la crapule de la dynastie imaginaire des filles de Beauté.

Mais je suis en train de leur jouer un vilain tour. D'abord, je suis demeuré vivant. Ensuite, depuis que Maurice est parti à la recherche de son ancêtre l'écrivaine, comme il dit, je deviens ce que je suis, j'arrive de plus en plus à ressembler à ce que je suis. Un Merlin autonome, un Merlin libre-penseur, gros faiseur de petites traces viriles, Merlin aux longs bras et au duvet précoce. Pubes-cence d'or comme dit le poète de sept ans, mon semblable, mon frère. Si je suis un adolescent problème pour les autres, pour moi-même, ça n'est ni la puberté, ni la poésie, ni la folie oedipienne qui m'embarrassent. J'ai résolu de vivre ça jusqu'au bout et les grands-mères Éva-Rouge et les filles de Beauté et la Beauté elle-même n'ont qu'à se le tenir pour dit. Si je me saoule avec ma mère chez Roberto tous les samedis, si le dimanche après-midi je me couche dans son lit tout collé par moi tout collé sur elle, ça n'est pas pour faire l'enfant, c'est pour lui en faire un. Tant qu'elle croira que je me prends toujours pour une petite fille de Beauté, ma mère me laissera faire, voudra de moi encore. Tant que je me pavanerai dans ses atours de femme fatale, comme une infante, elle ne se méfiera pas de moi. Tant pis pour les cocus de La Malbaie. Tant mieux pour le Merlin pécheur.

J'ai quitté Montréal, j'ai quitté l'effervescence moi aussi, à mon tour, à rebours parce qu'on m'a refusé le privilège de voir pourrir le visage de grand-mère Éva-Rouge. Plus mon père se cherche une mère antique, plus sa propre mère contemporaine se dégrade comme si elle voulait retrouver sur son corps même, les attributs d'une rivale. Si grand-mère Éva-Rouge continue à se desquamer comme une lézarde mal léchée, il ne lui restera plus qu'à devenir écrivaine à son tour puisqu'elle n'aura plus de peau. Toutes les femmes qui sont réduites à faire ce métier-là sont laides commes des fuites en Égypte. Exceptée madame Anne Hébert qui est une fille de toute beauté. Mais elle n'est pas capable de vivre à Saint-Hyacinthe, elle non plus.

J'y suis réduit pourtant et pour des jours et des jours encore. Beauté s'obstine à ne pas déménager qui m'aime me suive dans Charlevoix. Son entêtement m'écoeure depuis surtout que je suis bloqué ici, entre Blanche et Petite, entre mes soeurs romanesques et le boucher Foucault forniqueur de garçonnets.

Je ne suis pourtant plus ce petit épais timide que j'étais à dix onze ans. Mes cousins germains m'ont initié à la rudesse, à la robustesse et à la virilité. Les coups qu'on fait ensemble rendent risibles les petites escarmouches que j'ai dû subir jeunot. Les filles de Beauté sont devenues gâteuses d'ailleurs comme de sombres personnages qu'on délaisse le long du chemin. Depuis que je suis devenu le fils adoptif d'Émile Foucault, notre voisin à la coupe française, les filles en général ont pris une jolie dégringolade dans mes préoccupations. Elles ne sont plus que des demi-vérités, des ombres de réalité et encore, mes soeurs, divisées par trois, je ne sais pas si on peut se l'imaginer, mais ça ne fait pas beaucoup. Une demi-frangine, comme ils disent, divisée par trois, ça fait quelque chose comme rien. Pour celles qui se croient indivisibles comme la Sainte Trinité, c'est un coup bas, un coup dans les parties honteuses comme dit Foucault, et elles en ont, pour ça, elles en ont toutes.

Malgré tout le masochisme et toute la misogynie du monde, je m'ennuie ici, je m'alanguis, me désespère comme un poète adolescent précoce du XIXe siècle. Je m'ennuie de Paris-Carotte. Je promène ça le soir entre les splendeurs de la ville morte et les remugles de la rivière agonisante. Quand j'ai franchi la porte des Anciens Maires, j'ai pensé à mon père. Si je prends sa place dans la joie de Beauté, il faut dire aussi que je le relève dans la misère de ses antiquités. La jeunesse maskoutaine n'a même pas de quoi devenir délinquante sur ces rives et dans ces terrasses si désertes. Je m'ennuie de Paris-Carotte entre les promenades Louis-Côté et Honoré-Mercier, je m'ennuie d'elle autour du parc Casimir-Dessaules. Qu'est-ce que c'est que tous ces tristes sires qui baptisent ces lieux avec l'eau de leurs fontaines lumineuses ? Autour de la maison Saint-Vincent-Ferrier, je promène mon mépris en chaise roulante comme vieil adolescent du troisième âge.

Mes cousins me boudent, ne m'acceptent pas. Ils n'ont pas vraiment connu la grand-ville, eux. Ils n'ont jamais séjourné chez grand-mère Éva-Rouge, n'ont jamais tiré les tresses de Paris-Carotte, ne se sont jamais fait mordre les fesses par elle. Est-ce ma faute si la rue Saint-Hubert m'avait adopté avant Foucault comme un fils légitime ? Est-ce ma faute si la rue des Cascades ne peut soutenir une seule minute la comparaison avec cet univers rutilant et bruyant de la vraie vie ? Tout est trop maquillé ici, tout est trop à l'image qu'on veut se donner. Si au moins ils promenaient leur bétail dans les rues. Même pas. Les bestiaux de Foucault comme ceux des halles sont déjà morts depuis longtemps quand ils arrivent au marché. On fait semblant de les importer pour ne pas avoir l'air habitant. Ça sent le cadavre de Pit et ça sent la dépouille d'Omer. Le marché Jean-Talon, c'est sur un autre continent. Ça n'a rien à voir avec leur petit marché cliché sans maraîcher des livres de lecture très attardés. Gonzalve Desaulniers. Nérée Beauchemin et compagnie. Des vieilleries encore comme les amies de Maurice, des antiquités toutes brillantes et désinfectées. On y vend du terroir, c'est tout ; on y vend de l'autochtone sclérosé en famille. Comme je m'ennuie des émigrées de la rue Papineau !

Et rouge, il regardait des Espagnoles rire et des Italiennes...

Les relents de la Yamaska n'ébranlent pas grand-chose dans mon âme. C'est chimique. Son exhalaison fait lever le coeur, ça ne le remplit pas. Quand mes cousins m'ont forcé à boire la mélasse de cette poubelle pour m'initier, comme ils disaient, à la vie rurale, pour que je devienne digne des fiers Maskoutains de souche, ils m'ont rendu malade pour deux semaines. J'aurais préféré m'infliger le pemmican des Inuits empoisonnés au mercure. Mes nostalgies, je les garde pour moi maintenant parce qu'ils sont trop nombreux, mes cousins.

Mes espoirs et mes prétentions, je les garde pour des filles de Beauté qui n'existent presque pas, qui ne vivent que par moi. Elles sont si discrètes et si réduites depuis que j'ai réintégré l'institut de Beauté que je n'ai plus peur d'elles que la nuit. Si Beauté trompe Maurice avec moi, je trompe de mon côté l'ennui mortel de mon installation ici, auprès de la susceptibilité de mes tantes qui braillent tout le temps quand je les traite de chameaux morts, par exemple. Elles n'ont pas de lettres, elles, et n'en reçoivent jamais non plus.

Mes soeurs étaient trois, mes soeurs se liguaient contre moi, mais j'ai su me défendre. Je les ai divisées pour régner, c'est classique. Et puis, je leur ai dit leurs demi-vérités, qu'elles étaient affreuses, que tous les laits de Beauté et les pommades et les teintures et les laques et les vernis n'en viendraient jamais à bout. Je leur ai dit qu'à trois, elles ne viendraient jamais aux chevilles de Blanche et de Petite qui sont pourtant bien basses dans mon estime. C'est pour dire qu'elles sont disparues de la circulation de la rue des Cascades et de la rue Girouard. C'est trop important d'être belle pour une fille de Beauté. C'est trop important d'être une fille de toute beauté pour une femme. Parfois, j'aime autant être un garçon, même si la beauté m'assaille comme une insulte. Mais ça ne dure pas assez longtemps pour me convaincre vraiment de devenir un homme.

Si mes cousins me touchent, et la plupart du temps c'est en bas de la ceinture, leurs mères n'ont même pas le droit de jeter un regard sur moi, sur mon éducation. Là-dessus, ma Beauté mère est catégorique et je l'en aime davantage. Merlin c'est à elle, Merlin c'est son butin, son bien, n'y touchez pas, n'y prétendez surtout pas. L'amant de Beauté ne doit jamais se laisser corrompre par d'autres qu'elle, surtout si ces autres sont de vulgaires dépravées, des séparées, des divorcées, des ruinées, des bonnes à ruminer contre Beauté, ma Beauté exclusive. Elle ne peut pas m'abandonner puisque ma maîtresse mère, c'est une vraie mère pour moi.

Je sais qu'elles me raillent, je sais qu'elles me donnent toutes sortes de noms parmi les pires parce que je m'amuse dans le rouge à lèvres et le poli à ongles de Beauté. Si ce n'était d'elles, je suis sûr que Beauté ne rougirait aucunement de mes petits enfantillages. Nous serions alors complices, elle et moi, un peu comme avec la grand-mère Éva-Rouge, mais plus ouvertement encore, sans fermer les yeux, au grand jour, en pleine rue Girouard comme en pleine lune, les jours de nuit à bicyclette, dans le panier et qu'on est tout petit et qu'on dit « jour à lève » en regardant le visage rond d'actrice de sa mère. Mamaluna. Mamalouna de saint Bartolucci. Mais Beauté est juste un petit peu trop vieille pour comprendre ça. C'est une vieille cantatrice chauve.

Je me virilise. Mais le coeur y manque. Mon coeur est disparu au bout de son échelle, emporté par un ange Paris-Carotte. Si je veux demeurer dans l'estime de Beauté, il faut bien que je sacrifie un peu de mes fantasmes adolescents, comme dit Maurice. Pourvu qu'elle me concède tout le reste, je peux bien collaborer, comme dit Foucault. Ah ! que tous ces gens m'élèvent donc bien malgré leur peu de ressources ! Comment peuvent-ils encore voter pour l'Union nationale, toutes ces braves gens aux prises avec mon infantilisme abstrait ? Si je deviens un homme un jour, ce ne sera pas par conviction personnelle, ni par la force des choses, mais par un réel effort de bonne volonté. C'est peut-être ça d'ailleurs, devenir un homme de bonne volonté comme dans les prières de Noël.

Mon père est allé courir les filles en bas de Québec pendant que je m'enterre ici. Hier, papa est mort pour moi et je me sens un étranger dans sa littérature nourricière. Je pille ses lettres, je viole son intimité. Je me demande toujours comment il ferait, comment il s'y prendrait pour la faire jouir davantage. Il me semble que je ne fais pas long feu avec Beauté. Foucault dit qu'à mon âge, on n'est guère bon qu'à donner des petits coups dans les draps et rebondir sur le dos, pour le grand désarroi des femmes. Comment est-ce qu'il agirait Maurice, s'il avait comme moi plus de désir que de munitions, plus d'amour que d'armement ?

Je mitraille, automatique, taratata. Ça ne se retient pas. Je suis un vrai Darth Vader casqué, masqué, noir de muscles rutilants dans mes draps bleus de *la Guerre des Étoiles*. Mais c'est vrai que je m'affaisse vite. C'est humiliant en chien. Surtout depuis que Beauté s'est mise à grossir. Parfois, j'ai l'impression qu'elle est enceinte de moi et qu'elle tente de me le cacher. Blanche et Petite font croire à tout le monde qu'elle couche avec Monkémile Foucault. Quand je dis que ma mère est enceinte de moi, Blanche, Petite, comme des filles de Beauté bêtes et niaises à mort, s'imaginent que je me pense encore dans son ventre. Quand je rêve que je suis dans le ventre de ma mère, ce n'est pas l'épais foetus que j'envie malgré ce que pense Foucault et tous les préposés aux loisirs des adolescents limités, c'est loin de mon obsession, c'est même le contraire. Comment a-t-il bien pu faire ça, mon père, tant de bouleversement avec si peu, avec rien. Une vraie histoire de bon Dieu et de mante religieuse comme dans ses histoires de vieille fille laide.

En tout cas, il n'est pas là et ça n'arrange rien. J'hésite aux portes comme un quêteux ; comme une kétaine, je fais peur aux petites filles. Quand Maurice vaque ailleurs, l'éducation sexuelle de son fils se perd dans le fard et les voilettes de Beauté. Si je deviens un inverti ou un eunuque, ce sera la faute à Maurice. Mais m'habiller en Beauté fatale ne me donne plus le même plaisir qu'avant. Mes parades, mes processions en robe d'évêque très décolletée, ça ne me donne même plus le goût du péché par omission. Je trouve de plus en plus ces travestissements gaga. Je n'ai plus dix onze ans. Depuis que Maurice est parti, j'ai pris du poil. Plus il m'en pousse, plus je me trouve ridicule et grotesque dans les accoutrements de ma mère. Je ne peux pas me résoudre à m'épiler tout ce duvet. Au contraire, bien au contraire, je guette le poil, je le flatte, je tire dessus pour qu'il pousse plus vite. Là, là et là surtout. Pourquoi faut-il qu'il soit si blond, si transparent, de la soie, de la vraie soie de fille de Beauté.

C'est toute une épreuve, l'adolescence, je le jure. Surtout quand on est un surdoué comme Merlin pin pin. Je ne voudrais pas être à la place de ceux qui m'élèvent, qui m'endurent. C'est une épreuve pour eux, c'est une épreuve pour moi aussi. Je suis leur oeuvre. Je suis l'oeuvre à l'épreuve, comme dans les commanditaires de savons. Qu'on m'essaye, on va bien voir.

Maurice, lui, il vit d'autres épreuves toutes aussi réjouissantes. S'il est parti courir les femmes dans Charlevoix, c'est en nécrophile qu'il agit. Belle famille ! La mère dans les draps de son fils, le père dans les suaires d'une vieille fille décrépite depuis un siècle et le fils qui cherche sa narcissique ressemblance dans les eaux d'une rivière opaque et mate comme un velours cordé.

Maurice Angers a plein de femmes vivantes dans sa vie et pourtant, c'est après une morte qu'il court depuis plus de deux ans. Ce n'était d'abord que pour la documentation sur l'héroïne défigurée d'un roman pieux, puis c'est devenu la recherche de celle qui l'avait inventée. Si j'ai bien compris, de la défigurée à la vraie, l'histoire s'est compliquée d'une autre fille qui se cache derrière un nom de plume. Angéline pour roman, Laure pour la plume et Félicité pour la vraie vie. Trois femmes en une : Félicité, Laure et Angéline. Des filles de Beauté à la ressemblance de mes soeurs fictives. Piller les noms, crier des noms pour faire enrager Beauté qui les jalouse comme une seule rivale, comme une seule femme. Ange-Line, Laurelou, Béaba. Mon ange, ma Laure, ma béate Beauté d'amour, ma toute Beauté que je baise partout. C'est après ça que Maurice court comme un sacré malade. C'est pour ça, c'est avec ça que je me venge sur ma mère. C'est pour elle que je les fais exister dans des pages de beauté comme dans un vrai roman de Merlin. Mais je n'y crois plus tellement, tout à coup. J'aimerais mieux voir les vraies, celles de Charlevoix, celles de mon père.

Quand il est arrivé à La Malbaie, Maurice s'attendait à un accueil plus chaleureux. Sa recherche pour *Femmes d'hier et de demain* qui l'amenait dans le pays natal de Laure Conan, n'avait-elle pas été précédée par sa réputation ? Comme le pays de Maska, Charlevoix ne sentait pas ce besoin pressant d'exhumer la première romancière du pays de son sillon nourricier. Tous les clichés de la littérature québécoise de l'entre-deux guerres s'avéraient vains. Là-bas, on se méfie beaucoup des poètes de Montréal-en-ville, des cinéastes d'outre-zîles, des monseigneurs herboristes et autres touristes aventureux. Là-bas, les musées de vieilles filles, ça n'intéresse guère les cavaleurs de marsouins.

L'installation de Maurice à La Malbaie fut d'autant plus pénible qu'il avait eu la maladresse de laisser ses valises à Pointe-au-Pic, la belle affaire, au *Manoir Richelieu*, comme un péquiste ordinaire. Dans ce pays rouge même en hiver ! Il lui a fallu bien des détours pour réussir à s'incruster dans le tissu local, comme ils disent. Et encore là, c'est un corps étranger qu'on tolère. Cinq, six mois pour aborder, ça laisse en plan tout son enthousiasme et sa passion première.

Mais il s'en remet. Maurice a accès aux greniers, aux registres des presbytères, vieilles soutanes et robes de baptême. C'est avec ça qu'il va devoir meubler le musée régional qu'on lui a demandé de mettre sur pied, au bout de sa recherche. Sur pied, la belle image ! Dans un poste de pompiers, la vieille fille aux amulettes... Mais il y croit. Alors, nous l'avons laissé faire, nous l'avons même encouragé, Beauté, Éva-Rouge, Foucault et moi. Puisque toute sa carrière y tenait, puisque sa vie même semblait en dépendre. C'était grave, l'univers entier poussait dans le sens du fleuve. Une carrière, une vie. Une carrière d'homme, une vie d'homme. Ça me semblait tellement sérieux. Ça me semble ennuyeux comme la mort. Je n'en suis pas rendu là, heureusement. Si je deviens un brave adulte, on verra. Si je deviens un homme, surtout. Mais j'hésite, je branle dans le manche comme dit Monkémile qui ne sait pas ce que le verbe branler veut dire pour les Français de Radio-Québec. J'hésite, je branle et je rigole bien du fond de ma détresse apparente. Mon oeuvre est inachevée comme les plus grandes, les plus magistrales. Et incomprise, bien entendu. Pauvre, pauvre Merlin des soeurs ! Merlin, l'oublié du monde.

Son oeuvre est à l'épreuve, là-bas ; son oeuvre est à l'épreuve, ici aussi. Si, avant, Maurice confondait tout, aujourd'hui, comme moi, et je fus à la bonne école, il divise pour régner. Pourquoi Maurice ne pouvait-il pas faire son oeuvre de pionnier à partir d'ici ? Qu'est-ce que c'est que cet itinéraire ? Une oeuvre téléguidée, ça se fait ? Non. Comme le dernier de politiciens mal-venus, il se parachute à mille lieues de nous, abandonnant le meilleur de lui-même, nous, moi, dans l'indigence de l'amour filial. Penser qu'un roman de Merlin ou qu'un Émile Foucault est à la hauteur de ma faim paternelle, c'est être aussi demeuré qu'une grand-mère Éva-Rouge ou qu'une fille de Beauté.

Je m'ennuie de mon père et je me sens devenir tout vieux à vouloir le remplacer. C'est pour ça que j'ai résolu de le suivre là-bas. Puisque ma mère est sur le bord de ne plus m'aimer d'amour, je m'en vais. Sur le pouce, par la grande porte ouverte des Anciens Maires, comme une lettre à la poste, une des lettres de Beauté. Moi j'apporte tout, les post-scriptum et les *post-mortem, Le Clairon* des ragots, les orgues Casavant, un conteneur de petite musique de nuit, tout le chêne blond de la cathédrale et saint Hyacinthe sur mes épaules comme dans une image d'Hercule ou de saint Christophe porteur du monde ou de son sauveur. Alors, il n'y aura pas de place pour le lait de Beauté, pour le fard, pour les hardes de Beauté ma mère. Ainsi, je ne serai pas tenté par la tentation ; ainsi, Maurice n'aura pas à rougir de moi dans le si beau pays rouge de monseigneur Félix-Antoine Savard. On regrette, mais c'est comme ça que ça se passe. D'ailleurs, tout se passe, comme on dit. Même la maudite adolescence. Merlin en fera la preuve. Parole de merlin chanteur. Promesse de Merlin menteur.

II

L'ancêtre par lui-même

Il y a eu les filles de Beauté. Il y a encore peut-être dans la plaine du Saint-Laurent une institution qu'on nomme les Filles de Beauté. L'important c'est de se dire qu'il existe maintenant et depuis une semaine, une autre confrérie, moins nombreuse, moins populeuse, mais fort dynamique : les Fils de Laliberté. En fait, je suis le seul fils pour le moment, mais Maurice va arranger ça dès que je vais lui en parler. Je vais leur raconter que je suis le fils de Laliberté et que je suis venu rejoindre mon père dans leur foutu pays rouge. Ils comprendront car Maurice a changé de nom quand il est arrivé parmi les marsouins.

Maurice Angers dit Laliberté, c'est maintenant tout un commerce. Depuis le temps qu'il ratisse la campagne de l'arrière-pays de Charlevoix, mon père, à la recherche du jupon ancestral, s'est fait toute une réputation. J'ai le pouce usé, mais aujourd'hui je le laisse se reposer aux portes de Saint-Tite-des-Caps.

Qu'est-ce qu'il y a de plus libre qu'un homme libre ? Sa mère peut devenir lépreuse, ce n'est pas lui qui va sortir la caméra le premier. Il reçoit lettres et missives de Montréal, ça bloque comme du bon temps dans la cuvette de Saint-Hyacinthe, ça stagne, ça croupit, ça se décompose dans la vase de la rivière Yamaska. La porte des Anciens Maires est ouverte aux courants d'air les plus malsains à vous enrhumer toute une rue commerciale, mais Maurice perçoit à peine une brise venant du fleuve. Lui, il est confortablement installé sur les hauteurs de Port-au-Persil, le cap en plein front par la fenêtre d'une chambre tapissée de pivoines rouges et de photos d'ancêtres. Là-bas, le téléphone de monsieur Bell n'a pas encore été inventé. C'est la paix totale.

Car il a fait sa découverte. L'ancêtre s'est révélée enfin dans toute la splendeur de ses interdits et de ses empêchements de femme. L'ancêtre a levé son voile virginal sur son mystère d'écrivaine et sur la mystique de son entreprise. Une découverte sensationnelle, selon lui. Maurice a tout compris. Maurice surnage dans

110

la joie exaltante de sa trouvaille. C'est important pour lui. Selon lui. Il a trouvé cette chose plus ou moins articulée encore qu'il associe souvent au grand projet de sa vie, ce qui va lui procurer le grand diplôme qui le sortira, dit-il, de sa névrose, de sa hantise de la médiocrité, le grand diplôme qui va lui permettre de vivre enfin et de revenir parmi les siens par la grande porte. Toujours la même. C'est par là qu'il est sorti, c'est par là qu'il va rentrer. Si je suis en peine de mon père, lui, Maurice, c'est une mère qu'il cherche, une mère originelle comme il dit, une mère littéraire qu'il veut nommer, qu'il veut qu'on reconnaisse. Comme si cela intéressait le monde ! Ce n'est important que pour lui, mais il l'ignore encore.

C'est que l'ancêtre a eu une vie tourmenteuse. Maurice d'ailleurs intitulera son livre : *L'Ancêtre par elle-même.* Ça promet. C'est une entreprise de mégalomane.

Laure Conan n'est pas un nom de femme, c'est un nom de plume. Allez y comprendre quelque chose. Grand-mère Plume Angers, la travestie. Laure Conan n'était pas une femme, Laure Conan était une plume. Plume d'oie, plume d'autruche, plume de canard sauvage, plume-fontaine. Éva-Rouge n'en reviendra pas, elle, une Angers par alliance, d'apprendre par la plume de son fils que l'aïeule n'était qu'un volatile, même pas, un résidu d'oiseau déplumé. Laure Conan n'était pas une femme, Laure Conan était un canard. Comme moi, un canard de bois pour la chasse aux sorcières.

Ce n'est que de la prospective que je fais là, puisque c'est le village western de Saint-Tite, presque silencieux, qui attend sur le bord de la grand-route, sur le bord de la faillite, le miracle économique de Sainte-Anne-de-Beaupré. Mais ça refuse de se reproduire par ici. Pour le vrai village de vraies maisons québécoises qui s'inscrit dans le bas-relief de la côte comme une signature sur un chèque en blanc l'hiver. Pour ses habitants endosseurs qui y vivent, ce ne sera pas une tragédie. Le village western, ça ne les dérange pas plus que moi ce soir, dans la tranquillité et l'engourdissement de toutes les routes qui mènent à La Malbaie. Le brouillard épais déboule des montagnes jusque sur nous en s'accrochant aux falaises râpeuses comme de la ouate sur les grottes de la nativité en carton-pâte de mon enfance. Je reprendrai ma marche des mages demain.

En attendant, ce soir, je suis l'Enfant Jésus doux et humble de coeur, le bouclé blond des images pieuses, le tendre et chaste regard bleu des missels de première communion. Je suis câlin comme un fils de riche, je suis charmant comme un enfant de parents très instruits, très cultivés ; je suis si raffiné, si distingué que les gars de Saint-Tite me traitent comme une fille. Ça ne me fait rien, je suis habitué. Les cousins m'ont passé par là. Et ce n'est pas l'imagerie pieuse du Petit Jésus homosexuel qui m'inquiète le plus. Quand on vit dans les miroirs de sa mère comme d'autres étouffent sous sa jupe, on se sent peinard, comme ils disent.

À dix onze ans, je me demandais bien ce qu'ils faisaient, mes cousins, pour avoir un si gros sexe dans leurs jeans serrés. Depuis que j'ai atteint autant de maturité, moi aussi je peux me faire la petite boule si provocante. Dans la fourche de ma culotte, il y a la preuve indéniable de ma virilité. Les gars de Saint-Tite n'en ont même pas dans leurs *overalls* western. Les gars de Saint-Tite sont bandés sur le grand Petit Simard, sur sa petite protubérance à gauche dans sa culotte d'artiste et ils ont honte comme des homards bouillis. Quand on les surprend. Les gars de Saint-Tite sont des crustacés asexués qui ne savent pas faire la boule ni rien du tout. Tant pis pour eux. Je suis content d'être superbe par moment, j'en suis conscient, je m'en convaincs, j'assume toutes mes poussées narcissiques quand il le faut et je me branle avec allègrement. J'en profite. Même si ça fait de la peine à l'autre doux et humble de coeur. Parce que ça ne dure pas. Tant pis pour lui, s'il porte une robe.

Quand on a dix onze ans, on ne sait même pas ce que c'est qu'un condom. On prononce un « con d'homme ». À dix onze ans, on ne sait pas à quoi ça sert un con d'homme. À douze ans, on s'en procure à la pharmacie, sans rougir comme un homard bouilli. À douze ans, à partir de douze ans, on utilise ça, un condom. En tout cas, on pourrait. Mais d'autres fois, on se trouve tellement laid qu'on aime mieux se cacher sous les escaliers pour faire le mal. On ne penserait jamais à faire ça avec les autres comme on nous le propose en confession. Au fond, à douze ans, la connaissance, ça ne nous mène pas loin.

Éva-Rouge, elle, c'est la panique. Quand elle a su que sa vulgarité prendrait le dessus de façon si dramatique, elle est devenue prostrée comme une carmélite à la guimauve. Elle est devenue toute mauve sous la mèche qu'elle rabat méchamment sur sa joue droite. Madame Claire Martin peut toujours nous raconter ses histoires de petite fille battue. Quand on a soixante-cinq ans d'usure et qu'un chancre vous ravage le visage atrocement, l'acné appréhendée sur la soie rose de votre petite Licheuse de Petit Jésus de douze ans passe au second rang dans vos préoccupations. De même que son abandon. Rien ne vous tente alors que de disparaître dans le grand trou noir. Quand on y croit.

Le cancer des vieux, c'est ma libération. Si ma grand-mère n'en mène pas large, je ne vois pas pourquoi ce serait à moi de m'en désespérer alors que son propre vaurien de fils lui-même sourcille à peine, vacille à peine. J'en sais quelque chose puisque c'est moi dans l'histoire qui intercepte les messages à mi-chemin de La Malbaie et de Montréal. Dans mon ennui maskoutain, j'étais devenu maître de poste. Maurice n'avait qu'à venir fouiller dans nos casiers bourrés de mauvaises nouvelles. Il n'a pas d'excuse le Maurice, il devait sentir ça ; un bon fils ça sent de loin les saletés qui arrivent à sa mère. Si mon père est un pourceau, ce n'est pas de ma basse-cour.

L'Angéline, selon moi, n'était pas une vraie femme. Pas plus que celle qui se donne l'air de l'avoir inventée. Pas plus que moi, tiens. Pas plus que les filles de Beauté. J'ai la conviction que Maurice patauge dans un maudit guêpier et j'ai bien hâte qu'il se fasse piquer une bonne fois. C'en serait fini et il rentrerait, nous rentrerions soigner sa mère, mon Éva-Rouge adorée, sa femme, ma Beauté éplorée et ses filles de Beauté, mes soeurs hallucinantes et obsessionnelles. Maurice, il s'enfarge dans des histoires incroyables de prestidigitateur comme s'il voulait réinventer celle qui, au fond, n'a jamais vécu. Il se prend pour un Merlin pin pin. Il régresse, le pauvre Maurice.

Ce que les universitaires psychopathes ne se permettent pas, à Radio-Québec, ça ne les gêne en rien. *Femmes d'hier et de demain* aura son reportage-souvenir sur la première femme écrivaine de la Nation, même si ce n'était pas une femme, même s'il faut l'inventer. Mais ça prendra du temps ; ce n'est pas pour aujourd'hui. Son centenaire aura eu le temps de passer et son musée aussi. À l'Histoire, toute l'affaire. Maurice, depuis deux ans qu'il travaille là-dessus, il ne s'est même pas rendu compte qu'on l'avait oublié comme ils ont oublié ce qu'il était venu chercher à La Malbaie. Il a fondé le Musée Régional, il a tout ratissé, il a fouiné, fouillé, puisé dans tout le grand Pays Rouge, mais il a lui-même oublié ce qu'il cherchait le plus au fond de son être. Il dit que c'est la condition première pour le chercheur, oublier ce qu'il cherche. Je dis qu'il est malade rare, que ça ne se peut pas, un recherchiste comme lui.

C'est que Maurice est amoureux. *To fall in love.* Maurice est en amour avec une morte qui se masque encore derrière des personnages qui se cachent derrière des lettres qui se déguisent en roman d'amour. Mon père est en amour avec une écrivaine qui a défiguré sa vie de femme. Maurice est parti pour la gloire à cause d'une femme qui n'en était pas une, mais trois. Laure, Angéline, Félicité, le trio infernal de mes désespérances. Laure, Angéline et Félicité, mes soeurs de coeur, mes soeurs de peine et de désillusion. Mon père, c'est le pire des incestueux. Il est en amour avec les filles de Beauté. C'est toute une aventure sur une route sans balises.

Par la 138 et par la 362, ce sera, après Baie-Saint-Paul, Les Éboulements, Saint-Irénée et Pointe-au-Pic. À La Malbaie, par le chemin long de la Comporté, il faut aller jusqu'à l'église. Rues Saint-André et Saint-Étienne, c'est là qu'est le musée de mon père. Une caserne de pompiers désaffectée, comme s'il n'y avait plus de feu, comme si vers Baie-Comeau ou vers Chicoutimi il n'y avait plus des milles et des milles de forêts à brûler comme des étapes infranchissables. C'est dans un poste de pompiers que Maurice a élu domicile, un poste de pompiers transformé en salon funéraire. Si Monkomer, si Monkpit savaient ça, ils fondraient sur le Pays Rouge comme les charognards qu'ils sont. Le salon victorien des filles de Beauté, c'est le salon de Beauté revu et corrigé par la technologie moderne et la muséologie. Que celles qui ne me croient pas viennent donc le visiter, son musée Laure-Conan, elles verront bien jusqu'où je mens. Je leur conseille même de coucher là, si elles le peuvent. Il y a aussi l'auberge de Port-au-Persil qui n'est pas loin et qui est de toute beauté. Trois étoiles, pour le point de vue. Maurice m'y attend. Je pars demain, adieu Saint-Tite.

C'est à Port-au-Persil que mon père m'accueillera. La chambre aux pivoines de Port-au-Persil, le cap, le fleuve, la mer. C'est un promontoire aux oiseaux de passage. Mais on s'y niche pendant deux ans parce que c'est beau à donner le vertige, c'est terrifiant comme une fuite en Égypte quand ça hurle comme dans l'extraordinaire roman de mademoiselle Brontë. Emily Brontë, soeur de Charlotte et d'Anne, une autre fille de beauté, trois soeurs, trois autres filles de beauté. Il y en a partout, des filles de Beauté. J'en vois partout autour de moi. Ces trois filles de Beauté avaient un frère, Branwell Patrick, écrivain fou à lier, peintre effaceur de son image, ivrogne et sensible au froid de l'hiver. Veule et magnifique en quête de beauté tragique. La violence de Branwell a ruiné les soeurs Brontë. Et ça braille les déchirements de fin du monde quand on évoque avec les méandres dans la brume une baie, une male baie, une mâle baie boueuse et vaseuse comme le temps qu'il fait souvent sur Thornton dans le Yorkshire anglais. C'est La Malbaie vue de haut par un peintre naïf de Charlevoix. Le monde est tout petit quand on a oublié ses douze ans dans la brume des montagnes.

Va-t-il me parler des Ursulines de Québec ? Va-t-il me citer en exemple encore et encore cette charmante image de l'enfant docile en admiration devant un père si savant ? Faudra-t-il que j'aime mes soeurs meurtrières comme Félicité Angers aimait son voyou de frère, son Branwell dépravé ? C'est moi le frère, le frère de personne, le mauvais fils et l'enfant sauvage des filles de la jungle. Moi, le fils traîné d'une peau de satin, peau de soie lui-même et d'un génie littéraire du dix-neuvième étage. Pour son grand amour inconnu et malheureux, sa désillusion, le mystère de sa réclusion parmi les pivoines et le persil en hiver. Non, ce ne sera pas drôle, ces retrouvailles. Maurice qui se passionne pour la petite histoire d'une grande vie, mais non pas pour la grande histoire de ma petite vie, ma vie. L'agiographie. Comme chez les religieuses du Précieux-Sang de Saint-Hyacinthe avec du *ginger-ale* et des petits biscuits secs. Et parle-moi donc des trois soeurs que tu t'inventes et comment déjà fais-tu mourir ta mère dans ton dernier roman de Merlin ?

J'aurais peut-être mieux fait de rester accroché à Sillery. J'aurais peut-être dû me réfugier à l'Hôtel-Dieu de Québec, pour y mourir comme elle l'a fait, elle, l'ancêtre par alliance. Si je l'écoute, Maurice va m'embarquer pour un voyage vers la Gaspésie où nous chercherons le village fantôme de Valriant, lieu fictif par excellence, fantôme ne hantant que lui-même et mon père. Par Tadoussac, par Baie-Comeau, par Saint-Siméon et par tous les traversiers de tous les Saint-Laurent fluviaux de toutes les défroques, il m'emmènera à mon coeur défendant vers les falaises du bas du fleuve, vers les fantasmes du bas du ventre. Allégorie douteuse ? Non, pas allégorie du tout. Et il deviendra morose comme un orphelin de mère abandonné à l'assistance publique. Le jardinier de Port-au-Persil est amoureux de la solitaire de La Malbaie et il s'en gave comme une oie sauvage sans égard pour les membres de sa famille. C'est pour ça qu'on hait les blondes à Maurice. Nous, ses légitimes, ses légumes hâtifs et hybrides assez poireaux pour ne pas se liguer contre le jardinier déserteur, l'aimant trop, lui pardonnant tout, même l'adultère scrofuleuse avec une séculaire contaminée de beauté mystique.

Il évoquera Marguerite de Navarre et madame de La Fayette, George Sand, Marceline Desbordes Valmore et Simone de Beauvoir ; Germaine Guèvremont et Jovette Bernier, Gabrielle Roy et Rina Lasnier, Marie-Claire Blais et Yolande Villemaire et puis toutes les filles de Virginia Woolf, toutes les filles de Beauté. Mais avouera-t-il qu'elle était mièvre et molle comme une découragée de la vie ? Et bête comme ses pieds avec les hommes qui n'étaient pas son père ? Une fuite en Égypte à faire peur aux corneilles.

Il confondra encore, pauvre Maurice, le personnage romanesque et le monstre qui l'a créé. Monstre sacré, monstre quand même comme toutes les filles de Beauté, comme tous les écrivains qui les inventent. Cette noble jeune fille qui s'isolait dans sa douleur, avec la fière pudeur des âmes délicates, elle écrivait un peu quelquefois. Cher Maurice. Est-ce que je cesse de vivre quand j'écris, moi ?

C'est vrai qu'on l'a perdu ; c'est vrai qu'il est bien mort, Maurice, mon père. Quand j'imagine la scène de la chambre aux pivoines, j'ai l'impression qu'elles ont raison, qu'elles avaient cent fois raison de vouloir que je l'enterre avec elles pour toujours dans la cave humide du Salon de Beauté. Avec regrets et compassion, avec larmes et consolation, comme dans les services de première classe des Monkpit et Monkomer de Saint-Hyacinthe incorporés. L'enterrer comme les autres dans un roman de Merlin et qu'il y demeure pour l'éternité. On ne fait pas ce qu'on veut dans la vraie vie, surtout quand on n'est qu'un enfant à charge en quête de son pourvoyeur vagabond. La route est belle de Saint-Tite à La Malbaie.

Ce ne sont pas des pivoines qui envahissent la chambre de Maurice, ce sont des héliotropes comme dans le roman de Laure Conan. C'est drôle comme la réalité ressemble et ne ressemble pas à l'imaginaire. Les pivoines et les héliotropes, en tout cas, ça ne se ressemble pas du tout. La pivoine est une grosse boule généreuse et vivace, l'héliotrope est une annuelle maigrelette et insignifiante. Toute seule, elle a l'air de rien, mais en touffe, en paquet, en bouquet comme sur le papier peint de la chambre de Port-au-Persil, on dirait des grosses pivoines rouges. C'est comme les filles de Beauté, prises une à une, elles sont ridicules et démunies, mais en grappe sur le dernier banc de l'autobus Provincial entre

Saint-Hyacinthe et Montréal, c'est redoutable, c'est terrifiant. Sur la banquette arrière de n'importe quel autobus, quand elles sont au moins trois, les filles de Beauté sont un danger public. Surtout pour un Merlin qui ne les ménage pas dans ses romans. Maurice les aura confondues, Maurice aura pris les héliotropes pour des pivoines. Myopie intellectuelle.

Alors, il m'annonce tout bonnement qu'il rentre, que tout est terminé, qu'il fait les derniers préparatifs pour le voyage de retour, que dans peu de jours nous nous retrouverons tous ensemble comme une famille unie qui prie. Je n'en crois pas mes oreilles. Abasourdi. La nouvelle m'estomaque comme dans les pires annonces d'Alka-Seltzer. Choc. Madame de La Fayette était une illettrée. Ce sont les percussions de Strasbourg dans ma tête. Choc. En manchettes, à la une du *Clairon*. Révélation. Le voile du temple. Scratch ! Madame de Staël était un homme. Désarroi chez les F.L.N. Scandale. M.L.F. Effondrement à la bourse des grands parfumiers, couturiers, roturiers. Tous des hommes. Coco Chanel, dans le rouge. Plouf ! Journaux, revues spécialisées, sections féminines, *Femmes d'hier et de demain*, l'incroyable, l'antévierge. La Louve des SS n'était qu'une tapette et le Chevalier l'Aiglon itou. La femme bionique, la soeur volante, jusqu'à la princesse Leïa de *l'Empire contre-attaque*. C'est la panique. Maurice revient chez les vivantes, Maurice réintègre l'espèce humaine ? C'est un coup. C'est louche. Beauté ne s'en remettra pas, c'est sûr.

Pas un mot sur l'ancêtre. C'est comme si la morte était morte. Pas une parole sur le beau métier d'écrire et blablabla. Un peu plus et on dirait que Maurice est devenu un homme, un homme normal, ordinaire, un père commun, bon marché, disponible, abordable. Il me fait asseoir à sa table de travail qui est débarrassée ; il sort du pain de fesses maison et du fromage pourri pourri qui sent le creux ; il sort du vin et des serviettes de table, des serviettes de table ! Et des fruits sans noyau, des raisins sans pépin ! Et des fleurs comme s'il n'y en avait pas sur les murs, une tonne. Nulle feuille blanche, nul devoir, nulle angoisse ? Et rien du tout dans le genre paternel aux abois, inquiétude de ta santé et tatata sans t'écouter. Non. Maurice a l'air d'un pompier en vacances. Il desserre les dents pour rire fort fort de moi qui reste sidéré, incrédule, ébahi comme un lecteur dupé. Avant, c'était : *Tu seras un homme mon fils.* Aujourd'hui, c'est comme si Maurice me considérait comme un vrai fils de Laliberté. Il y a de quoi rester muet. Qui est-ce qui lui a raconté mon histoire ? C'est comme s'il avait lu mes romans avant que je les écrive. Il y a de la Beauté là-dessous.

Vais-je lui parler d'Éva-Rouge ? Vais-je me scandaliser de cette attitude ? On dirait qu'il n'a jamais rien entendu de mes frasques : on dirait qu'il est sur une pente de réconciliation générale. Une paix totale ? On n'est pas dans un roman, ici. Maurice joue avec le feu. C'est grave pour un pompier en permission. Il ne sait pas que je ne porte ni le vin ni l'émotion. Que je n'ai que onze douze ans, après tout. Que je ne suis pas vraiment, vraiment, disons, son égal, mettons, un homme, un con d'homme, un sale adulte alcoolique et pourri qui ne songe qu'à bouffer de la femme ou du fromage qui puent. Il est bête de tendresse, il me fait la fête. Il me fait honte, il me fait pitié. Me traite en jeune homme, en jeune monsieur et tout, me fait le coup du père complice. *Father knows best* avec Robert Young alias Marcus Welby. Mais ça va lui éclater en pleine image, en plein écran ! Je ne pourrai pas supporter cette tendresse-là, me retenir longtemps. J'ai un comportement à suivre, moi. Je ne m'improviserai pas longtemps ce cher vieux copain retrouvé. Ça va, ça va, ne te force pas ainsi. Violence, violence. Qu'est-ce que c'est que cette mollesse malsaine ? Un peu de retenue, un peu de virilité, s'il vous plaît. J'ai l'impression de trahir Beauté, de moucharder ma mère, comme ils disent. Et puis, ça pue, ça sent mauvais, ce maudit fromage-là. Quelle idée de garder ça dans une vieille armoire toute décolorée en pointes de ce que tu voudras ? Faire cesser vite ce climat insupportable, cet accueil étouffant.

En pointes de diamant, en pointes de diamant, mon fils.

Ah ! les antiquités, nous y voilà, et ça me rassure, et ça me soulage. Enfin ! Maurice aborde l'objet de sa réelle passion. Et je ne suis pas sa passion. Voilà l'homme. Mon père enfin redevient mon père, me remet dans l'armoire au sale Oka qui comme moi a mal, très mal voyagé. Maurice me laisse tomber, ne me regarde plus les yeux mouillants. Maurice s'étale enfin. C'est le vin qu'il connaît, que j'ignore. Maurice s'affale généreusement dans sa connaissance autoritaire du fromage à pâte molle. Je ne sais pas ce que c'est qu'un bon fromage ni un bon cru. Je lui laisse tout. Que généreusement il se gonfle et boive, boive, boive toute la raison du monde et le savoir du monde. Je le retrouve. Et il parle, et il cause, et il m'emmerde, comme ils disent. Et c'est mon vieux, comme ils disent encore. C'est redevenu mon vieux rêveur qui oublie que je suis là. Mon si vulnérable et risible rêveur d'univers vrais et inventés. Je n'existe plus. Je suis bien, je suis si bien dans son néant.

Puis tout à coup, sans avertir, il s'inquiétera de nous, quand les héliotropes eux-mêmes ne seront plus que des pétales de pivoines fanés qu'on sème sous les pas du très saint sacrement de la Fête-Dieu. Il s'informera de tout comme si le courrier ne l'avait jamais rejoint. Où sont les lettres de Beauté parmi ce fouillis de notes que je frôle du pied sous le fauteuil de rotin ? Où sont ces télégrammes d'Éva-Rouge parmi cette paperasse dissimulée derrière les tentures gonflées comme des tabliers de femmes enceintes ? Il y en a partout dans la pénombre des encoignures secrètes. Le lit est envahi sous l'édredon bossué ; ça dépasse de dessous le lit à quenouilles qui craque aussi sous la charge des documents cachés, là, maladroitement. Il s'agirait que j'ouvre la porte et la fenêtre tandis qu'il évoque la douceur du foyer nostalgique, qu'il ne réintégrera que dans quelques semaines, tout compte fait. Ce ne sont plus des jours, mais des semaines maintenant que ça va lui prendre pour tout terminer. Au plus, un mois ou deux. Ça va bien. Il suffirait que j'ouvre un peu pour que tout jaillisse comme une tempête, un an, deux ans encore ? Un ouragan, une tornade qui porterait bien sûr un nom de femme comme tous les cataclysmes qui arrivent aux hommes et que les hommes baptisent eux-mêmes avec des noms de femmes comme pour les dompter mieux, pour avoir leur peau de vent en trophée symbolique.

Mais les femmes qui tempêtent ne se laissent plus dompter. Les enfants non plus. Ça sortirait de partout, des feuilles, des feuilles, des centaines, des milliers de feuilles blanches scribouillées qui volent dans la chambre comme des confettis géants pour une noce démente. Et je saute avec elles, dans ma tête, au milieu du lit à quenouilles, grenouille, fenouil, quenouille moi-même, comme un danseur possédé en criant et en riant, au coeur de la rafale-femme que je crée, que j'encourage, qui s'enfle contre moi, contre lui, contre toutes les fleurs du monde, fleurs de papier peint, les fleurs d'écorce tendre, toutes les fleurs du monde. Pour venger l'arbre meurtri par tant d'abattages en pure perte, venger la fleur séchée emprisonnée dans de la pâte, venger les forêts qui s'enfonçent comme elles peuvent entre La Malbaie et Chicoutimi, venger les champs de fleurs des champs, les champs géants qui poussaient, qui se poussaient tellement il y en avait entre Montréal et La

Malbaie. Venger ma femme de mère, venger toutes les filles de Beauté et ma pudeur sentimentale. Maudit Merlin licheux des soeurs !

J'ai le vin écologique et nostalgique. Maurice fait tourner la *Cinquième Symphonie* de Mahler et au mouvement qui le fait chialer, il chiale. Culpabilité. Mauvais père, mauvais mari. J'ai la tête enflée par le vin, par la musique, par cette odeur de fromage qui fait se faner les bouquets d'héliotropes sur les murs. Les murs se rapprochent de plus en plus. Dans ma tête frisée si coquette, je me demande encore s'il ne serait pas mieux d'ouvrir un peu la fenêtre ou la porte. Pour vrai, cette fois. Maurice ouvre la porte et Maurice ouvre la fenêtre pour moi, mais il ne se passe rien, ni dans ma tête, ni autour. La femme ouragan secoue ailleurs ses tapis d'océan. Je me rends compte que je n'ai plus l'habitude de lui. C'est peut-être que je suis un autre. C'est peut-être que papa s'imagine que j'ai vraiment changé, que je suis devenu un Merlin d'homme, un Merlin de bonne volonté. Je ne le comprends plus. Mon père est devenu un vrai ancêtre énigmatique pour moi. Est-ce que c'est pire qu'être mort, ça, pour un brave parent liquidé ?

III

Le grand diplôme

Merlin est celui-là qui était à sa mère et qui l'a désertée, abandonnée, semée. J'allais dire sevrée. C'est un peu ça, mon histoire. J'ai plaqué ma Beauté mère pour sa rivale Éva-Rouge, puis je les ai toutes deux clairsemées dans un grand sillage d'abandon pour venir ici dans le Pays Rouge rejoindre leur homme. Si je suis dur avec mes femmes, c'est que j'ai peur d'elles. Mon père légendaire, c'était l'amant de toutes ces femmes perverses et incestueuses, ces filles de Beauté périmées, mes soeurs antiques, mes soeurs légionnaires et folles de lui. J'ai tout raflé, j'ai kidnappé l'objet de leurs adulations les plus magnanimes. Mais je ne sais plus quoi faire de lui maintenant.

J'aimais Beauté à n'en plus dormir. Je l'aimais tellement qu'à table ça me faisait manger. Pour lui plaire. Même quand je n'avais pas faim, je vidais toute l'assiette qu'elle me donnait. J'avais peur qu'elle meure en ayant de la peine. Je lui disais que je l'aimerais pour l'éternité, que même enterrée, je l'embrasserais longtemps, longtemps jusqu'à ce qu'elle tombe toute en poussière. Ça la faisait rougir ; ses joues devenaient comme des fruits si fermes, si vivants que je n'avais plus peur de sa mort. Maurice, ce n'est pas pareil. Il ne me fait pas manger à table lorsque je n'ai pas faim ; il ne m'empêche pas de ne pas dormir lorsque je n'ai pas sommeil. J'aime mon père en négatif, mais je l'aime quand même. Je l'aime un peu. Pas au point de l'embrasser sur la bouche, pas au point de l'embrasser dans sa tombe.

J'ai peur des filles, mais j'ai vaincu ma peur des routes et j'ai défié la grande géographie, ma bête noire et vorace des premières années d'école. C'est grâce à la grande géographie apprivoisée que j'ai pu lire cette nuit le manuscrit de Maurice Angers. C'est sûr qu'il va le décrocher le grand diplôme de sa vie, c'est sûr qu'on va lui rendre tout l'honneur qu'il ira glaner à l'Université de Montréal à Montréal. La manie des grandeurs. La manie de la connaissance. Maurice a fait une oeuvre gigantesque de reconstruc-

121

tion et de reconstitution avec sa vieille fille adorée. Au fond, il a travaillé sur elle comme Monkomer et Monkpit travaillent sur leurs clients. Il a travaillé sur Laure Conan comme Beauté elle-même travaille sur ses clientes, dans son institut reconnu. La petite recherche de Maurice pour la télévision d'État est devenue matière à exégète. Quand un recherchiste trouve ce qu'il ne savait pas trop qu'il cherchait, il perd son titre comme les chiens de chasse imbéciles perdent leur place. Pour une médaille, il est devenu savant, un vrai petit chien savant pour le grand cirque ordinaire.

La Licheuse, lui, il a couru de bien pires dangers en quittant comme Ulysse et comme du Bellay son petit home douillet et confortable. Ce n'est pas que je regrette l'étouffante quiétude des lits maternels, mais celui de Maurice ne me convient pas tellement non plus. Cette nuit, il dort sur le paillasson pour que je puisse alanguir mon adolescence tumescente à ma guise dans les draps paternels. C'est le cas de dire que je suis dans de beaux draps. J'étais dans le suaire de Maurice comme une momie insomniaque que le respire des pivoines oppresse. Maurice aussi ronflait trop fort. Coucher avec le grand monde, c'est dégoûtant. Alors, je me suis levé et j'ai dévoré son manuscrit ainsi que ce qu'il restait d'affreux fromage. Pendant que mon Noé cuve son vin, j'ouvre une autre bouteille et je le veille comme un bon fils. J'ai même rallumé les chandelles que j'ai placées en équilibre précaire au bout des quenouilles du lit. Il dort de tout son long comme le dormeur du val avec une tache de vin au côté droit. Sacré Maurice, va. Il ne manque rien pour évoquer son repos éternel ainsi que le mien. Je savoure une paix profonde comme jamais je n'en ai ressentie. Je me sens seul au monde. Je me sens libre comme jamais auparavant. Je deviens un vrai fils de Laliberté. Maurice est à peine un corps que je veille. Depuis qu'il ne ronfle plus parce que je lui ai pincé le nez. Le vin aidant, je glisse dans une euphorie magnifique, une splendeur mystique, le silence de la nuit. Envahissant. Je me sens libre et homme. Mais ça ne dure pas.

Ce sont des personnages travestis qui défilent devant moi. Ils tournent autour de la dépouille de Maurice comme en un rituel sacré, comme pour une célébration, une messe noire. C'est coloré comme dans un film de Fellini, mais lent comme du Bresson ou du Resnais. Il y a Beauté et ses sœurs Blanche et Petite. Je reconnais Éva-Rouge et mes sœurs improvisées. Car ce ne sont pas vraiment mes soeurs légitimes, ce sont des déguisements de soeurs inventées. Ce ne sont pas les vraies fausses filles de Beauté. Il y a Félicité, Laure et Angéline, mais ce sont mes cousins qui les personnifient. Mes cousins germains avec, sous leurs crinolines à falbalas et leurs plastrons de dentelles, leurs épaulettes et leurs jambières de hockey, leurs protecteurs à froufrou. Ce n'est pas Blanche ni Petite, réellement ; c'est Monkomer et Monkpit déguisés en elles avec sous leurs lamentations de femmes éplorées et leurs jérémiades fantasques, des airs de croque-morts sadiques et sanguinaires. Derrière Éva-Rouge, il n'y a rien puisque je l'ai abandonnée. Derrière Éva-Rouge, il n'y a que sa propre mort envahissante sous la masse ébouriffée de ses cheveux. Derrière Beauté, il y a moi. Bien sûr. Merlin l'imposteur. Je ne donnerais pas ma place pour tous les diplômes du monde.

Merlin. Il a de longues traînes blanches et dorées qui le suivent comme elles peuvent tellement elles sont lourdes de brocart incrusté de miroirs et de pierreries. Ça ressemble aux Rois mages et ça ressemble aux cadeaux des premier Canadiens aux Sauvages ; ça ressemble à la traîne de Lady Di que la femme du président Reagan n'a pas voulu baiser. Ça fait penser aussi au *Sacre de Napoléon* de David qu'on utilise pour annoncer le cognac Courvoisier. D'ailleurs dans ce sacre, là aussi on confond Joséphine avec son mari qui la couronne. On dit le *Sacre de Napoléon*, mais on dirait que c'est le couronnement de sa femme. Ici, je vais me couronner moi-même. Comme Napoléon 1er.

Merlin porte le diadème entre ses mains jointes sur son ventre dénudé, très érotiquement il regarde par le cercle d'or sourdre son pénis mauve vaillamment comme un glaive métal de gloire qui se dresse pour saluer le Prince. Tout son corps est tendu vers l'avant et tire la traîne de plomb dans un effort athlétique. Comme un batelier de la Volga, mais imberbe, moins trapu et moins rustre. Il a douze ans, il ressemble à une sculpture de Michel-Ange. Il est un ange et il s'avance vers la dépouille de Maurice avec pompe et majesté. On sent ses muscles se durcir à chaque pas. Il ahane, mais sans que sa fatigue trahisse jamais la peine qu'il a. Car il souffre. Merlin souffre sous cette rivière de brochés, ce fleuve de breloques, ce glacier d'or fondant, tire coulante et résineuse, lave d'amour, sève immortelle. Ça lui déchire l'âme plus il avance vers le corps de Maurice qui repose entre les candélabres rutilants et macabres. Comme autour du catafalque de chêne blond drapé de noir velours dans la cathédrale de Saint-Hyacinthe. Diacre, sous-diacre.

Merlin a mal, mais il piétine déjà. Son pied sur la face inerte de son père défunt, sur le ventre qui cède, sur les jambes immobiles, sur tout ce corps dans lequel il enfonce comme dans les neiges de giboulée, comme dans de la glaise bleue, comme dans de la boue. Et mes jambes et mes pieds restent pris dans cette glu de Maurice ; je patauge dans la matière même de Maurice, doucement, doucement. Je macère dans la saumure de son être. Ça fait des grands bruits de succion qui scandent la *Marche nuptiale* de Mendelssohn et la *Funèbre* de Chopin en même temps. « Nous sommes joyeux et nous débordons de joie. » Et je prends ça avec mes mains et je me couronne enfin en me lavant dans la boue même de mon père. Je dégouline de lui, je m'encroûte de lui, je me craquelle en galettes de lui, en gales de lui. Je suis sa plaie, sa marinade, se purulence. Son maquillage, son sang. Je suis Maurice, la Beauté de Maurice. J'avance en flaque et je recouvre le vide de Maurice, son ombre et son inexistence avec le manteau qui glisse, qui s'étale, qui s'étend comme un vol lourd de charognards sur la plaine fumante d'un massacre. De la croix, lac de sang. Tout est recouvert, même le feu et la lumière des abîmes pour que la ténèbre m'envahisse à mon tour. Somptueusement.

Panique soudain. Le feu. Le rêve. Le feu.

Le feu. Maurice se réveille, me réveille, m'emporte par la fenêtre et par la falaise vers le néant du fleuve. Le feu ravage déjà les héliotropes, le lit, la porte et l'armoire en pointes de tout et de rien. L'incendie a gagné le corridor et tout l'étage sous les combles, brûle comme un enfer de carton-pâte. Tout le Pays Rouge est en feu, en fête, en cauchemar. Je me retiens. Je retiens la description très composition française de ce brasier vivant. Mais elle me brûle. Qu'est-ce que c'est que ce feu intérieur, ce feu sacré qui mange la vie en dedans ? Qu'est-ce qu'on veut dire quand on raconte que c'est l'incendie de l'enfance qui fait rage ? C'est du vrai feu, cette chaleur. Ça sent le persil roussi, la pivoine rouge et le symbole fané qui flambent. Maurice court comme un fou dans la chaîne des sapeurs improvisés. Il n'y a pas de pompiers, il n'y a plus de pompiers depuis qu'on leur a volé leur caserne pour en faire un musée de vieilleries. Que le pilleur de caserne paye pour son larcin, sa désaffectation, qu'il s'invente une façon d'éteindre l'incandescente lueur de mon abandon, de ma si totale désolation. Ô feu, feu, joli feu ! On est gai si gai qu'on a peur d'éclater en braillage comme un poète emprunté. Charlevoix brûle Charlevoix. Paysage infernal, pays noir, pays rouge, pays feu de mon enfance. Charlevoix brûle pour que Charlevoix vive. Charlevoix, Charlevoix, c'est nous, de nuit, pays fou, pays usé à la corde, pays pendu qui se balance comme une lanterne dans notre gibet d'espoir. Mon rêve, un rêve ? Une incarcération violente.

Mon bivouac. C'est moi qui brûle ainsi. Ce n'est qu'un Merlin qui flambe sur les hauteurs de Port-au-Persil. Un Merlin de plus ou de moins. Retenir : « Je me consume entre l'oubli de ma tendre enfance et l'abandon des mondes. » Des grandes phrases pour les grandes enjambées dans la vie. Tout s'écroule autour de moi et je me retrouve tout seul. Avec mes peines. Quelles peines ? On ne chante plus ces psaumes-là ! On n'est plus assez beau, assez bon, assez brillant pour ça tout à coup. On doute ; on ne sait plus. Qui est-ce qui veut violer les rêves les plus secrets ? Quel père ? Quel fils ? On n'est que l'oublié de l'arrière-boutique, l'oublié de l'arrière-pays, l'oublié de leur adultérie mesquine et exclusive. Les grandes personnes, mes grandes personnes. Maurice et Beauté, Maurice surtout, maintenant, le si savant Maurice qui ne me connaît que par ses pareils. Petit homme ; petit de l'homme. Petit homme inventé, mal ajusté, gobé par les mouches vertes, avalé par la purée à tout prix. M'interpréter au lieu de m'aimer, m'analyser au lieu de me caresser. Je suis l'oublié de Maurice et de tous les siens, la troisième personne, la très petite personne, la pas personne du tout. Merlin c'est celui qu'on cherche à travers des inventions démentes au lieu de l'embrasser comme un Merlin pin pin.

Cette nuit, mon rêve parricide, mon songe exterminateur de père saoul mort devient réalité. Maurice n'interprète plus mes fantasmes, il s'y jette, il s'y brûle comme le dernier des demeurés. Ça se voit, ça se sent. Parce que brûlent aussi parmi les héliotropes, son manuscrit et ses vieilles dentelles rescapées du fond des rangs. Deux ans, un siècle de poussière se consument et s'envolent au-dessus de la falaise. Des confettis noirs et rouges sous la voute azurée des cieux comme elle dirait, son héroïne. Et elle brûle dans sa vieille peau sèche de soie grèche qui grésille dans le rouge. Je lui tire ma langue comme les flammes qui la lèchent partout. Adieu le grand diplôme de l'université de partout. Adieu les rêves de grandeur et de puissance. Qu'il se jette, qu'il se jette, maintenant qu'il m'a sauvé ! Moi avant l'autre ! Moi avant cet amas de feuilles mortes. Les enfants d'abord comme dans un naufrage titanesque. Maintenant qu'il m'a choisi, maintenant que Maurice m'a choisi, tout l'univers peut s'embraser. Que le rouge de ce pays brûlant rosisse l'azur azuré des cieux communs de sa désolation ! Que le jour se lève ! Bordel d'enfance, bordel d'engeance !

Oisive jeunesse, Maurice a tout perdu. Presque tout. L'essentiel de la preuve, comme il dit. Le fruit de son travail de deux ans, des documents exclusifs, ses trouvailles, son manuscrit, son alibi. Tout a brûlé dans la chambre aux pivoines. Vient de disparaître à tout jamais, la femme alibi de ses recherches, la princesse alibi de ses justifications les plus déraisonnables. Tout est consumé. Jamais il n'osera avancer ses hypothèses incroyables.

Mais Maurice ne semble pas m'en vouloir. Pas encore. Maurice ignore encore la cause du drame. Il ne sait pas que je suis l'incendiaire, le pyromane, le Néron de sa joie antique. C'est qu'il aura mal éteint les chandelles du repas. C'est qu'il aura trop bu ; c'est qu'il aura bougé dans son sommeil, renversé la cire chaude et les lampions dans la dentelle. Une étincelle, une mèche incandescente ou encore un mégot égaré parmi les draps. Un malheur est si vite arrivé. Un malheur n'arrive jamais seul. Un malheur en attire un autre. Surtout dans les romans d'aventure. On n'enferme pas un homme sans motif. On ne ruine pas sa vie dans une appréhension. Il n'y a jamais de fumée sans feu. Tous les clichés sont bons quand on a peur de sombrer dans son mal qui guette. Maurice se sent coupable.

On va déménager nos cendres. Un fond sonore emplit le paysage de La Malbaie : c'est une vieille musique de la Renaissance, une musique encore plus vieille que ces reliques victoriennes qu'on traîne jusque dans le musée. On a l'air des beaux oiseaux rares qui renaissent de leurs braises. On sent la vente de feu, comme ils disent à Montréal. Mais les beaux phénix ont quitté l'Arizona désolée pour La Malbaie et son musée. Vieille Amérique usée. Des musiques de Pierre Phalèse évoquent comme son nom le commencement des choses et la fin des choses. La baie et la falaise, le ventre et la chute, la vie et la mort. En tout cas. C'est ce que ça sent aussi : ces vieux meubles racornis, ces étoffes défraîchies, ces bibelots ternis, ces images jaunies. Ça sent le vieux suffixe, ça sent le cadavre exquis. Mais il faut bien se remettre un peu de nos flambées de la nuit. Entre ces murs restaurés de la caserne où nous nous sommes réfugiés. Son refuge est une caserne. Est-ce qu'il a retrouvé le lit de sa princesse ? Est-ce que Maurice va m'ensevelir dedans ? Cherche-t-il à me distraire pour mieux m'avoir, me posséder jusqu'à l'os ? Maurice aura tout deviné. Maurice va se venger. Maurice va me tuer, m'empailler et m'exposer avec ses cochonneries au fond de son inconscient. J'ai peur de lui. Je m'ennuie de Beauté, de ses filles fictives et aussi d'Éva-Rouge, de cette pauvre Éva-Rouge, de ce qu'il en reste. Je m'ennuie de mes femmes au pays mâle de mon père. Quand je m'ennuie ainsi, je suis prêt à tout inventer, même la joie de vivre. Tant pis pour les incrédules. Je suis trop grand pour pleurer. Il ne faut pas que je pleure ; il ne le faut pas.

Les écluses. J'ai défoncé comme une vieille chaudière rouillée et j'ai fait autant d'averses et d'inondations qu'il y avait eu de flammes et de brûlures cette nuit-là. Mais je n'ai rien éteint. J'ai ravivé le bûcher sur lequel je m'immolerais moi-même, imbécile, arrogante, gauche petite fripouille. Une Licheuse pour le pardon paternel. Je le nargue, je l'exècre. Il faut qu'il réagisse. Il doit savoir ; Maurice doit connaître la vérité. C'est son métier qui l'exige. Me haïr de toutes ses forces, me battre. Mais Maurice se possède trop. Il va être malade. Maurice me pardonne. On va l'enfermer. Maurice m'aime. Poireau. Mon Maurice me sous-estime parce que je pleure et c'est pire qu'une grande fessée humiliante. Il me pardonne. Poire de poire. Maurice me pardonne tout pour que nous pleurions ensemble comme des jeunes Werther insignifiants. Maurice se fourre un doigt dans l'oeil. Il pense que c'était une vengeance. Il pense que j'en ai contre sa vieille fille parce qu'elle l'éloigne de ma mère depuis deux ans. Comme si on disait des choses pareilles à un Merlin. Un Merlin effondré, tout défait, comme tout nu dans sa maigreur, dans sa laideur adolescentes, si mal à l'aise parmi le monde habillé de convenances. Non, il y a des choses vraiment qui ne se disent pas. Qu'on doit taire quand on est un père poire comme Maurice. Ah ! qu'il m'élève donc mal celui-là, il ne m'élève pas du tout, il n'a pas le tour, il m'abaisse plutôt comme le plus incompétent de tous les Monkémile de la Terre.

Je ne suis pas si généreux, moi. Je ne pardonne pas si facilement, moi. La Licheuse n'oublie pas. Merlin n'oubliera jamais ce que les filles de Beauté ont fait de son premier amour. Je ne pardonnerai jamais à Maurice de ne pas avoir compris que j'avais une peine d'amour. Un père doit sentir ça. On n'a pas besoin de lui raconter ça de long en large. Un vrai bon père doit savoir que si son fils le relance jusqu'au fond de son musée imaginaire, c'est qu'une peine de coeur lui ronge le corps par où il ne s'y attendait pas. Un père père doit révéler les mystères de la vie à son fils sans qu'il ait besoin de le lui demander, même s'il fait semblant de tout connaître. Si j'ai perdu Paris-Carotte, c'est que je n'en savais pas assez. Si j'ai perdu mon amour, c'est de la faute à Maurice qui n'est jamais là depuis deux ans que je deviens un homme. Si j'ai perdu Paris-Carotte, c'est de la faute à mon père, c'est de la faute aux filles de Beauté, c'est de la faute au monde entier. Je ne l'oublierai jamais.

Paris-Carotte. Le grand incendie de ma puberté, le Pays Rouge de mon apprentissage. Tous les plus grands mots d'écrivaines révolues pourraient être employés pour évoquer le brasier de sa tête, l'explosion de sa chevelure d'automne autour de son visage envahi par la rousselure de ses printemps. Paris-Carotte, mon embrasement perpétuel et saisonnier, ma conflagration endémique et généralisée, mon sinistre total, ma première peine d'amour. Car je l'aimais comme un fou, comme un poète. Avec elle, j'étais plus ivre et dément que tous les Rimbaud, les Nelligan et les Nerval à la coque abolie. Moi, avec Paris-Carotte dans ma soupe au vermicelle et surtout sur mon oreiller tout mouillé et gluant d'elle, moi, je savais instinctivement ce que Maurice à l'époque cherchait à élucider par la grammaire savante. Des sottises. Moi, « des Espagnoles rire et des Italiennes », c'était Paris-Carotte la Suissesse, son fond de culotte et son oeil brun, ses fesses, ses robes indiennes et ses tresses, ses coups, ses traîtres coups, ses tendres coups. Paris-Carotte, sa chair, ses dents, mes poings et sa senteur que j'emportais dans ma chambre. Paris-Carotte, c'était, brutale et meurtrière, la petite voisine rouge de mes orphelinages. C'était mon premier feu, mon dernier feu. Je le jure.

On nous gardait après l'école. Florence, sa mère étrangère et Beauté la mienne étrangement pareille, faisaient confiance à des soeurs grandettes pour s'occuper de nous pendant leur absence. Leurs absences. D'où venaient toutes ces grandes filles indifférentes que nos mères nous octroyaient, nous imposaient ? Pour s'occuper, elles s'occupaient. De nous, pas toujours, pas souvent. Cela nous a permis à Paris-Carotte et à moi de découvrir ensemble certains mystères. Pas tous, hélas ! Mais il fallait aimer ces grandes filles négligentes comme des soeurs, des grandes soeurs affligées par notre présence.

Aujourd'hui, c'est d'une absence qu'il s'agit. Paris-Carotte. Je suis devenu son veuf, son ténébreux par la grâce de ses douze treize ans à elle qui lui ont fait faire sa révolution.

Paris-Carotte n'est plus, Paris-Carotte a été initiée, tondue, transformée, liquidée en femme fatale qui me fut fatale, comme dit la chanson. Alors, elle ne veut plus me croire quand je dis que je l'aime ; alors, elle croit aux filles de Beauté. Elle se croit elle-même devenue une des filles de Beauté de par le vaste monde. Une survenante. Pour elle, je ne suis que la Licheuse aux talons plats. Une Licheuse de onze douze ans qui ne l'intéresse pas. Elle aspire à autre chose qu'à la petite camaraderie. Il faudrait avoir au moins quinze seize ans ou l'expérience équivalente pour lui plaire. S'improviser cousin audacieux pour que seulement mademoiselle France daigne se retourner. Et encore. Paris-Carotte est redevenue la France de sa Florence natale, la France des filles liguées contre moi, la France qui ne s'attarde pas aux petits garçons pubères qui se déguisent encore avec les affaires de leur mère. Paris-Carotte est devenue une demoiselle depuis qu'elle porte des serviettes sanitaires dans l'épaisseur d'une chair inaccessible. Mademoiselle France me boude depuis qu'elle porte un soutien-gorge de grande où me perdre dans ses odeurs de Beauté est défendu.

Paris-Carotte, c'est à Éva-Rouge qu'elle ressemblait le plus. Mais Éva-Rouge aussi a changé de plumes. D'abord elle est devenue toute grise depuis que Beauté ne lui teint plus ses cheveux, le samedi matin. Et puis, elle ne pense plus qu'à elle-même depuis que son visage la ronge toute entière. Mes femmes deviennent toutes égoïstes quand une mort s'inscrit dans leurs corps ou dessine en blason l'épouvante. Comme dans les tragédies antiques. Comme dans mes cahiers d'écolier maladroit. J'ai essayé de les aimer, mais je n'ai pas pu. Je pense que je n'y arriverai pas ; j'ai peur de n'être jamais capable. Parfois, je me rends compte que je ne suis pas le centre de leur monde. Parfois, je m'aperçois que je n'existe même plus pour elles. Je serais porté à me sentir bête et laid et radoteux comme un Merlin prêcheur d'apocalypse.

Je me dis que je n'en suis pas rendu là. J'essaie de me convaincre que je n'en suis pas du tout rendu à ces histoires invraisemblables de savant homme, d'honnête et de gentil homme d'un autre temps. Je ne me sens pas un homme du tout. En tout cas, pas un homme de bonne volonté. Soudain, je prends conscience que je n'ai que douze ans et le coeur m'en lève. Je ne me sens plus rien, rien de sûr. Même quand je ne fais rien, quand j'ai l'air oisif, quand je donne l'impression de ne rien foutre, écrasé, dégingandé dans les coussins de l'attente et de la passivité, je pousse intérieurement, je deviens à chaque instant quelqu'un que je ne connais pas. Maurice dirait que je suis dans ma phase caméléon. Ma peau change de peau. Mes nerfs aussi. Ma peau change de poil et je n'ai plus besoin des soins de Beauté, de ses robes, de ses bijoux pour me perdre. La vie s'en charge. Pas comme pour Éva-Rouge. Pas comme pour Paris-Carotte.

La vie de Merlin prend le temps d'essayer toutes sortes d'angoisses avant de sombrer dans la seule définitive qui la guette comme une chienne en chaleur. Ça, ça énerve les petites filles qui se font monter la tête par des filles de Beauté dans les ascenseurs et les escaliers roulants des magasins à rayons. Pour dames seulement.

Quand on n'a même pas l'âge de hanter les tavernes maskoutaines avec ses cousins germains ou les hôtels avec sa mère, il ne nous reste qu'à courir après les guidounes intellectuelles de son père chercheur de trésor. Quand on n'a pas encore couché avec une fille et qu'on a peur de ne pas savoir comment, qu'on n'est même pas sûr de savoir comment c'est fait, s'il faut être brutal pour paraître plus fort, plus viril, si elles endurent ou si elles aiment ça, si ça leur fait mal, si elles peuvent tomber enceinte par la bouche, s'il faut rester longtemps dedans, si ça arrive qu'elles prennent ça dans leurs mains comme nous, si ça les écoeure quand ça part, si on les écoeure quand on reste, si on pense qu'on n'est pas assez beau, assez fort, assez bon pour les filles. Si on est trop gêné pour en parler avec son père trop savant, on est mieux de se laisser sécher le nombril, comme ils disent et s'instruire, passer pour génial, dans d'autres domaines.

Parfois, je me demande si tous les savants du monde ne sont pas au fond aussi démunis que moi. Parfois, je me demande ce que Maurice peut bien lui avoir fait, à Beauté, pour qu'elle porte encore son nom par alliance, même s'ils vivent si éloignés l'un de l'autre. Quand je le regarde fouiner dans ses vieilleries, parfois, je trouve que Maurice n'a rien de plus que moi. Pourtant, s'ils l'ont enfermé si souvent dans toutes sortes de prisons, c'est qu'il doit bien y avoir un danger dans son corps, une grenade, une bombe à retardement. J'aimerais tellement qu'il explose devant moi, mon père si savant. J'apprendrais à être un homme, en ramassant ses morceaux.

Là, le musée est désert. Mais ça ne durera pas. Il y a les robes de baptême de mil neuf cent cinquante, les tableaux de marsouins des peintres naïfs de Charlevoix et les meubles victoriens de la princesse Angers. On va se faire engloutir dans le passé. À part Maurice et moi, je voudrais qu'il n'y ait plus personne dans le musée régional de La Malbaie. Maurice devrait congédier tout le personnel. Ni gardien de sécurité, ni vendeuse de billet, ni homme de ménage, tous les remercier. Le musée deviendrait une maison close où tout ce qu'il y a de femmes serait encadré, mis sous verrou, sous cloche ou dans des vitrines blindées. Pour qu'on puisse les regarder être et essayer de comprendre. Voir comment elles sont faites. Pourquoi ne voudraient-elles pas se laisser faire ? Pourquoi ? Quand elles sont mortes, on peut tout, mais il est trop tard. Ils disent que Félicité Angers aimait son père d'un amour incestueux et refoulé, mais qu'elle s'en trahissait involontairement à chaque ligne qu'elle risquait. J'espère que je ne suis pas en train de faire comme elle. J'espère que ni Beauté, ni aucune fille de Beauté ne me liront jamais.

De son côté, Maurice a recommencé sa recherche. Il est encore plus malade que Félicité et Laure et Angéline réunies. Il tente de se resouvenir du temps jadis que naguère il avait réussi à restaurer. Depuis que sa paperasse a brûlé, il fouille sa mémoire et tente de reconstituer ses dossiers. Il se compare à Paul Morin qui a tout perdu d'une recherche considérable dans un incendie. Il était trop fier, trop jar à mon goût. Tant pis pour lui. Ses histoires de paon à grande queue ne m'intéressent pas. Ses histoires de poète démodé ne me chagrinent pas plus que le désespoir des héroïnes romanesques en amour avec leur père. C'est si loin de moi toute cette brocante ! Il en rêve. Maurice rêve encore au grand diplôme. Pendant ce temps-là, je m'ennuie. C'est pour ça que tous les soirs je lui fausse compagnie.

Tous les soirs, je monte dans le beffroi du musée pour me plaindre comme un arabe aux puits abolis. Par écrit. C'est là, fortuitement, que j'ai rencontré hier, pour le vrai, pour la première fois, ma noire Manon Rivest, la digne fille du notaire d'à côté. Pâle et laiteuse sous la lumière crue de la lune. Une vraie apparition. Une colombe après le déluge. Une apparition de femme oiseau dessinant dans la nuit un arc-en-ciel blanc entre la race humaine et moi : c'est ma noire Manon Rivest.

Son corps d'huile gisait comme la lune sur son toit luisant. Elle dormait toute nue sous les étoiles envoûtées par une nuit humide et lourde de juillet. C'est rare à La Malbaie, ces nuits de canicule où comme à Montréal, chez Éva-Rouge, on couche dehors. On se

131

serait cru dans un film d'explorateurs, se déroulant dans la brousse équatoriale chargée de moustiques électriques et d'oppressive humidité. C'est dans cette cuve-là que j'ai regardé pour la première fois ma noire Manon Rivest, mon bassin d'ombre sous la lactée, ma pruche, ma peau d'opale, mon corps offert aux mouches noires dévoreuses de juillet. Ma noire Manon Rivest, c'est le Merlin à l'envers, mon image inversée, ma reconnaissance rétroactive et démesurée. Ma nébuleuse intervention, mon invention appréhendée, ma mie.

La revoir chaque nuit.

Ma noire Manon Rivest dort toutes ses nuits sur le toit du notaire même si elle sait que je monte au clocher silencieux de la caserne. Comme un sale petit voyou voyeur, je la regarde être si noire et si blanche sous mes yeux, noire de toison et blanche de caresse dans son sommeil offert à mes insomnies envoûtées d'effervescences et de découvertes. Je deviens une étoile parmi les étoiles au-dessus de la cloche de verre. Ma noire Manon Rivest, ça pourrait devenir la relève de Paris-Carotte, l'incroyable, l'inespéré plus grand amour qui assaillerait ma vie. La vraie apparition, le songe réalisé, le retour de la fuite en Égypte, la main nue, revenue de nulle part pour me rescaper, ramasser les morceaux de Merlin. Pour refabriquer un Merlin enchanté, enchanteur. Et tuer pour toujours la Licheuse s'il vous plaît, la taire, taire, taire à tout jamais, n'en plus parler, ne l'évoquer jamais auprès d'elle puisque ma noire Manon Rivest est vierge de moi. Pour elle, je ne serais, je ne suis que Merlin, Merlin le Liseux, un des fils de Laliberté qui zieute la nuit les petites chattes de l'apocalypse s'aventurant sur les toits.

La revoir chaque nuit.

Il me faudrait révéler à Maurice le but ultime de ma venue auprès de lui. Il faut qu'il me parle de tout ça, des filles de Beauté, de ce qu'on peut faire avec, de ce qu'elles attendent de moi, de comment exactement ça se fait. Quand je l'ai vu se remettre à sa quête douloureuse des débris de son histoire littéraire, je lui ai avoué tout mon ressentiment contre ses entreprises. Pourquoi s'attarder à une morte quand on a une femme vivante dans sa vraie vie, qu'on pourrait essayer de contenter, de rendre heureuse ? Je lui ai dit à Maurice ce qu'il était advenu de lui dans mon roman d'aventure. Je lui ai avoué ce que j'avais fait faire de terrible aux filles de Beauté, que ces filles de Beauté, mes soeurs de force, avaient été métamorphosées en vipères de roman à l'eau de pivoine. Quand Maurice a appris qu'il n'était lui-même qu'un personnage d'historiette, il s'est trouvé comme soulagé, débarrassé d'un rôle de trop. Pourquoi suis-je si malhabile ? Pourquoi faut-il que je rate toujours ma cible avec Maurice ? Je lui ai dit en tout cas, à mon père, que j'avais mon roman avec moi, qu'il n'y avait que lui dans mes bagages et dans mon coeur, oui mon coeur, que seul il comptait pour moi, que dans ces circonstances des parents, pas de parent, un père, pas de père, ces histoires-là, ça ne pèse pas lourd. Je lui ai dit que je n'avais pas besoin de lui pour savoir comment ça se fait exactement ni ce qu'elles attendent de moi, ni tout ce qu'on peut faire avec. C'était plus fort que moi. Je lui ai dit qu'entre mon roman et lui, franchement, je choisirais de sauver mon roman des flammes avant de lui prêter secours. Je lui ai dit que je le laisserais dormir dans sa braise comme un mégot de survie. Il est parti à rire de son gros rire qui ressemble à celui de Gaston Miron et il s'est mis à chanter comme un maudit malade, la complainte de la Mauricie.

> *Ah, ah, que le papier coûte cher*
> *Dans le Bas-Canada*
> *Surtout aux Trois-Rivières*
> *Que ma blonde a m'écrit pas...*

Si je suis venu auprès de Maurice, ce n'est pas pour l'entendre chanter son folklore. Ce n'est pas non plus pour retrouver un père, un frère, un camarade de joie. Si je suis venu hanter le Pays Rouge de Maurice et de ses héroïnes blafardes, si je me suis traîné jusqu'à La Malbaie, c'est pour requérir les services d'un spécialiste. Moi aussi, j'ai ma recherche maintenant ; moi aussi, j'ai un objet d'étude et c'est Maurice seul qui peut m'aider dans ma quête. Mon Graal, c'est mon roman d'amour avec ma noire Manon Rivest. Il faut que le roman d'amour de Merlin soit vécu et c'est pour ça que Maurice doit m'aider. Si je ne le vis pas, je ne pourrai pas l'écrire ; si je ne le vis pas, je ne pourrai jamais me l'inventer. Moi aussi, je pourrais avoir des femmes mortes plein mes tiroirs et m'en contenter, mais ce sont les vivantes qui m'obsèdent. Je ne suis pas un nécrologue, moi. Je suis Merlin le nécromant, ce n'est pas pareil. Merlin l'enchanteur, Merlin le magicien. C'est clair. Je ne figure pas sur le même registre que les filles de Beauté, moi. Ma noire Manon Rivest doit exister. Il faut qu'elle vive. C'est toute ma théorie romanesque. Avant elle, ça n'était que du journal intime. Maintenant, c'est toute la vie. C'est de la vie en vie qu'il me faut.

De la prose en vie comme chez les écrivaines contemporaines. Tant pis pour les ancêtres, tant pis pour les incestueuses.

Voilà le jargon qui plaît à Maurice, voilà le langage qu'il aime, qu'il comprend. Je vais remonter dans son estime ; je vais accroître ma cote auprès de lui. Maintenant, il va m'écouter. Je peux commencer ma vie. La vie de Merlin. Il faut que je lui dise, il le faut. Tout de suite. Je suis si heureux, si heureux, autant en profiter.

Mais qu'est-ce qu'on peut bien raconter quand la joie nous assaille, qu'on a tous ses membres et qu'on ne s'appelle pas Sarah Bernhardt ou Édith Piaf ? Comment est-ce qu'on fait ça, l'amour ? Comment est-ce qu'on invente ça ? Comment est-ce qu'on raconte ça, surtout ?

Les lettres à Beauté

Mes livres m'importent moins que mes enfants.

Jacques Ferron

I

Première lettre de Maurice

Maurice dit que le métier des enfants ça a toujours été de faire mourir leurs parents, qu'il y a des films là-dessus, des études savantes, que Merlin n'a rien inventé. Dans sa première lettre à Beauté, Maurice s'occupe d'abord à rassurer la mère de Merlin. Il dit que c'est normal qu'à douze treize ans un Merlin s'acharne sur ceux qu'il aime au point de les tuer dans son journal intime et d'inventer sur eux d'incroyables histoires. Il ne faudrait pas lire ces pages brouillonnes que Merlin a malicieusement laissé traîner dans la chambre de Beauté avant de partir rejoindre son père à La Malbaie. Pourtant Maurice en ferait bien autant dans la promiscuité de leur petite chambre de Port-au-Persil. Quand Merlin s'endort loin de ses cahiers prodigieux, Maurice et Beauté deviennent ses meilleurs lecteurs et il le sait.

Maurice était parti pour trois mois, Maurice patauge là-bas depuis un peu plus de deux ans et le monde entier peut lui en vouloir, le monde entier peut se mettre à ses trousses dans le bagage de son fils, cela dure et dure encore. C'est une éternité, même pour une recherche qui s'avérait si fructueuse. On part avec une équipe de reportage pour filmer des lieux, un emplacement pour un musée, des installations provisoires, des manuscrits. On s'en va faire un long métrage documentaire pour commémorer la parution, un centenaire, du roman, d'un roman de la première femme écrivain du pays. Voilà qu'on tombe sur une mine. *To fall in love*. Une mine d'or, dans un terrain explosif. Alors on est prudent. Quand l'équipe a pris ses clichés, ses cliques et ses claques, on cède au préfet de comté, on décide de rester un peu. Pour aider, pour être le consultant, puis le maître d'oeuvre dans l'établissement du musée permanent de La Malbaie. On travaille et on fouille. On trouve. Il n'y avait pas de musée Laure-Conan, il y en aura un. Votre vie vaut la peine d'être vécue. Le monde entier comprendra ça. Vous êtes un bâtisseur de cathédrale. Mais vous êtes seul pour le grand oeuvre comme pour le détail du moindre vitrail. Alors c'est long, très long, trop long pour un seul homme.

Maurice s'est multiplié par vingt. Maurice a fouillé le passé d'une femme qu'il s'est pris à aimer. Une femme morte. *To fall in love*, n'ayons pas peur des mots. La Terre ne devrait pas s'emballer pour si peu. Il met la dernière main. Dans une semaine, une semaine ou deux, il devrait être de retour à Saint-Hyacinthe pour la fin des vacances d'été. On irait en voyage avec toute la tribu, Éva-Rose, Beauté, puis le Merlin dans la Ford familiale. À moins que des traitements pour Éva les obligent à rester. Les traitements, quels traitements ?

Le cas Merlin n'est pas un cas. Merlin est un fils, l'enfant unique et doué, l'enfant dépareillé, l'enfant à l'imagination fertile. Merlin ressemble à tous les enfants. Merlin ressemble à Maurice lorsqu'il était enfant. Merlin c'est Maurice. Bon, il se maquille parfois. Bon, il parade dans les jupes de sa mère. Bon, il s'adonne à des jeux qui sont l'apanage des filles. Et le hockey, et la complicité des cousins, celle d'Émile Foucault l'entraîneur dévoué ? Kiwanis et Optimistes, Lions d'or et scoutisme et chocolat ! On a beau vivre depuis des années en province bleue par-dessus la tête, ça n'est pas une raison pour s'en faire avec des riens. À ce compte-là, le commerce des cousins germains n'est guère plus rassurant. Leur violence, leur brutalité, leur délinquance appréhendée. Non. Et puis Maurice lui-même, Maurice lorsqu'il avait son âge. Quel âge a Merlin déjà ? Douze, treize ans ? Ça passera, ça passera. Maurice, lui-même. Cet engouement pour le théâtre, les costumes, les masques. Tout n'est pas si terrible, même si tout n'est pas si simple. Même pour lui, Maurice. Un homme. Devenir un homme, comme si ça ne prenait pas toute une vie d'homme. L'entreprise de toute une vie. Pour Beauté qui travaille dans la peau des femmes depuis toujours, comprendre Merlin, comprendre Maurice, c'est toute une aventure. De père en fils. Un vrai acharnement.

C'est vrai que Merlin n'est pas commode. Hier encore la petite chambre de Port-au-Persil a été témoin de ses excès. La petite chambre de Port-au-Persil a failli foutre le feu à tout le pays rouge de la côte. Bon, on a tout circonscrit, comme ils disent. Bon, on a réussi à limiter les dégâts comme ils écriront dans le journal local. Mais le travail de recherche, les documents, la grande rapaille de première main ? Toute une perte pour Maurice.

Merlin jouait. Merlin était acteur et comédien. Qu'est-ce que c'était que cette scène loufoque ? Ne manquait-il pas un personnage ? Il manque toujours un personnage dans nos rêves d'adolescent. Pour la scène fatale. La mise à mort. Une mère en chômage de mère ; un père en exil de père. Qui jouera le rôle des époux effacés ? Qu'est-ce que c'est que ce papa pantois au fond de sa niche ? Les chandelles dans le lit, Napoléon et toute sa crédibilité de héros. Étouffer le feu. Entêtement, débilité ? Il refuse de sortir de son rêve. Il ne se réveille plus. Merlin est littéralement ficelé dans ses draps. Qu'est-ce que c'est que tous ces noeuds ? Il est trop lourd, trop inerte pour que Maurice parvienne à le hisser hors du lit, à le traîner jusqu'à la fenêtre, à le balancer dans le décor extérieur. Il se recroqueville davantage. Vieux foetus sclérosé. Il serre contre lui, comme un ourson de peluche, ses cahiers prodigieux. Le sortir du jeu ; le sortir du feu. Pauvre marron saoul comme un marron. M'appeler Joséphine, puis Beauté et m'étreindre comme son vieil ourson confisqué jadis à cause d'une colère. Allez y comprendre quelque chose. Il faut qu'il s'aide. On étouffe. On ne sait plus ce qui se passe dans le coeur de nos enfants. Mourir dans mes bras comme dans un vieux poème effrité. Ça rafale dans leur tête quand on ne sait plus les répliques. C'est le désordre universel, la panique généralisée. Quelle conscience ? Napoléon lui-même arrache tentures et draperies pour battre le feu. Étouffer avant d'être asphyxiés. Jeter tout ça dehors. Évacuer. Vider.

Puis Maurice de s'y jeter aussi avec son manuscrit en flammes au bout de ses doigts. Sauver le petit, sauver le petit d'abord ! Qui est-ce qui rêve ainsi ? Maurice tout un, Maurice tout nu sur le bord de la falaise et qui court après des lucioles comme Alexis le Trotteur sous le regard ahuri des curieux entassés dans la chambre aux pivoines. Des figurants perplexes, figés dans le plâtre de l'anonymat, autour d'une petite lueur qui se penche toute recueillie, toute prostrée en attente. Sage, sage. Pendant que Maurice joue au porte-flambeau au bord du gouffre, la petite auberge rentre doucement dans la quiétude et l'engourdissement de la nuit. Il faut rentrer puisque tout ce qui devait brûler a brûlé. La vie continue avec à peine ces relents de fumée qui se dissiperont bientôt. Ce n'aura été qu'un feu de paille pour le reste de l'univers. À la veilleuse, lui éponger le front. Le vilain cauchemar se dissipe aussi. Ce ne sont que des ombres qui racontent n'importe quoi. On voit bien que ça ne se peut pas. On se réveille tout à fait et là, juste à ce moment d'extrême lucidité, le bonheur nous assaille, le bonheur nous terrasse comme la foudre qui anéantit un vieil épouvantail brandillant dans la plaine.

Ils n'ont pas l'habitude de s'écrire. Beauté et Maurice ont vécu collés ensemble comme les fesses d'un pain de ménage. La belle image. Dans l'ancien temps, leur ancien temps ! Toute la domesticité pour leurs premières amours. Entre Montréal et Saint-Hyacinthe, pourtant. Avant que l'enfant paraisse comme ils disent. Puis le branle-bas, le grand dérangement dans la chair. Vivra-t-il ? Comment le rendre heureux sans s'annihiler complètement ? Maurice fut maladroit comme il est maladroit sous la coulpe. Il parle à Beauté comme s'il lui écrivait. Il écrit à Beauté comme s'il était au téléphone. La bonne invention. On ne comprend plus rien de ce côté-ci du monde. Il manque la réplique. Ça claudique. C'est de la pure abstraction. Du charabia. Ça ne vaut pas la peine de passer sa vie dans les lettres des autres pour aboutir si démuni dans ses affaires de coeur à soi. D'aucun intérêt littéraire ? C'est comme une cellule, une prison.

Alors Beauté doit comprendre que son Maurice va prolonger son séjour à La Malbaie pour se récupérer lui-même. Et son fils. Pas d'évasion en perspective.

POST-SCRIPTUM

Mes écrits posthumes, je les garde pour moi parce que ça ne regarde que moi. Je ne suis pas un Monkémile, un

Monkomer ou un Monkpit. Je n'ai pas pour mission de remuer tout un chef-lieu. Je ne veux pas ameuter tout le plat pays bleu que j'ai laissé derrière moi. Qu'il vive et prospère sans moi, qu'il m'espère.

Beauté n'attend pas après moi pour être ce qu'elle veut être. Si elle tient son institut comme pas une, c'est qu'elle est merveilleuse et efficace et autonome comme pas une. Beauté, c'est aussi l'intelligence. Dans sa chair même de femme, sur sa peau de mère mûre. Où dorment les si nombreux enfants de ses livres d'images ? Dans quels limbes ? Sa fille, ses filles, les filles de Beauté qui n'existeront jamais que dans l'orphelinage de nos culpabilités d'antan. Beauté n'est pas une mère totale, une mère illimitée comme je ne suis pas un père éternel. Nous avons des hauts et des bas. Nous mêlons nos rôles. Nous sommes un seul pain, mais rompu parfois, s'émiettant pour le bonheur des oiselets. Déchiré, dévoré par des ogres voraces. Parfois, il n'en reste plus pour les pauvres petits enfants des fables malheureuses. Parfois, il faut cuire toute la nuit pour que ça sente bon dans tous les pays du pays. Inventer des couleurs, se rompre, se plaindre sous la lame coupante comme une brûlure de glace. Mais les enfants ne se nourrissent pas de ce pain-là. Ça leur prend des vrais pères et des vraies mères, des surhommes et des surfemmes. Ça leur prend des monstres inhumains, des animaux savants ou des nains comme les enfants de princes et de princesses pour se déchaîner contre eux, pour se confier à eux ou pour simplement les aimer sans mesure. Comment être le fou d'un seul despote ? Comment se reconnaître des limites quand on ressent autant d'amour ? Ils s'en chargent, ça fait partie de leur métier d'enfant. On en est malheureux, mais c'est pour notre bien, semble-t-il. Merlin est un enfant total, mais il achève sa carrière d'enfant. Merlin est un enfant qui arrive au bout de son rouleau d'enfant. C'est notre limite à nous autres aussi. C'est pour ça qu'il faut s'inventer des filles de Beauté, et vite, avant de chialer, de devenir gâteux comme des pères éternels ou des mères supérieures.

Des discours, des discours. Je me disculpe comme un enfant peureux. Je mange du père en dédaignant les croûtes. Enfant gâté, pourri. Je bouffe ma mère. Éva-Rose. Éva, ma mère Éve, ma mère l'oie gavée de toutes les maladies du monde. Quand Éva-Rose s'imagine qu'un cancer la ronge, un cancer la ronge qui n'est pas celui qu'elle pense. Toutes nos vies, toute sa vie, contaminées. Toutes ses relations deviennent suspectes. Même nous, même moi. Surtout moi, le petit Maurice mauvais enfant. Mauvais fils, mauvais père. Trois fois la coulpe s'il vous plaît. Et que ça dure. Ce qui ne date pas d'hier. Quel âge aurait-il, mon père ? Elle a toujours tout eu. Les maladies des autres. Pour m'enchaîner. Jusqu'à attraper mes propres maladies infantiles pour me prouver son amour. Le baiser au lépreux. Mauvais fils.

D'abord mes jaunisses, mes coliques, ma rougeole, mes oreillons. Mais avant tout cela, toute la fatigue de mon père, son diabète, sa fièvre pulmonaire, sa hernie. Ses longues absences : la crise dans ses nerfs, comme je disais. Moi Maurice, moi sa véritable et unique maladie. Puis la sclérose en plaques de papa qui l'a emportée elle, avec lui, dans sa tombe pour des mois, pour des années. Les pires. J'avais quoi, douze, treize ans ? Me traîner avec elle sous le catafalque dans la grande allée. Devant le monde. Me forcer à embrasser sa face dans la tombe. Salir le satin gaufré. Vomir sur lui, dans les fleurs, partout. Cette main inerte et bleue, transparente, cette main froide de mon père qui soudain m'essuie les lèvres machinalement, familièrement. On peut tout lui faire. L'outrager. Ça ne doit plus bouger. Ça doit se laisser faire. Se laisser aimer comme jamais de son vivant. Mauvais père. Le mordre, oui, mordre dans ça. Le lendemain, ils lui ont mis des gants. Comme ceux des porteurs, des gants gris ; parce qu'il y avait, indélébile, la marque de mes dents sur sa main. L'humiliation sous le catafalque dans la cathédrale de Saint-Hyacinthe. Éva-Rose est morte de toutes les morts des nôtres depuis cette ultime mort. Jusqu'à ce que naisse Merlin, notre Merlin, mon Merlin, le Merlin à son père comme elle dit. Ça ne m'a jamais vraiment flatté, mauvais père. Ni rassuré non plus, mauvais fils.

Pourquoi le sentiment excessif d'une vieille fille pour son père me dérangerait-il ? Cela m'indiffère absolument. Mais Angéline, mais Laure, mais Félicité, toutes les Félicité de la Terre ont été des enfants fragiles et crédules comme le nôtre. Petite Félicité. Ce qui me trouble et me bouleverse, c'est l'amour des enfants, l'amour de ces enfants pour leur père, pour leur mère. Les enfants, les très jeunes enfants aiment sans limite ceux qui leur ont prêté une vie. Et nous n'en sommes pas dignes, mais ils ne le savent pas. Quand ils apprennent notre faiblesse humaine, ils décident que ça ne vaut pas la peine d'être un enfant ct de nous aimer comme nos enfants. Ça leur prend du temps. Ils souillent leur lit. Quelquefois ils en sont malades pour mourir. Quelquefois ils en meurent ou ils gaspillent toute leur vie à nous inventer bons et beaux. Petitc Félicité. Mais on se dit que ce n'est pas possible, que ce sont des inventions, des purcs folies de Merlin pin pin. Et on continue à vivre sérieusement. Comme monsieur Jean-Jacques Rousseau, comme monsieur Maurice Angers. C'est tellement difficile de juste vivre ce que l'on a à vivre qu'on ne sait plus quand est-ce qu'on devient trop monstrueux. Parfois on le sent, mais on n'aime pas ça. On n'aime surtout pas se le faire dire par un autre ou par une autre.

Éva-Rose nous a enlevé notre fils de la même façon qu'on avait donné une vie au Merlin. Comme une femme toute seule. Parce que je n'étais pas là, parce qu'elle me remplaçait auprès de lui, avant Foucault et avant tous les autres suppléants de père occupé. Ne m'avait-elle pas exclu délibérément pour prendre toute ma place ? Délation. Délation ! Mauvais Maurice, mauvaise tête de Maurice. Éva-Rose a pris le destin de Merlin sur elle comme Beauté l'avait porté en elle. Éva s'est transformée en père nourricier abusif et je suis demeuré interdit devant tant de sollicitude. J'étais interdit dans tous les sens, moi aussi. Interdit ou interné. En moi-même surtout, dans ma damnée carrure d'homme traquée de l'intérieur. N'avais-je pas toutes les justifications du monde ? Mes complaisances dans la maladie. Telle mère, tel fils. Mon monde, mon univers souffrant, mes absences motivées. Le beau motif, la bonne cause. Les cliniques blanches de ma tête me justifiaient trop aisément.

Éva a tout raflé, tout organisé, tout transformé autour d'elle à compter du jour où elle a senti qu'il y avait un vide, un trou, un gouffre à combler. Elle s'improvisa l'organisatrice des banquets familiaux tandis que je m'attablais pour d'autres festins plus violents où les rêves se nourrissent d'une denrée moins comestible, mais plus abordable pour un homme. Ce serait le grand diplôme de ma vie et vanité, vanité, tout est vanité. Mes maladies, toutes mes maladies d'homme ; complaisance et vanité. Alors, elle l'a mangé, elle l'a tout dévoré, toute, toute, toute, comme elle disait, parce que ce Merlin-là, il était mangeable comme un amour. Un amour d'ogresse dévoreuse de chaperon, à l'envers des fables rassurantes.

Des miettes pour le loup, des miettes que je ramassais à peine dans les paniers du samedi. Des miettes que je dédaignais dans le fond poussiéreux du panier, des miettes enfouies sous une avalanche de fruits mûrs, sous des fromages coulants et odorants. Des raisins secs, des noix broyées, des miettes d'écales collantes dans les coutures sucrées. Sans gratter, sans rogner sous les ongles le sel et le sable, tous ces dépôts intarissables et mouvants. Fond des sacs, fond des poches du samedi. Odeurs enivrantes des mixtures desséchées, toute la nature déshydratée, concentrée dans ce ramassis de fines herbes déchiquetées, entassées pour l'arôme des automnes roux et broussailleux. Ou l'envers de ce monde, par un mouvement du balancier, âme excessive. Tomates, courges, poivrons, tous les légumes avancés, poires brunes, pommes brunes et molles pour les jarres juteuses, les jarres à marinades ou à confitures, les pots à jupes carreautées dans les bavures diaphanes de la paraffine. Coulées bouillantes de pectine, fruits confits, sucre candi, tire éponge onctueuse puis cassante, cassonades, miels, caramels, biscuits. Chocolats veloutés, fondants à la guimauve, nougatines et cerises au marasquin.

La moindre brindille, le plus humble croûton, la miette insignifiante que je lui donnais, il les rendait dans la Ford du samedi comme la monnaie de ma pièce. Merlin ne supportait aucune nourriture lui venant de son père. M'apitoyer, victime, me justifier encore. Fuir, fuir surtout comme un coupable parce que je ne pouvais pas supporter les sentences de mon fils. Je savais qu'il avait tout compris et qu'il me jugeait avec l'intransigeance des enfants malheureux.

Ses cauchemars, la nuit. Des nausées, des fièvres, des allergies, comme la vie est dure et compliquée ! Me sentir coupable jusque dans la manifestation la plus saine, la plus pure. Me résigner à n'être que la fonction récurrente et dévastatrice dans le procès de sa vie. N'être que le regret atomisé de la quête de Merlin. La cause de son hyperacidité chronique. Merlin petit lait, Merlin au dosage alcalin de ses mères,

Merlin à l'antidote de ses soeurs hallucinées. Pour qu'il ne s'étouffe plus jamais la nuit, dans la nuit sans fumée, pour éteindre le feu aux cratères crevassés de ses éruptions cutanées, pour calmer l'enflure dans sa gorge obturée, pour conjurer l'hémorragie interne sous l'ecchymose bénigne avant que cela ne prenne des proportions d'amputation violente et draconienne. Acquiescer aux moindres exigences, à tous ses caprices pour éviter la crise. Bref, fabriquer un monstre semblable au monstre. Tel père, tel fils, comme le monde entier s'acharne à le crier du pays bleu au pays rouge dans le porte-voix du fleuve coincé dans ses falaises. Faire la sourde oreille à ce qu'ils disent, devenir sourd comme la marche des porteurs dans l'épaisseur du tapis d'apparat. Et se remettre à vivre notre vie si active, si professionnelle, remplie, grouillante, effervescente. Après les stages de mort, dans le vide et la solitude des cliniques blanches. Puis, se rendre compte avec stupeur que votre fils est devant vous et qu'il attend que vous vous réinventiez son père, l'espace d'une confidence imméritée.

Car un jour, ça n'a plus fait. Un jour le Merlin a dit non à son Éva-Rouge comme il s'est mis à la nommer et son refus catégorique l'a marquée dans sa chair. La peau d'Éva-Rouge porte le stigmate de l'abandon définitif, la tache revêche d'une mort plus profonde, plus insondable. Éva-Rouge porte depuis douze ans un cancer qui vient de lui éclater en plein visage comme un ballon de baudruche éventé. Merlin lui inflige sa dernière maladie, celle qui l'emportera défigurée, humiliée à la face du monde.

Ce disant, je vois bien qu'il est impossible de jouer ainsi au bord du mélodrame avec le visage de sa mère quand on sait que c'est vrai, à peine transposé, si peu, que ce n'est pas une histoire romancée, une historiette d'adolescent attardé, un roman d'aventure. Impudeur sacrilège du mauvais scribe. Éva-Rose ma mère se décompose et je m'obstine à rester ici malgré les suppliques de Merlin, pour ne pas la voir, pour ne pas souffrir avec elle de sa propre maladie. Si je reste ici entre ces falaises, entre ces lignes qui m'oppressent, que je garde pour moi, rien que pour moi, c'est que j'ai peur d'attraper la mort de ma mère, c'est que j'ai peur d'y sombrer comme avant, comme dans mon ancien temps des angoisses.

II

Deuxième lettre de Maurice

Dans une seconde lettre, Maurice offre à Beauté un paysage de Charlevoix. C'est une carte postale de l'arrière-pays rouge qu'il peint avec les couleurs de l'été. C'est le lac Saint-Agnès, les montagnes de Saint-Aimé-des-Lacs, Saint-Hilarion et surtout Saint-Placide. Il y a une petite rivière qui porte bien le nom du hameau qu'elle baptise toute placide et discrète. Elle cascade sous un ponceau que le guide touristique situait au centre du village. Pourtant il n'y a ni village, ni rivière au milieu de cet encorbellement de vallons. C'est au bout de ce creux après-midi des canicules qu'on découvre le petit torrent. Il gargouille parmi les mouches et le jonc. Maurice dit que c'est de là-bas qu'il écrit cette lettre à Beauté.

La nature et les mouches le fatiguent. Maurice n'est pas habitué à tant d'exubérance. Il se sent villégiateur, il se sent étranger au bord de la rivière indifférente et froide. Il exprime le malaise et l'inconfort qu'il ressent auprès de ces choses vivantes qui bruissent, qui respirent animalement sous le soleil dur. C'est qu'on est loin du musée de toute littérature et de ses torrents symboliques. Ici, tout est vrai, si concrètement vivant que ça dérange la peine qu'on a. Car Maurice avoue à moitié son désarroi. Il le dit en toutes lettres, mais en sachant que ses mots le trahiront à demi. Comme cette nature. Les ruses des mots. On ne vient pas à Saint-Placide du comté de Charlevoix pour se plaindre bien que la recherche de sa vie se soit envolée en étincelles dans cette même nature si rebelle aux étrangers.

Une recherche, un travail de deux ans, une entreprise mûrie, une ambition, une obsession. N'avait-il pas investi tous ses efforts, toute sa crédibilité de chercheur dans l'investigation de celle qu'il pressentait à travers ses origines, sa généalogie et aussi ses prétentions à devenir lui-même un écrivain ? Une sorte d'écrivain pour l'écran. Et crin et cran. *To fall in love.* Réincarner cette femme, cette mère primitive, cette mère littéraire, cette mère essentielle.

144

Pour l'aimer, pour la trahir, pour la tuer comme un enfant ordinaire. Mais quelles étaient donc ses motivations profondes ? Dans le vif de ses découvertes, de ses enthousiasmes, n'avait-il pas perdu l'essence même de son projet : n'avait-il pas failli y perdre l'amour des siens ? Comment tolérer que Maurice se laisse habiter ainsi par une femme qu'il disait, qu'il voulait vivante ? Maurice est bouleversé par l'immense échec de tant d'espoir. Sentir peser sur sa tête la faillite tandis que cette damnée rivière, cette satanée nature ne répondent plus de rien, rieuse et coquette sous la brise, lourde et indifférente parmi la mouche noire harassante et dévoreuse. Non, Maurice ne veut pas tomber dans le panneau aggloméré du lac rocher muet grotte profonde. Mais tout l'y incite dans ce paysage. Les siècles ici s'accumulent sans graver des traces, des paroles pieuses, des coeurs transpercés de flèches sur l'écorce des arbres. Tout glisse et nous passons sans dessiner sur les grosses pierres des initiales entrelacées. *M Loves B*. C'est un bout du monde inaltéré *to fall in love* douloureusement.

Puis il se retient car Merlin joue sur les roches gluantes. Son pied mal assuré va glisser sur la mousse gorgée d'eau verte et il va s'érafler les coudes dans la petite rocaille coupante du fond de la rivière. Quand Maurice se déprime à cent lieues d'un veuvage, ce n'est pas le moment d'attacher l'ancre de son navire en détresse au cou même de ce Merlin.

Maurice n'a pas le coeur de lire le roman de son fils comme il le lui avait promis la veille. S'il y a une chose au monde qui l'indiffère en cet après-midi de juillet, c'est bien le roman de Merlin. Autant il a pu être intrigué par ces brouillons l'autre soir, autant ce petit cahier d'une cinquantaine de pages lui pèse aujourd'hui. Il ne sera pas le lecteur du Merlin. Il en est incapable, les forces lui manquent. Maurice ne sait plus être bon. Il feint de l'être, mais Merlin se doute bien que son père en a jusque-là de lui et de ses brutales écritures. Maurice assume mal la juvénile violence de son fils et celui-ci le sait, s'en rend bien compte en sortant tout mouillé d'eau et de sang de ce damné ruisseau coupant parmi les joncs de sa berge.

Maurice se retient. Maurice en a jusque-là de la bonté. Qu'est-ce qu'on fait quand on a peur ainsi ? Quelle fuite, quelle haine déguisée en absence ? C'est étrange ce que le monde réel peut réinvestir les angoisses quand Merlin pleure pour vrai, doucement, sur l'épaule de son père.

S'attarder aux choses pratiques. Vite. Il faut chasser la peur. On est un homme. Chasser la femme. Une obsession. Retourner ce gibier chez le taxidermiste. Maurice est moins beau, moins bon, moins parfait. Le saint homme ! Les femmes d'abord ! Mais il y a Beauté. Puis ça ne saigne plus déjà. Il n'y aura pas d'hémorragie interne ni externe. On n'est pas dans une lettre de Beauté. Un homme ça ne pleure pas, un homme ça ne saigne pas. On n'est surtout pas dans un roman de Merlin, ici. On n'est pas dans l'affabulation pure et débile. Ici on se débrouille avec la vraie vie d'adulte efficace. Des comptes en retard, des fins de mois, des chèques de voyage qui ont brûlé eux aussi et dont il faudrait, demain lundi, rapporter les numéros à la banque. C'est Beauté qui a tout cela dans son tiroir-caisse, sous le compartiment des chèques sans provision, à gauche. Et qu'elle n'oublie pas, s'il lui plaît, avec sa prochaine lettre, de lui retourner un peu de liquide. Les adolescents, ça dévore aux repas, elle le sait bien.

Maurice se sent très loin du *Lac* de Lamartine, maintenant. Ça va mieux. Sa lettre va pouvoir prendre une allure plus convaincante. Mais où est Merlin tout à coup ? S'il fallait qu'il se noie quand c'est Maurice qui en a la garde, la responsabilité. Se noyer ailleurs serait une catastrophe, mais se noyer ici au bout d'un paragraphe zébré de joncs lâches et couchés ? C'est de la paranoïa, tout cela c'est des phobies de père peureux, de mère mièvre.

Et pourtant, pourtant. S'il n'y avait pas de romancier dans la famille, de romancière surtout. Il va glisser encore, il va se couper encore, et pleurer comme un bébé. Ce qu'il a la tête dure ! Tel père, tel fils. Il faut qu'il sorte de cette rivière. Laissons la place pour la vie, pour le peu de vie qu'il reste. Maurice se retient de pleurer devant Merlin comme un petit garçon qui s'est éraflé le coeur dans une rivière coupante.

POST-SCRIPTUM

J'aurais bien voulu écrire des choses fines et délicates, des pensées, des aphorismes sur la relation rare que j'ai avec Merlin depuis sa venue ici. Mais il me contamine. Ça se voit, ça se lit, mes lettres ressemblent de plus en plus à ses fantasmes. Merlin m'obnubile. Je n'aurais jamais cru ça qu'un enfant pouvait peser si lourd jusque dans le fond de nos écritures les plus intimes. Merlin me fait penser à ces petits enfants très ordinaires, très normaux en apparence, qu'on voit dans les films à la sauce spirite. Ils s'avèrent être des monstres terribles habités par des démons malsains qui ressemblent à leurs parents. Et qui les tuent et qui les font disparaître parce qu'ils ne veulent pas croire en leur malignité.

Les enfants sont si sérieux quand ils jouent que Merlin m'a pris au piège de ses vies inventées. Il m'a coincé comme il s'est pincé dans les épingles à linge qui retenaient le rideau de scène improvisé. L'image est de lui. Je la lui vole. Le rideau tombe. C'est une vilaine scène où je ne joue plus le beau rôle. Pygmalion démasqué entre le fils et le personnage du fils, entre la réalité de son petit démon de Merlin et le rêve démoniaque d'un Merlin transfiguré.

L'autre soir, je n'ai plus retrouvé mon personnage, mon image, la réification de moi-même. Tel père, tel fils. L'autre soir, j'ai été confronté avec l'altérité de ma pérennité, comme ils disent. C'est dur. J'ai lu le roman de Merlin, j'ai lu Merlin et c'est moi qui suis dépossédé du monde. Comment puis-je rassurer sa mère et le monde ? Comment ne pas remettre en question toutes ces années de recherche maladive ? L'autre soir, en lisant *les Filles de Beauté*, je me suis rendu compte que j'étais devenu vieux, très vieux, que j'allais avoir quarante ans moi aussi, comme Beauté.

Il ne supporte pas de me voir lire son roman. Merlin monte au grenier. Merlin ne supporte plus de me voir lire et relire ses *Filles de Beauté* avec ma gueule incrédule. Il monte au grenier pendant que je n'en reviens pas de son écriture. Merlin pense que je m'absorbe, que j'analyse, que je cherche à comprendre comme ce serait mon métier de le faire. Il n'en est rien. Merlin pense que je pense, moi je rêve entre ses lignes. Je suis un cancre. Je rêve à lui là-haut. Je suis un cancre heureux.

Lorsqu'il séjourne au-dessus de la chambre au persil, Merlin s'invente un autre personnage. C'est la lune, c'est l'image de Beauté qu'il dessine sans relâche. Pour la première fois je ressens de la pudeur à son contact. Je le respecte. Cette fois, je sens qu'il est sérieux comme un enfant parce qu'il aime comme un enfant pour la dernière fois. Sa mère. Ma noire Beauté. Ma Beauté ? Qu'est-ce que je raconte ? Un homme ne peut pas parler ainsi. Je désigne la noire Beauté comme celle que chante le poète noir. Marie-Beauté la noire, ses robes trop amples tout à coup, ses jupes trop longues. Marie-Beauté qui se cherche et qui se trouve, qui se perd encore dans des vêtements trop grands, des cathé-drales désertes. Folle, folle Beauté écrasée sous son nom, le nom d'une femme des générations antérieures à la sienne. Est-ce pour ça qu'elle est seule ? Seule comme dans ses classes peuplées des Louise ou des Manon de tout un quartier. Seule dans sa tunique marine et sage.

Rêver d'être celles-là, toutes celles-là qui s'unissent, qui se fondent en un seul coeur unanime. Être Louise, être Manon, singulières et plurielles dans une génération de Louise et de Manon. Mais Beauté. Marie-Beauté, même si c'est un nom d'amour, un surnom d'amoureuse en rupture de ban. On ne peut pas vivre toute une vie avec ça. Ne jamais murmurer ce triste nom dans l'amour. Beauté, Félicité. Se sentir vieille, toute vieille et archaïque, toute sèche et loin-taine comme une morte, comme une oubliée, comme un ves-tige engourdi dans la glaise du temps. Se sentir moquée. Devenir froide. Et moi de la chercher, de les chercher toutes dans la nuit comme si c'était mon métier d'homme chercheur de trésor. Les nommer toutes, Félicité, Laure et Angéline ; la nommer elle, Beauté, au lieu de l'aimer, de les aimer comme un homme, les aimer comme du monde.

III

Troisième lettre de Maurice

Beauté entre en scène toute rajeunie, toute amincie et jouvencée par l'air du large. Voilà que Maurice l'imagine en pleine campagne reverdie par un mauvais peintre du dimanche. Naïf comme Maurice. Accessoires de théâtre en plein air, table dressée, repas garni pour un banquet fastueux. C'est une mise en scène alerte et habile. On sent que Maurice va inviter Beauté à venir le rejoindre. L'incroyable Maurice. Plusieurs raisons s'offrent à lui pour justifier sa démarche. Le juste se justifiant sans relâche. Il y a Merlin qui peut s'ennuyer d'elle ; il y a l'été radieux ; il y a l'interruption dans les recherches, la suspension du travail, le week-end, l'herbe tendre et les pivoines autour du lit. Il y a le lit. Faut-il le taire, comment le taire ? L'effacer. Des lits, il y a des lits plein les auberges sur la côte. Et un ciel ! Si Beauté le rejoint, les rejoint à La Malbaie, elle verra tout cela qu'il raconte depuis des mois. Surtout, elle ne sera pas la messagère funeste qu'ils redoutent.

Ou alors qu'elles viennent toutes deux. Éva-Rose et Beauté. Voilà. Pour la santé, pour la joie de vivre ! Maurice est incroyable. Maurice est un cancre en amour.

Maurice songe à les faire venir ici. Une trouvaille, une découverte depuis deux ans d'absence ! Se justifier, se justifier pendant dix lignes, puis tout biffer et souhaiter sincèrement leur venue. Toutes les deux, il souhaiterait les installer à La Malbaie près du musée, dans le musée tant qu'à y être : pour les voir, les sentir, avoir la certitude qu'elles existent toujours, qu'elles sont vivantes, qu'elles vivront toujours. Il les ferait tenir toutes les deux dans la petite chambre aux pivoines de Port-au-Persil. Éva-Rose et Beauté. Sa mère, sa femme ; sa femme, sa mère. Elles ne lui échapperaient plus comme elles le font au loin, dans le roman de Merlin et dans les lettres de Beauté comme dans le secret de sa mère, comme dans son silence inquiétant. Il les sentirait tenir le coup ensemble. Quel coup ? Quel mauvais coup de quel enfant ? C'est là qu'elles vivraient le mieux. Pour lui, par lui, selon ses caprices et

ses humeurs. Au lieu de se dévergonder comme des actrices autonomes dans le pays bleu de Maska ou dans la grande polluée malsaine. C'est ici, au rouge brouillon de cette dernière lettre
enfiévrée d'inquiétude que Maurice les supplie d'exister une fois
pour toutes rien que pour lui. Qui est si démuni depuis. Qui est
comme un charbon de bois craquant sur la grève. Depuis qu'il n'y
a plus le feu. Sacré. Depuis qu'il y a eu le feu. Feu, feu, damné feu,
ta lueur nous... Depuis. Depuis Merlin et tout le reste. Ne pas se
plaindre, mais quand même. Enfant gâté, vieil enfant pourri d'exi-
gence et d'amertume. Ne plus savoir quoi faire de lui, ne plus savoir
quoi penser de l'autre. Beauté avait raison. À l'aide !

Mais la vie ne répond plus soudain. Merlin s'est enfermé dans
son grenier et il n'en ressort plus. Grève de la faim. Grève de tout
et de rien. Il n'y a plus d'enfant. Maurice est déphasé. Appeler les
pompiers ? Il n'y a plus de pompier. Ni pour les feux, ni pour les
têtes de Merlin. Telle mère, tel fils, soudain. Tiens, tiens. La vie de
Merlin, la vie de Beauté et celle de tous ceux qu'on a cru aimer
refusent de se manifester. Tout d'un coup. Vlan ! On a peur du
téléphone. On prend conscience que cette machination a été
inventée. Depuis. On a peur de l'invention moderne qui vous
annoncera laconiquement la mort de votre mère. Une mort vieille
de quelques minutes seulement. Une mort chaude dans une com-
munication directe et froide comme la mort imaginaire. Souhaiter
le suicide collectif de Blanche et de Petite plutôt. Non. Ce sera
Éva-Rose. On n'en sort pas. On a peur des nouvelles qui ne
s'écrivent pas, qui n'arrivent plus.

Maurice pense qu'il est en train de rater sa vie à tenter de
convaincre Merlin de descendre. Oui, qu'il descende pour aller vers
Saint-Hyacinthe, vers Montréal, n'importe où pour conjurer la
mort. Mais Merlin s'obstine. L'abandonner ? Combien de repas il
a refusés depuis combien de jours ? Trois, quatre ? Ça ne se peut
pas ; qu'est-ce que c'est que cette Irlande entêtée, déchirée, violente ? Maurice se prendrait-il pour un Nobel de la paix ? Qu'est-
ce que c'est que cette incroyable entreprise de recollage ? Du
chantage, du vulgaire chantage ? Une entreprise de racolage ?

Elles ne viendront jamais. Elles ne le croiront pas. C'est de la
supercherie. Quand on a inventé un roman de Merlin, des filles de
Beauté et des lettres, des lettres sans bon sens, on ne jouit plus
d'aucun crédit auprès des dupées de sa vie. Maurice l'aura compris trop tard. Maurice se dit qu'au fond, ce qu'il cherche, c'est
encore une justification. La dernière pour son bonheur d'homme

libre. Il se dira que ça n'intéresse plus personne, le bonheur. Qu'il faut bien inventer le pire pour qu'on vous écoute. Sans vous croire vraiment, mais en vous étant attentif.

S'il ne se retenait pas, Maurice enverrait au monde entier, dans une seule enveloppe recommandée, toutes les lettres d'amour qu'il n'a jamais su écrire. Mais il ne connaît pas l'adresse du monde. Beauté ne répond plus à ses lettres et Merlin refuse de descendre du grenier. L'été sera dur et long comme autour des prisons d'Irlande du Nord. La liberté, ça n'intéresse plus personne, du Yorkshire à Charlevoix.

Maurice n'aime pas qu'on le pense malheureux et désemparé, loin de sa femme, loin de sa mère, loin de ses racines d'amour. Maurice est incapable de pleurer son ennui et sa profonde solitude parce qu'il se croit un homme depuis qu'il n'a plus douze ans. Il se retient de chialer pour ne pas lasser Beauté et l'univers. Si le bonheur l'assaille, c'est pareil. Toujours il s'empêche, il s'empêtre gauchement. Maurice a mal à l'âme, mais l'âme, il pense que ça n'existe plus. Alors ces paragraphes qui suintent de tendresse, Maurice va les détruire ou les rabattre dans un post-scriptum qu'il chiffonnera dans son tiroir.

Le malheur l'accable, mais Maurice dit que ça ne durera pas. Il lui reste Merlin. Belle consolation. Le convaincre de redescendre du grenier est peine perdue. Quoi inventer pour lui faire accepter la becquée qu'il vous a toujours refusée, rendue, au mieux. La becquée du pélican, les restes du bel oiseau rare pour un affamé des sœurs. Merlin s'est inventé une noire supercherie et il s'en pare toutes les nuits dans le grenier de la chambre aux pivoines. C'est une nourriture céleste pour l'ange exterminateur de père nuisible et de mère nocive. Merlin délétère lui-même, Merlin corrosif dans son amour lui-même. Préméditation acerbe. Il aura fait quelques provisions avant de s'enfermer là-haut, à l'insu de Maurice, pour le narguer, l'user à la corde comme un vieil ourson dépeluché, pour voir, rien que pour voir peut-être. Oiseau écervelé, traqué, il gobera les insectes séchés dans l'entre-toit et la petite vermine des soliveaux.

Merlin rapine dans la liberté de son père, Merlin rogne dans la solitude de son père libre d'être père. Merlin inquiète Maurice comme il avait réussi à troubler ses mères Beauté et Éva-Rose. Son entreprise étonne Maurice qui avait sous-estimé la force caustique de la petite peste d'amour. Merlin s'enferme dans son roman comme Maurice s'obstinait dans les vies de son héroïne multiple. Tel père. Non. Contaminé par son fils et découragé par son échec, Maurice imagine secrètement des machinations.

Si elles ne peuvent pas venir toutes deux vivre leur ultime carrière ici, si Maurice seul ne peut les convaincre d'exister dans sa chambre comme dans ses lettres, pourquoi alors n'irait-il pas se retirer lui-même là-haut, avec le Merlin, dans le grenier imaginaire, le lieu commun des brocanteurs ambulants à la recherche de vieilleries ? Sous les combles chargés d'antiques souvenirs, les beaux souvenirs, le capharnaüm de l'oubli du monde pour l'invention des mondes. Maurice n'est jamais monté si haut. Maurice n'a jamais songé à grimper jusqu'au grenier obsessionnel des enfants. Il n'a jamais osé. Il ignore ce qu'on y invente pendant que son père s'absente à tour de bras pour la vie importante et adulte. Merlin dort-il comme un enfant ordinaire ? Rêve-t-il comme l'enfant blond du calendrier, entre les pattes chaudes d'un saint-bernard baveux de tendresse et d'humanité ? Fouine-t-il parmi des vieilles fourrures trouées, des costumes d'époque, des chapeaux, des mantilles ? Quel déguisement, quel mardi gras, quel théâtre nô n'invente-t-il pas encore ? Et si Maurice allait jouer avec son fils, pour voir ?

Se retenir. Ne pas être mêlé de près ou de loin à ce damné *Sacre de Napoléon.* V.S.O.P. Ni d'en haut, ni d'en bas. Ne pas. Ne pas se mêler d'inceste ni d'Ève ni d'Abel. Refuser de jouer le comte d'Orgel parce que la vie nous intéresse. Surtout pas la Grande Jatte avec cette robe à grand fessier sous l'ombrelle. C'est trop dur d'être coupable. En faire un homme plutôt, convaincre Merlin qu'il n'est plus un enfant. Le convaincre, le persuader qu'on en est convaincu, par n'importe quelle niaiserie. Tu seras un homme mon fils, quel écoeurement. Lui dire, tu es un homme maintenant, et le voir verdir sous l'affliction. Lui échapper, le retourner illico chez sa mère, chez ses mères. Ne plus être mêlé à cette existence dans la cornue quotidienne et intime des désirs d'homme. Lui glisser entre les doigts comme sa propre semence quand Maurice rêve d'amour, quand Maurice rêve de Beauté. Être vu rêvant. Être entendu délirant comme un vieux saint-bernard usé. Être touché bavant : être goûté collant. Même si ça, il ne faut pas ; même si ça, on ne peut pas ne pas. Être négatif au coton. Puisque Merlin guette par le carreau. Voyou petit voyeur. Merlin ou la thésaurisation miette par miette de ses angoisses refoulées. Merlin ou l'incarnation par mottes et par galettes d'un Maurice sans frontière, sans interdit, hors de toutes censures, mais qui guette lui-même l'autre comme un juge. C'est pour ça que Merlin doit retourner chez sa mère. Délivre-moi du bien, *libera me*.

Maurice au requiem d'un sourd. Maurice aux frontières de l'insalubrité. Ludique et lubrique. Délivrez-moi du mal. Maurice veut redevenir un homme libre. Maurice veut redevenir un homme. Tu seras un père mon chien. Les femmes qu'on croyait qu'elles étaient nées pour comprendre certaines choses cachées bien cachées, ces femmes ne répondent plus aux lettres ? Où sont les femmes qu'on a écoeurées d'être mères ? Où sont les mères qu'on a découragées d'être femmes ? Maurice Angers pose des questions dans son vide. Maurice Angers pose des questions dans le vide qu'il a creusé entre ses femmes et lui. Comment voulez-vous que les filles de Beauté lui répondent quand il s'enferme avec sa progéniture étrangère dans son propre musée ? Maurice Angers sait trop qu'elles n'existeront que pour elles-mêmes maintenant, les filles de Beauté. Il aura couru après. Tant pis pour les Maurice Angers démissionnaires. Tant pis pour les Maurice Angers commissionnaires d'abandon et d'exil. Tous les Maurice Angers de la Terre savaient au fond d'eux-mêmes qu'ils creusaient leur propre solitude. Tant pis pour eux.

C'est le bout de la coulpe. Après avoir relu attentivement sa lettre, Maurice ne l'enverra ni au monde, ni à sa femme. Il la retiendra avec son *post-mortem*, il se retiendra comme c'est devenu son métier d'homme, bien sûr. À quoi bon compliquer la vie des autres avec la sienne si extravagante parfois ? Maurice est malhonnête, enfin. Maurice sait qu'il n'est pas parfait. Ça le soulage, mais il n'est pas obligé de le dire au monde entier. D'ailleurs il pense que ça n'intéresserait personne et il se justifie. Encore. Et puis il l'enverra, sa lettre. Il l'enverra, l'hypocrite Maurice des soeurs, sa lettre, sa lettre comme une menace, comme une imploration.

POST-SCRIPTUM

Je suis monté au grenier. Ce n'est pas un grenier, c'est une tombe. Les antiquaires de Québec et ceux de Montréal ont tout raflé. Les antiquaires et les conservateurs de musée. Les voleurs et les voleuses d'enfant aussi. Dans le grenier au persil, ça sent la petite bête morte sous la laine minérale, ça sent la vieille fumée et il y fait trop chaud le jour, trop chaud sous la tôle ondulée, trop chaud de toute la chaleur de l'été. C'est pour ça qu'il n'y a personne, c'est pour ces raisons que je ne monterai moi-même là-haut que la nuit.

Je ferai comme Merlin, je me coucherai sur le dos entre les soliveaux et j'attendrai qu'elles viennent me chercher. J'attendrai que les filles de Beauté se décident à me prendre en pitié et qu'elles viennent me supplier de redescendre. J'attendrai longtemps c'est sûr. J'attendrai sans désespérer en me disant que si quelqu'un est venu pour Merlin, quelqu'un viendra pour moi. J'attendrai étendu de tout mon long dans ma tombe fermée, sous le catafalque de la nuit. Toutes les images lugubres seront bonnes. J'attendrai qu'une femme assez folle pour m'aimer pareil se laisse prendre au piège rouillé de mes supplications.

Je suis bien. En attendant, je suis libre. Plus un projet, plus une recherche que cette insouciante attente d'une autre libération, pas plus totale, pas plus merveilleuse que ça. Il ne m'arrivera rien d'autre que la joie d'être un homme libre. Depuis que je sais que Beauté a tout liquidé de ce qui l'enchaînait, depuis que j'ai appris qu'Éva-Rose s'était enlevé la vie toute seule dans la cave de sa grande maison vide, je sais que je peux reposer en paix.

D'abord, je ne monterai au grenier que la nuit, puis j'y vivrai à demeure quand il fera moins chaud, un peu moins chaud. J'y fondrai quand même, je le sais. Je m'y liquifierai. Quand je changerai de place, entre les soliveaux il y aura une trace liquide de moi. J'enlèverai mes vêtements progressivement. De soliveaux en soliveaux, on pourra suivre l'évolution de mon dépouillement. Si ça intéresse jamais quelqu'un. D'abord près de l'échelle il y aura ma chemise, mes souliers, mes bas. Tous d'époque, numérotés, étiquetés. Dans la seconde travée, il y aura ma ceinture, ma montre, mon jonc, ma chevalière et mes lunettes. Certifiés, authentifiés. Après il n'y aura plus rien pendant deux travées. Deux jours. Puis mon pantalon de toile. Daté, signé. Rien encore pendant deux autres jours, deux travées de soliveaux, puis mon slip tire-bouchonné comme d'habitude, autographié Pierre Cardin en bas à gauche, cinq jours de cernes entre les soliveaux. Ici ce sera encore humide au centre où la laine minérale rose creuse encore une forme arrondie, une forme presque humaine. Ce sera une petite mare où flotteront des mouches. Ce sera un lac l'année à peine a fini sa carrière. Ce sera moi. Liquéfié, liquidé. Maman Rose est tombée dans sa cave humide et noire.

Je nagerai. Je ne pèserai plus rien. Maman est morte. Il n'y aura plus de travées de soliveaux non plus. C'est pour ça que je nagerai. Dans son sang, après une chute dans l'escalier de la cave. Une chute volontaire, je le sens. Je ne peux plus aller plus loin. Au grenier, j'ai mal entre les os. Et sur la peau. C'est l'usure des vêtements sur mon corps de quarante. Ma guerre, un interminable frottement de toile. Je me féminiserai. Ma peau fine et soyeuse comme celle d'un grand-père, comme celle d'un bébé. Je m'infantiliserai. Des touristes européens, lorsque ma transformation sera complétée, paieront des fortunes pour me voir et on les laissera venir me visiter. Il y aura un horaire d'affiché. Le grenier sera mon dernier musée. Le musée de la muséologie. Je serais le muséologue taxidermisé. Me resterait-il assez de substance ou de contenant pour y bourrer de paille le coutil de ma peau diaphane et d'or le monde s'endort ? De la paperasse, de la guenille, de la laine minérale ; ça n'est pas la bourrure qui manquera, ça n'est pas le contenu qui fera défaut, c'est le contenant qui se fera rare. On sera très loin de la littérature, ici, sous les combles chauffés à blanc par le soleil rouge de Charlevoix. Mon coeur saigne dans sa tôle ondulée parce que maman est morte toute seule.

Éva est morte, vais-je écrire contre elle maintenant ? Quoi vider, quoi retenir ? Hier, maman est morte. Comment transformer cela en beauté ? Tout est permis, mais j'ai mal au coeur, j'ai mal dans mon coeur serré. Maman m'a perdu, maman m'a oublié dans le grand musée tout noir. Quand on ne s'appelle pas Marceline Desbordes-Valmore, on ne peut pas se permettre de perdre un seul enfant un seul instant, l'espace d'une folie ou d'un oubli. On ne peut plus vivre comme Laure Conan parce qu'on est devenu trop fragile pour sacrifier sa vie. Mais maman est morte hier et depuis, je n'entends plus les filles de raison.

TROISIÈME PARTIE

Non, la loi des compensations n'est pas un vain mot. J'ai senti ces joies qui font toucher au ciel, mais aussi je connais ces douleurs dont on devrait mourir.

Laure Conan

Le musée de Merlin

I

Les fils de Laliberté

Maintenant, le bonheur nous assaille. On ne pleure plus. La solitude est morte et enterrée depuis que la confrérie a grossi ses rangs de cent pour cent de nouveaux adhérents. Il n'y avait qu'un fils de Laliberté, il y en a deux. Il y a deux fils de Laliberté depuis que Maurice a accepté de payer sa quote-part. Nous sommes deux, Merlin-Maurice. Nous sommes deux pour l'instant, mais ça ne durera pas. Le bonheur est éphémère, il en exige toujours davantage. Pour faire durer le bonheur, il faut être au moins une foule d'ardents partisans, des militants inconditionnels du bonheur comme dans les clubs Kiwanis, comme dans les clubs des Lions et comme dans les clubs des Optimistes coûte que coûte. Le bonheur bénévole, ça se paye. Alors on y mettra le prix. On va payer nous-mêmes la carte de membre du troisième fils de Laliberté. C'est pour cette raison que ma noire Manon Rivest va devenir notre noire Manon, puis notre Manon, puis Manon tout court avant de disparaître complètement dans l'ordre des fils de Laliberté. Le troi-

159

sième fils de Laliberté, c'est Manon. Il y a une femme en nous, de toute beauté, et ça nous rend très fiers. Merlin-Maurice-Manon, c'est nous, les gardiens du bonheur de vivre, les protecteurs de la fable et de l'écrivain.

Nous militons. Notre commune cause, c'est notre frère spirituel, le Liseux. Le Liseux, c'est un enfant adorable qui est tombé dans notre vie avec son destin tragique d'enfant battu par un père ivrogne. Notre père est innommable et alcoolique. C'est notre père Céleste. Il n'est jamais là parce qu'il est à la recherche de son âme qui n'existe plus.

Le Liseux a réussi à atteindre l'âge de douze ans. Tout est possible. Il a douze ans. Ça fait douze ans et neuf mois que nous le protégeons. Nous sommes une vraie mère pour lui. Sa Beauté mère fait carrière très loin d'ici, dans ses éthers. On ne blâme pas nos parents de nous avoir abandonnés, on les en remercie. Ce sont des parents remerciés. Ils font dur, ils font leur dur possible. Nous, on est assez sérieux pour s'en passer. On n'est plus des enfants, même le Liseux achève. On est assez vieux pour vivre, pour s'inventer des scénarios de vie et fournir ainsi à notre frère le Liseux ce dont il a besoin pour exister.

On se met à trois pour lui fournir sa nourriture essentielle. Nos fictions sont anonymes. On a des noms de plumes incroyables. On poursuit des oeuvres mortes et enterrées, les oeuvres des auteurs qui se sont fatigués d'écrire et d'inventer la vie. On fait semblant qu'on est des contemporains, qu'on vit encore intensément nos vies, qu'on est productifs et prolifiques. Bref, qu'on aime la vie, qu'on croit en ce que l'on fait. On s'invente même des théories littéraires, ce qui n'est pas très drôle. On change de sexe parfois pour suivre une mode aguichante. Manon est d'une patience, d'une tolérance ! On fait semblant qu'on est Gabrielle Roy, à l'occasion. On change de siècle comme on change de chemise, on fait semblant qu'on est Marie de l'Incarnation ou la Scouine. Souvent on se prend pour Laure Conan. C'est elle qu'on aime le mieux pasticher. Félicité Angers aime tellement son père terrestre que ça ne peut pas être nous, cachés derrière elle. Jamais le Liseux ne peut s'imaginer des fils de Laliberté derrière les personnages doux et humbles de coeur de cette fille-là. C'est impossible.

Nous, on est des parricides convaincus. On aime ça de même comme c'est dit avec tant de virilité dans les annonces de bière. Quand on s'enivre, d'ailleurs, c'est presque toujours comme les figurants stupides de ces petites pièces de théâtre si savamment montées pour nous faire boire. Si l'on se saoulait à leur goût comme notre père, on ne pourrait plus écrire. On deviendrait des martyrs tragiques, des mythes d'adolescents précoces, des comètes au firmament des institutions funéraires. Des frères Brontë. Mais ça ne nous intéresse pas. En dehors du Liseux, il n'y a rien pour nous boucher la rue ou pour nous couper la langue. La vie vaut la peine qu'on l'use jusqu'au trognon. On sait ce que c'est que d'être optimistes. On en paye le prix à chaque ligne qu'on risque. Mais on aime ça, on est fous de même.

Si on était vraiment plus ambitieux, on travaillerait pour Radio-Québec au lieu de se limiter à faire plaisir à son petit frère. Notre projet le plus secret, ce serait d'inventer un monde qui existe déjà, mais auquel personne ne croit. Quand les choses de la vie ou de la mort sont trop réelles, les téléspectateurs sont rendus qu'ils n'y croient plus. On ferait venir dans nos scénarios neufs les vieux personnages usés de notre enfance. Faire comme si. Inventer de toute pièce une crise d'octobre ou une grève de la faim, pour voir. Comme si c'était la faim qui était en grève alors qu'elle nous travaille le ventre comme une acharnée de la mort dans notre vrai ventre depuis les trois quatre jours qu'on est en haut. Mais lutter, lutter, se retenir, faire semblant qu'on n'est pas tout seul au grenier avec cette faim qui nous dévore. Inventer l'halloween. Sonner aux portes, croquer dans les pommes farcies aux lames de rasoir. Faire croire que le sang qui coule, c'est le sang de la bouche et non celui du cœur puisque le cœur, comme l'âme, on sait bien que ça n'existe plus. Et s'y perdre, s'y enfoncer jusqu'à la déraison.

On pige et on saccage. On a l'air de vrais fous. On s'amuse. On a l'air d'avoir beaucoup de plaisir à jouer avec les mots des autres. On est sur le bord de perdre notre Liseux, mais on sent qu'on le tient encore. Qu'il suffirait de le nommer pour qu'il exulte et ne nous lâche plus jamais. Lui dire oui, oui c'est toi, c'est à toi qu'on pense, toi, toi qui es tout seul à tenir dans tes mains ce qui nous reste de liberté au bout de tant d'effort. S'y laisser prendre, pour voir. Adhérer aux fils de Laliberté, pour voir. N'y voir que du feu. Quel feu ? Notre Liseux serait-il tout démuni dans l'existence, serait-il tout démonté par notre vie si terrible et si compliquée ? Lui dire qu'on ne peut pas être malheureux avec un tel métier. Plaisir, notre seul métier.

D'abord, on va faire venir tout notre monde ici. Pour lui tout seul. On dit ça, mais c'est un autre mensonge. Notre Liseux n'est pas tout à fait seul avec nos histoires. Il y a bien sûr tous les personnages qu'on lui donne et qui finissent par le hanter comme des fantômes de siècles révolus, mais il y a aussi le compagnon de jeu. C'est Yvon-Yves Harvey, l'ami et le confident de notre Liseux. Il dévore aussi nos histoires, mais c'est pour les interpréter. Parfois notre frère a mal aux yeux ou alors il a beaucoup de misère à croire à nos fictions très abracadabrantes. On se sert de son ami Yvon-Yves Harvey pour incarner les personnages les plus difficiles à faire vivre dans nos scénarios pour la télévision d'État.

Yvon-Yves est tout dévoué. Il adore se costumer, se maquiller. On le déguise en toutes sortes de personnages. Des filles surtout. Il incarne à merveille les filles de Beauté que nous inventons pour le Liseux. Ça fait plus vrai et puis ça lui permet de changer son nom. Il ne l'aime pas. Quand on se nomme Tremblay ou Harvey dans le beau pays de Charlevoix, il ne faut pas s'étonner d'avoir un prénom à coucher dehors. Le comté est beurré de ces races-là, si prolifiques. Ils ne sont pas comme nous, ces gens-là, ils tiennent à se distinguer, à s'individualiser. Ils n'ont pas compris qu'il fallait se fondre ensemble le plus possible pour être heureux. C'est qu'ils sont égoïstes comme notre frère. Ceux qui se ressemblent, on les assemble. Si Yvon-Yves Harvey porte en commun avec notre frère son incurable égocentrisme, il ne partage cependant rien d'autre. Ils sont loin de se ressembler physiquement. Yvon-Yves Harvey fait penser à François Mauriac adolescent, mais notre Liseux a su comme nous fermer les yeux sur cette infirmité. Nous sommes magnanimes dans la famille. Ce n'est pas donné à tout le monde d'être un fils de Laliberté ou une fille de Beauté.

On a fait venir tout le monde au musée. Nous avons élu domicile dans la caserne désaffectée de La Malbaie. On a fait venir tous les personnages de nos téléromans dans le musée et Yvon-Yves Harvey nous a aidé à les y installer. On nous les a livrés en vrac et ils sont tous pêle-mêle fichés dans leurs costumes d'époque de la cave au clocher. Des statues de cire sous le toit brûlant ou dans la chambre aux fournaises, ça n'est pas prudent. Alors on les a répartis selon les lieux où se dérouleront leurs histoires.

À la cave, on a mis Éva-Rouge et les monks. Il y a du tapis gris, des coussins rouges et du satin gaufré. Ils n'ont qu'à jouer ensemble en attendant qu'on leur dise quoi faire.

Au rez-de-chaussée, on a reconstitué l'institut de Beauté. Pendant qu'au sous-sol les monks et Éva-Rouge s'adonneront à leurs activités du troisième âge, au rez-de-chaussée, déjà, ça ressemblera à de la vie plus normale. Au guichet du musée qui servira de comptoir-caisse, on a placé deux vieilles folles de trente-cinq, quarante ans, l'une pâle, l'autre pas grande. Blanche et Petite joueront enfin le rôle que Beauté leur a toujours refusé dans l'autre vie. L'écriture vous permet de ces compensations... Mais elles doivent attendre comme les autres pour le moment.

Dans le salon de l'institut, installés sur des chaises de coiffeurs, on a placé trois masseurs musclés. Ils tiennent chacun ouverts devant eux un exemplaire du *Devoir* de trois époques différentes. Leur façon de croiser les jambes indique qu'il n'y a rien de métaphorique là-dedans. Ce n'est que de la mise en scène, même pas, il s'agit d'une simple mise en place. Ils attendent comme les autres. Si on les a cachés derrière des *Devoir*, c'est pour qu'on ne voie pas leur masque d'inquiétude. Ils ont le trac. Ils ont peur qu'on en reste là et qu'il ne se passe rien comme dans les nouveaux romans. Ils devraient savoir qu'on aime assez notre Liseux pour ne pas lui faire ce coup-là. Qu'ils attendent les trois coups, ils verront bien. S'ils baissaient un peu leur *Devoir*, ils apercevraient aussi cette porte au fond de la pièce. C'est écrit dessus qu'il ne faut pas l'ouvrir, qu'elle est interdite au voyeur, qu'elle est réservée au personnel écrivain. Comme le visiteur interdit ne sait pas lire ou alors parce que ce lecteur absurde se croit à l'abri du regard des masseurs cachés derrière leurs *Devoir*, il ouvrira quand même cette porte. C'est un placard et dans le noir il y a Monkémile avec son couteau à dépecer. Quand on ouvre la porte, un mécanisme fait s'abattre le couteau sur le crâne de l'imprudent qui a enfreint l'interdit. On n'a pas besoin de ce genre d'imposteur hypocrite. Notre semblable, notre frère nous suffit. Tant pis pour l'autre.

L'étage du musée est réservé aux fils de Laliberté. *Follow the guide.* C'est la salle de contrôle. Paperasse, machines, moniteurs, accessoires de toutes sortes, costumes, coin lancement, coin réception des marchandises, congélateur à symbolique, bar aux oubliettes, four encastré pour les autodafés, fourneaux à fours dès la première, réfrigérateur pour pièces montées, lits de camp pour les nuits de la poésie blanche et du café, du café, du café comme dans une salle de rédaction avec pétarade à l'Underwood. Distributeur de cigarettes oubliées qui fument toutes seules comme si une caserne de pompiers désaffectée était à l'épreuve du feu de l'enfer ou de la critique. Quel feu ? Qui a parlé de feu ? Il y a des tablettes à tabous, des souvenirs de voyage, mon enfant mon frère songe à la frayère, une redondance parfois qui tombe de l'armoire aux effets, un va-et-vient continu. De la fébrilité, de la fébrilité. Ça ressemble aux studios de Radio-Québec la veille d'élections généralisées quand l'ordinateur du canal 2 a été kidnappé par Télé-Métropole où personne ne sait s'en servir. C'est la salle des nouvelles ; doit-on s'en excuser ? Ce n'est pas très très propre.

Notre adorable Liseux est au-dessus de tout ce bric-à-brac. Il niche en haut, tout en haut dans le clocher du musée. C'est sa tour d'ivoire. Le monde à l'envers. Le Liseux n'a pas toujours eu le haut du pavé. C'est une règle du jeu que nous tâchons d'établir même si parfois nous envions son sort. Mais il est bien à l'étroit, là-haut. Il dépend de nous tellement pour son ravitaillement qu'on lui concède son ascendant sur nous. Et puis on l'aime, cet enfant-là. Si on ne l'aimait pas, qui est-ce qui s'en occuperait en dehors de nous et d'Yvon-Yves Harvey ? Nous sommes assez nombreux, assez abondants, nous sommes assez forts pour nous permettre d'être amoureux, heureux comme des grosses bêtes naïves, des bêtes licheuses à mort.

À part notre Liseux, dans le clocher du Musée, il y a Yvon-Yves Harvey quand nous ne requérons pas ses services. Il y a aussi la grosse cloche qui ne sonne plus depuis qu'elle a perdu sa raison d'être, depuis qu'elle a perdu la raison, elle aussi. On l'a baptisée Merlin Deusse, la cloche. Le tocsin Merlin : c'est le bruit qu'elle faisait quand elle était vivante et qu'elle ameutait toute La Malbaie depuis les caps enragés par les naufrages des pêcheurs jusqu'aux colères des forêts de l'arrière-pays de montagnes en feu. Merlin ! Merlin ! Merlin ! qu'elle hurlait quand un Harvey de Cap-à-l'Aigle coulait dans sa goélette échouée bien au large de l'Île-aux-Lièvres. Le tocsin, c'était un éveilleur de conscience, un phare sonore pour la détresse d'un peuple de marsouins oubliés. C'était la grande clameur éditoriale qu'on ne retrouve plus dans les pages du *Clairon* de Saint-Hyacinthe depuis que tous les masseurs de la Terre passent leur temps à lire madame Lise Bissonnette dans leurs *Devoir* voyageurs. Il faut être de son temps, paraît-il.

C'est parce qu'il faut vivre avec son temps qu'on a engagé un journaliste. On a beau avoir des moniteurs vidéo à tous les niveaux, on n'a pas assez de nos six yeux pour suivre tous les débats qui auront lieu simultanément dans tous les coins et recoins du musée imaginaire. On a engagé un journaliste objectif pour nous faire des reportages sur ceux de la cave quand on s'attardera au salon de Beauté, pour nous transmettre des communiqués de la salle des dépêches quand on sera coincés dans le clocher à essayer de convaincre notre Liseux que le dernier scénario c'est le meilleur.

Notre journaliste ne s'appelle ni Lysiane Gagnon, ni Francine Grimaldi qui sont des filles de toute beauté. Notre journaliste, c'est René Aumiroir. Avant, il jouait dans une peinture de Picasso au Musée Guggenheim, mais ça le fatiguait beaucoup parce qu'il y venait plein d'Américains moyens qui sentaient l'ignorance crasse. Il faisait rire de lui au cube. On lui a fait notre offre. Côté affluence, c'est le paradis puisque le musée de Merlin est fermé au public. Il pourra pratiquer l'objectivité en toute indépendance. On tient à lui avec beaucoup d'élans narcissiques parce qu'il porte son nom. Quand René Aumiroir se penche sur nous pour nous informer, son crâne dénudé et luisant nous renvoie l'image de nous-mêmes. René Aumiroir, c'est un reflet vivant des fils de Laliberté.

Quand on se mire dans le crâne si objectif de René, c'est les yeux de Maurice qui louchent, c'est le nez de Merlin qui fouine et c'est la chevelure si noire de Manon qui barbouille notre portrait. C'est une image sans bouche. Nous n'avons pas de bouche. C'est fantastique. C'est pour ça qu'on écrit tout le temps. C'est parce qu'on ne peut pas parler à notre Liseux qu'on lui invente tant d'affaires incroyables et vraies.

On a tout investi puisque les pompiers d'avant notre ère n'ont laissé que de la nourriture pour chats dans leurs armoires. Notre Liseux achève *les Filles de Beauté* et si l'on ne s'y met pas comme dans la chanson de Jean-Pierre Ferland, ça n'est pas Félicité Angers qui va l'écrire à notre place, le roman qui manque.

On va l'écrire ici. Tout est en place maintenant. Notre musée porte son enseigne lumineuse. On ne l'a pas mise à l'extérieur pour ne pas attirer l'attention des curieux, mais elle est là. Elle rayonne par en dedans. C'est une entreprise très intériorisée. Nous ouvrirons nos portes quand ce sera le temps. Pas d'alarme avant que tout soit consumé. Sinon, on va se faire voler nos idées, nos personnages, toutes nos antiquités. Ce serait grave pour un musée. Le Musée Imaginaire de Merlin, voilà comment il s'appelle. Le Musée Imaginaire c'est une oeuvre de toute Beauté, c'est une oeuvre de Beauté. C'est un secret, il ne faut pas répéter ça à tout venant, à toute volée, comme un malin tocsin.

II

L'obscure souffrance

On met tout en branle. Quand c'est le temps de lever le rideau, il y a toujours un personnage qui s'enfarge et il n'y a plus moyen de rien faire. On fait la grève, la grève de la faim. Écrire, c'est moins spectaculaire que de monter une pièce de théâtre, mais c'est tout aussi enfargeant. On y a mis ce qu'il fallait de temps et d'espace comme disent les théoriciens de l'art, on a même transgressé un tas d'affaires louches. Les filles de Beauté, même les filles de Beauté ont été ruinées, brisées, massacrées. On a dilapidé leur trésor le plus jalousement gardé ; on les a séparées. Des filles de Beauté, il ne reste que trois mannequins de cire inertes et cassants qui attendent en coulisses. Il ne faut pas que leur sacrifice soit inutile. La vaine souffrance, ce n'est guère bon que pour les mystiques et l'on sait que ça n'existe plus, cette race-là. Le Liseux n'a plus rien à se mettre dans l'univers intérieur, le Liseux grelotte d'impuissance et de désoeuvrement. Qu'est-ce qu'on pourrait bien inventer pour le rendre heureux ?

Ça presse, la machine s'est remise à remonter le temps et le reste. Les ressorts sont bandés. On a peur que ça saute. On se demande si ça va tenir le coup. René Aumiroir est à son poste, fébrile, prêt à intervenir aussitôt qu'un résultat lui parviendra. Même avant. Bien qu'il ne travaille que pour Radio-Québec, René Aumiroir est décidé à annoncer avant même la fin du scrutin secret, le résultat de notre élection. Avant même la fermeture de la boîte, notre journaliste attitré annoncera que l'ordinateur du Musée Imaginaire de Merlin est prêt à dévoiler le nom de l'élue de notre coeur. À une heure normale de l'Est du Québec, René Aumiroir proclamera que le prochain gouvernement de notre coeur, celui qui dirigera notre destinée, est élu. Ce sera la Félicité. Et elle sera majoritaire, oui, majoritaire à une heure avancée de la nuit et de l'Est.

Branle-bas, cohue, bousculade et précipitation à l'étage du musée. C'est Félicité qu'on voit se faufiler péniblement entre les arbres des microphones indiscrets qui lui quêtent des commentaires, entre des girandoles de soleils électriques qui risquent de la faire fondre sous leur chaleur intense. Mais elle demeure inerte, placide et froide dans l'euphorie de sa victoire souveraine. René a refoulé tout ce monde impatient vers le corridor, fermé les portes, fait venir Yvon-Yves Harvey à qui on présente le personnage à incarner. Ça marche. On se retient, mais on est déjà presque heureux.

Yvon-Yves Harvey a laissé notre Liseux s'endormir dans son clocher. On a quelques heures devant nous pour lui présenter ce personnage de Félicité et son histoire, toute sa politique étrange et intérieure. On n'a pas beaucoup de temps, mais il faut le prendre. Calmement. Tout doux. Sans s'énerver. Yvon-Yves Harvey doit bien saisir toute la portée de son rôle. Les rôles féminins sont les plus difficiles à rendre. Surtout pour un Yvon-Yves Harvey hirsute et noir de poil comme ça ne se voit qu'en pays méditerranéens. Mais enfin, ici comme au couvent, ici comme en prison, on doit s'accommoder des sexes comme du reste. Ça ne sera pas la première fois qu'il incarnera pour le Liseux la bonne fée de ses rêves. En nous, il y a un Merlin jouissant et une Manon perplexe. Qu'est-ce que Maurice ne ferait pas pour sauver sa, leur, notre situation ? Le Liseux, c'est ce qu'on a de plus précieux, alors on lui donne tout, on lui offre tout, même la nausée qu'a Yvon-Yves Harvey de se mettre dans la peau d'une statue de cire démodée.

La cassante Félicité est dure pour le métier d'acteur. C'est une idole bien exigeante pour ses adorateurs iconoclastes. On dit à Yvon-Yves Harvey, tu es Félicité Angers. Elle réclame aussitôt un nom de plume. Elle refuse d'être identifiée corps et âme au personnage qu'on lui fabrique. Félicité ne sera pas Félicité. Elle s'objecte, elle refuse, véhémente et pudique. Il n'y aura pas de Félicité, il n'y en aura jamais. Rien ne va plus. Top, on coupe.

Oui et non. Qu'est-ce que vous voulez qu'on dise à Yvon-Yves Harvey ? Ça fait deux ans qu'on travaille sur le personnage et voilà que ça nous abandonne en plein tournage. Un vrai sinistre. Yvon-Yves Harvey devait incarner celle qui incarne. Il devait jouer celle qui joue, qui se joue de nous. C'est comme si elle se libérait comme une vraie fille de Beauté moderne. Elle n'est plus de son temps soudain, elle nous dépasse. Yvon-Yves Harvey devait personnifier celle qui tout à coup personnifie.

Du latin, de très très loin, de son antiquité même. Du latin *felicitas*, de *felix*, heureux. Comme le roi heureux de Félix Leclerc.

Comme dans félix chéri porta de notre enfance. Félix chéri porta et Marie Stella qui est-ce qui l'a ? Comme Tantou mergo. Du pur dada pour un gogo de douze ans. Félicité, le bonheur sans mélange, un bonheur calme et durable comme le temps. Un bonheur qui ne se jette pas sur sa proie comme un violeur, un bonheur qui n'assaille pas comme un garde rouge. Un bonheur coulant-coulant. Allez-y voir. Non, Félicité ne porte pas son nom, ne le portera jamais. Encore moins Yvon-Yves Harvey, si nerveux, si rempli de susceptibilité masculine à fleur de poil. Le bonheur ne ventera pas de ce côté-là. Trop catastrophique, trop complexé ce bonheur-là. Notre Liseux s'en passera.

C'est Beauté qu'il nous faut. L'engager à n'importe quel prix, même si elle milite comme une forcenée, surtout si elle est militante au coton, puisque c'est la liberté qui nous intéresse, puisque c'est la liberté qui nous enchaîne depuis deux ans au moins loin d'elle. C'est Beauté qui nous manque le plus. C'est Beauté qui sera notre nom de plume universel. Félicité deviendra Beauté puisque c'est devenu un nom d'absence, un nom vacant comme un grand terrain vague et dénudé.

On n'avait jamais vu ça, un personnage qui refuse son nom. Elles n'ont jamais vu ça, Blanche et Petite, une femme qui vient au salon de Beauté pour se faire démaquiller, décoiffer, déteindre, désépiler, démanucurer, démasser, démasquer et elles en passent. Blanche et Petite n'en reviennent tout simplement pas de voir cette grande femme calme et sérieuse leur demander la permission de se servir de leurs accessoires, de leurs installations pour se faire elle-même ce traitement de dépouillement total. Elle paiera. Elle dédommagera. Elle pourvoira même le personnel rare attardé à la lecture des *Devoir* aux archives oubliés. Beauté, longue et posée, s'affaire déjà devant le miroir éteint avec le lait de démaquillage tandis que Blanche insiste pour l'aider à laver sa tignasse toute crépue, la défriser, lui enlever son colorant cendré. Petite s'apprête à lui couper ses ongles qui cassent déjà au ras de la peau des doigts. Phalanges, phalangines, phalangettes. Faux cils et cosmétique, mouche espagnole, rouge à lèvres, rimmel brillant, tout va se mettre à flotter dans la cuve du lavabo qui avale mal, qui avale péniblement ces peaux onctueuses, ces peaux graisseuses dont Beauté se débarrasse pour redevenir elle-même.

On n'a pas idée de venir dans un Institut de Beauté pour faire le contraire de ce qu'on fait ordinairement dans un Institut de Beauté. Pourtant la grande Beauté vient d'enfreindre l'interdit avec la désinvolture d'une actrice adulée qui peut se permettre de se dépouiller devant ses admirateurs mêmes. Beauté alias Félicité. Elle signe des autographes sur la photo qui ne lui ressemble plus. Elle trace des grands *B* stylisés qui ressemblent à des flèches de cathédrales, des *F* gothiques sur l'image périmée d'elle-même. Cela fait une grande cicatrice sur la figure de l'actrice. De graves lésions dans le front et sous l'oeil droit de l'actrice défigurée. Sous la signature, douloureuse, l'image d'une femme inconnue grimace comme dans une réclame de métro, l'image maculée, caricaturée par des vandales, des Huns, des visiteurs wisigoths. Une moustache hitlérienne sous le nez d'une joconde dadaïste. Des lunettes rondes aux yeux louches de la beauté plastique qui nous invitait à partir ensemble par Air Canada.

Des personnages en quête d'un nom, d'un visage. On a tout de suite offert un pseudonyme à Laure et à sa soeur Angéline. Elles sont devenues Beauté comme Félicité, elles sont devenues pareilles. Il y aura Beauté partout maintenant. Angéline et Laure sont des soeurs rapatriées. Angéline et Laure n'existent plus. Angéline comme la noire Angélina Desmarais, Angéline comme Angélique marquise des anges, Angéline comme Angèle Arsenault qui s'est elle aussi démaquillée pour le plus grand désarroi des Acadiens expatriés ou déportés. Et puis Laure comme Laura Secord du chocolat bien entendu, pour la plus grande joie des petits et des grands, pour le plaisir des Liseux qui croquent, qui grignotent, qui sucent toute notre quintessence. Beauté a mangé Laure et Angéline. Beauté est devenue toutes celles qu'on aimait, elle a pris toute la place. On souhaite qu'elle reprenne toute sa place, mais on ne se fait pas d'illusions. Beauté est redevenue une Beauté pour on ne sait pas qui, pour on ne sait pas combien de temps.

Éva-Rouge notre grand-mère morte se ronge dans l'ombre d'elle-même au sous-sol du musée. Mémoire. Son sous-sol, c'est son tombeau et elle y meurt de sa laide mort toute ravagée.

Beauté s'ennuie comme aux limbes, quand elle séjourne là-haut, au septième ciel. Quand on ne voit plus Beauté nulle part dans notre vie, on se dit qu'elle réside dans la tour. Beauté hante le clocher de la caserne. Beauté est comme une revenante qui fait craquer les murs du musée imaginaire de Merlin. Les murs parlent de son absence. Les tables bougent. Des *Devoir* font de la lévitation au fond de la pièce. D'étranges rumeurs nous glacent les os. Certaines racontent qu'elle aura eu un accident d'automobile en venant nous rejoindre. On ne veut pas. On ne les écoute plus.

169

D'autres disent que Beauté est une sorcière de Salem, mais il ne faut pas les croire non plus. On a peur pour elle, on a peur du bûcher qu'on va lui faire. On aime mieux s'imaginer que c'est une reine qui tisse comme Pénélope. Accrochée là sur sa cimaise mal éclairée, elle attend que notre Liseux daigne se réveiller et la voir de ses yeux au lieu de rêver à elle comme d'un nuage rose. Car Beauté c'est aussi un ange. Une sorcière, une reine et un ange. Les lunettes du Liseux sont stéréotypées. En Beauté, il y a une grande part d'insondable, une part d'humaine nature qui se fracasse peut-être le crâne sur la route si tortueuse entre Les Éboulements et La Malbaie. Beauté, c'est une femme vivante, mais il ne faut pas le dire pour qu'elle le demeure. Beauté, c'est aussi une vraie femme. Habitué à nos histoires, le Liseux ne peut plus concevoir la simplicité désarmante de notre Beauté nouvelle ci-devant gardienne d'enfant précoce et surdoué. Beauté est une femme neuve et on ne sait plus quoi faire de nos vieux os quand on pense à elle.

C'est vrai qu'il faut souffrir pour être beau. Si on était beau naturel, on n'aurait pas besoin d'écrire. On ferait du cinéma comme Yvon-Yves Harvey. Si la nature nous avait donné gratuitement avec l'achat de toute vie, la nôtre, la beauté du Liseux par exemple, c'est sûr que c'est nous qui serions dans le clocher en train de rêver aux anges avec Beauté. Mais dans la vie, c'est la vie. Qu'est-ce que vous voulez, qu'est-ce que vous voulez, c'est comme ça. L'obscure souffrance n'est pas souvent récompensée. C'est pour ça qu'elle demeure obscure et méprisée. On n'a pas le choix des armes. Pendant que les belles vivent des romans d'amour dans les annonces de Miss Clairol, les laides les inventent. Pendant que les beaux montrent leurs peaux si gracieuses, si bien modelées sur les plages d'Atlantic City ou dans les campings de Wildwood, les fils de Laliberté chassent les mouches noires dans leur laboratoire de La Malbaie en s'inventant des alchimies douteuses entre leurs os. Voir toujours et absolument à la place de ce papier peint jauni aux grosses pivoines délavées, une scène galante de tapisserie antique. Une hérésie. Voir à la place de notre coeur vide, creux, défoncé, ce peuple grouillant de vies prêtes à surgir. Obscure souffrance. Obscure jouissance.

On est un peu fatigué de vivre ainsi en pleine grève de la faim. Quand on se met à moraliser, quand on se met à trois pour tenir un discours qui chambranle comme un clocher dans un tremblement de terre, il vaut mieux déposer ses larmes ailleurs que devant ce beau public. Se cacher. Se terrer dans le réel avant de se faire bouffer par la terre elle-même, avant que le clocher nous tombe sur la tête avec sa cloche de l'aube sonnant les matines. Gueding, guedang, guedong.

Le jour se lève. Le Liseux va réclamer son Yvon-Yves Harvey avec sa pitance. On va pouvoir se reposer comme des dieu-le-père en plâtre en espérant qu'il aimera ça, que la création des mondes tiendra le coup jusqu'à lundi. L'obscure souffrance reste à être supportée tout le jour qui vient par d'autres épaules que les nôtres. Peut-être qu'on va dormir, peut-être qu'on va aller sur la plage. Oh ! ça n'est ni le camping de Wildwood, ni la plage d'Atlantic City, mais la baie dans l'anse est à l'abri des vents et des Liseux trop curieux, trop pressés. On y va tous les trois Maurice-Merlin-Manon comme un poète en vacances. Sans le transistor de René Aumiroir, sans la serviette de plage des filles de Beauté, sans leur sans-gêne surtout à narguer les Yvon-Yves Harvey de la côte. On s'en va sur la plage discrètement, avec rien qu'un vieux râteau qu'on cachera dans les haies de cornouillers sauvages. Le râteau, c'est pour nettoyer la plage des débris séchés d'algues et de varech pourris. Même sèches, ces bêtes-là ont l'air visqueux et ça nous fait lever le coeur. Quand on vient de Saint-Hyacinthe ou de Montréal, les déchets de la mer sont des déchets. Au début, il y avait une Manon en nous qui riait, qui se moquait des gars de la ville. Mais ça ne faisait rien. On nettoyait quand même puis on se mettait tout nus dans le sable pur à la place des déchets de la mer. On est toujours les déchets de quelque chose ou de quelqu'un. Puis on s'endormait là.

On s'endort en laissant la réalité être réelle comme une grande fille autonome. On rêve qu'on s'aime dans la grande séance bleu de mer de la mer. On essaye d'oublier tous nos rôles. On dort longtemps. On dort comme un seul corps béat que la marée menace. On est Beauté incorporée au sablier immémorial de la grève ; on est Beauté amalgamée aux joncs, aux algues, aux cornouillers mouillés par la mer. La mer aux herbes sans mémoire. On est tout et rien. Nés à peine, on est bien dans La Malbaie, bercés dans la malemer morte aux eaux claires de la jouissance. La claire jouissance.

III

Un amour vrai

Ah ! Les belles séances bleues ! C'est comme lorsque nous étions petits. Quand il faisait beau temps, on s'installait en plein air dans une cour de la ruelle de Chateaubriand. Entre le garage et la galerie, on aménageait le parterre en parterre tandis que sous la passerelle et l'escalier c'était la scène de notre théâtre. Accroché à la corde à linge qui passait devant, on tendait un drap : c'était notre rideau de scène. On eut préféré qu'il fût rouge, mais il était blanc ou l'avait été, avec des cernes jaunes comme des lunes. Derrière, le mur du hangar voisin, c'était le fond de scène qu'on barbouillait en nuit, en jour, en forêt de Sherwood, en mur tapissé de pivoines ou en steppe lunaire très stylisée, non selon le scénario de la séance qu'on montait, mais selon le mélange de peintures qu'on avait réussi à dénicher à la quincaillerie Cantin.

La séance elle-même se construisait selon le matériel, les costumes, les maquillages, les accessoires, les décors qu'on avait pu trouver autour de nous. Nous n'étions pas originaux, tous les enfants du bout faisaient comme ça. C'est pour cette raison qu'en pleine saison, les matériaux se faisaient rares. Il fallait varier le répertoire. La compétition était stimulante. Dans la cour de la ruelle de Chateaubriand, c'était comme au palais des papes en Avignon sauf qu'on payait sa place en épingles à linge ou en boîtes de conserve vides plutôt qu'en francs, en lires ou en argent de Monopoly que tous ne possédaient pas.

Quand il pleuvait, c'était à l'intérieur que ça se faisait. C'est dans le hangar transformé en théâtre d'été que nous aimions le plus jouer. C'était comme au théâtre de Marjolaine Hébert, mais il n'y avait pas de place pour le public. On jouait quand même, entre nous, à guichets fermés. C'était même plus vrai encore que derrière le drap jauni que le vent fatigant gonflait dans les décors fragiles. C'était comme la vie, comme celle que nos parents faisaient semblant de vivre de l'autre côté de la cour. Le hangar, c'était comme un musée imaginaire et on avait froid dans l'humidité de ces après-midi pluvieux parce qu'on croyait très fort à ce qu'on faisait. La soupe qu'on y mangeait, la viande, les pommes de terre, les gâteaux, tout ça c'était toujours de l'eau plus ou moins claire qui goûtait le plastique ou le caoutchouc. Nous, on était assez forts pour goûter la viande et les pommes de terre à la place, même si c'était invariablement toujours si liquide et inodore, incolore, insipide pour quelqu'un de l'extérieur. On était capables de tout, mais on avait toujours envie d'uriner. Se retenir comme à l'église, ça faisait partie de notre joie, même si parfois ça se terminait dans la grande tragédie des culottes mouillées jusque dans les souliers parce qu'on avait trop ri. On devenait graves comme des acteurs désabusés qui s'aperçoivent qu'ils étaient dans un autre monde dans leur propre vie, à la fin de leur carrière.

Dans la dernière séance qu'on avait montée, on faisait semblant de pendre la petite voisine qui avait les cheveux carotte. Elle a tellement cru à son rôle qu'elle a convaincu ses parents que son cerveau avait manqué d'air. Ils nous ont coupé toutes les subventions et on a été obligés de fermer les portes du théâtre. Le problème, c'est qu'ils n'ont jamais réussi à fermer les vannes de notre imagination. Elle s'est mise à fermenter, elle s'est mise à travailler toute seule, elle s'est mise à nous travailler par en dedans. On pense que ça a dû se passer comme ça pour tout le monde, mais on n'en est pas sûrs. On s'est sentis très seuls, on s'est sentis comme isolés du monde.

Ici c'est pareil. Si Yvon-Yves Harvey joue le rôle de Beauté, Blanche et Petite y croient sans suspicion aucune. Elles sont payées pour ça. Quand on voit à quel point elles sont impressionnées par la grande Beauté calme et sereine, on se dit que le Liseux ne pourra faire autrement que de l'aimer lui aussi. Il comprendra tout le sérieux qu'on met dans nos séances. Comme Blanche et comme Petite, il n'acceptera jamais qu'on méprise nos jeux. Comme elles, il vengerait toute méchanceté, toute injustice, toute ignominie contre ce théâtre de trois sous. On aurait peur de manquer d'air dans notre cerveau tout à coup et que ça devienne une maladie mentale. On a confiance, mais pas trop. Parfois on n'est plus sûrs de rien. On aimerait mieux que Beauté revienne nous rejoindre par la route plutôt que par Yvon-Yves Harvey. Dans ce temps-là, Yvon-Yves et René Aumiroir, Blanche et Petite et tous les autres claquent des dents dans leur hangar humide. Ils ont peur de se retrouver chômeurs, ils ont peur d'être réduits à la grève de la fin.

173

L'histoire de Beauté c'est toute une aventure. Quand elle la raconte dans son dénuement, trois *Devoir* se baissent, une porte de placard s'entr'ouvre et des yeux liquides mouillent l'atmosphère du musée imaginaire de Merlin. Blanche et Petite tamisent la lumière aussitôt que René Aumiroir déguisé en présentateur de téléthéâtre déroule, étend, allonge son bras de cire vers la gauche de l'écran dans un geste lent de prince Armand en porcelaine pour dire, Mesdames et Messieurs, place au drame. On entend la musique des *Beaux Dimanches* et Beauté apparaît sous le générique dans toute sa maigreur de vestale, drapée dans un fourreau bleu de mer, les cheveux lâches et lourds, noir de jais sur ses épaules dénudées. Va-t-elle chanter cette aria de Mozart qui fait tant pleurer Beauté depuis qu'elle a eu quarante ans ? Va-t-elle réciter le *Lac* de Lamartine à la façon de Maria Casares qui fait se tordre de douleurs le Liseux éprouvé ? Va-t-elle gémir une tirade de Phèdre ou la *Romance du Vin* d'Émile Nelligan ? Ou encore *la Ralentie* de Michaux, des pages du Werther, les chants de Maldoror, *les Damnés de la terre, Un homme et son péché* ? Le générique est terminé. La voix de Beauté s'élève enfin, grave et monocorde à faire frémir les roseaux dans l'anse comme les mille harpes du désir. Mon serin s'ennuie ; il bat de l'aile contre les vitres ; mon serin... Top, coupez !

C'est foutu, il faut reprendre. Coupez, coupez. Heureusement qu'on est en différé. Les cordes des harpes sont des nerfs fragiles. On fait venir René Aumiroir. Blanche et Petite retouchent le maquillage d'Yvon-Yves Harvey pour donner davantage l'impression du dénuement le plus total du personnage de Beauté. Les ratés ont du bon. La vie c'est la vie. Il s'est trompé, ça n'est pas la fin du monde. On reprend. Moins le générique. Silence sur le plateau. Allez-y ! On tourne.

Beauté, triste et longue, réapparaît dans le moniteur. Fourreau bleu de mer, plis de vestale, l'oeil saillant, usé par l'épreuve, jus de citron, le front pur, très réussi cette fois, la bouche un peu bulbeuse, pas trop Yves, pas trop, ce seul élément encore charnel alors que tout le reste, même en gros plan, révèle l'allure ascétique de celle qui vient de perdre sa raison de vivre. Sa raison ? Non, elle est l'équilibre même. Son dépouillement témoigne d'un renoncement à la vie, la vie antérieure est évoquée dans le décor par ce fatras de costumes, plumes et ombrelles, bijoux, colliers usés, perles roulantes dans le fouillis d'une patère noire à gauche, dans le désordre d'une vanité envahie d'obscurité. Nous devinons le lit à baldaquin au fond. Très victorien. Acajou sombre, on y tient. Moins noire que cette nuit d'objets et de meubles en capharnaüm, mais tout aussi profonde, la bouche à peine sensuelle, bulbeuse à peine, oui, oui c'est ça, s'entr'ouvre. Même voix. Elle sonne du meilleur mezzo. Le plateau ne respire plus. On gobe sa voix parfaite. Quel métier ! C'est bon comme de la mie molle et chaude. Quand je vivrais encore...

Quand je vivrais encore longtemps... Mon Dieu, qu'il est horrible de se savoir repoussante, de n'avoir plus rien à attendre de la vie ! On la trouve belle, on la trouve bonne. On comprend que c'est ailleurs. *Close up*, puis, caméra numéro deux, plan américain. Silence parfait. Quand je vivrais encore longtemps, jamais je ne laisserai ma robe noire, caméra numéro un, en plongée, le fourreau bleu, jamais je ne laisserai ma robe noire, panique, jamais je ne laisserai, ça hurle, ça gesticule dans la console, jamais je ne laisserai son deuil, elle continue, sa robe noire, on a déjà, top, coupé, son deuil. Qu'est-ce que c'est que ce fourreau ? À l'étage, dans la console, ça sent la transpiration humaine. Sur le plateau, changement de costume. En bleu. Vraiment ! On ferme le placard, on remet les *Devoir* en place. L'habilleuse reçoit le fourreau par la tête et rigole jaune, on vous le jure. Quel foutu métier, la mise en scène.

Éva-Rouge et ses monks commencent à s'impatienter. Il n'y a plus rien à la télévision ce soir. René n'ose pas engager de nouveaux tours de bingo parce qu'il ne lui reste plus de mini-loto à donner aux gagnants. Il s'attend à ce qu'Yvon-Yves Harvey troque sa vareuse noire de coiffeuse italienne pour son tablier de bouchère. C'est l'heure de la relève comme à la citadelle de Québec. Et si c'était là qu'elle était ? Chez les Ursulines, peut-être ? Il faut que Beauté vienne nous rejoindre. Il le faut absolument. Le théâtre dérive. Le musée va sombrer, s'enliser dans le sable de la grève comme un crabe, comme un déchet radioactif de la malemer dépoétisée au coton. Éva-Rouge et ses monks vont se rouler dans la luxure. À leur âge. Qu'elle le fasse pour eux, si elle ne se sent plus capable de nous aimer. Nous la comprendrons, nous qui ne supportons plus ni *Passe-Partout*, ni *Goldorak*, ni rien en son absence. Le Liseux va encore se pendre tout seul dans son clocher. Le Liseux va se pendre à la place de Merlin Deusse, la cloche aux catastrophes. Ça va faire un scandale. Mauvaise mère. Mauvaise épouse. Mauvaise soeur. Mauvaise fille. Vilaine, si vilaine Beauté libre comme l'air. La vie ne vaut plus la peine d'être réinventée sans elle. Tant pis pour les acteurs, tant pis pour les téléspectateurs désoeuvrés.

Ça va si mal. On fait tout, mais il y a des jours. C'est la vie, mais il y a des jours. Ça ne marche pas. Ah, les damnées séances ! Vous vous donnez un mal de chien, mais quand ça se met à ne pas vouloir collaborer, aussi bien retourner à la solitude de l'écriture monastique, tiens. Oui, c'est bien ce qu'on se dit. Les fils de Laliberté en ont plein leurs coulisses, tiens, des drames des dames. Voilà. La damnée liberté. Si ça continue, on va devenir autoritaires à mort et répressifs et même facistes comme dans les manifestations contre *Les fées ont soif.* C'est qu'il s'agit de notre Beauté à nous, pas n'importe quelle fille de rien. Descendre plus bas est impossible. On a le goût de la dépression profonde. On a le goût de la névrose. Dégoût. Haine et névrose. On n'aurait jamais pensé qu'un jour. À nous, à nous. Aux autres, mais à nous ? On pense à Ken Russell. On pense à Sade et à Arrabal. À Bosch et à Bruegel. On pense à *Salo* de Pasolini. On a peur pour vrai. Jamais on n'aurait cru. Un seul être vous manque. Allez-y voir. S'il n'y avait pas une Manon, une noire Manon Rivest en nous. Et encore. On vous jure qu'elle est minoritaire, des soirs. Manon, Manon, qu'est-ce que c'est que cette manne du diable et ses mânes qui nous fauchent tout notre humanisme, notre optimisme ? Des fois vraiment, on est comme un seul homme épais qui ne sait plus quoi faire de ses peaux. On le sait qu'on a eu tort, on le sait. Mais il faut qu'elle vive encore. Il faut être capables de lui parler encore. Des histoires de fous, n'importe quoi, mais qu'elle vive !

L'aimer, la toucher avec nos mains de mains. Beauté n'est pas morte, Beauté n'est même pas morte pour nous ni pour personne. Il faut que ce soit ainsi. Le reste, ce serait des histoires à coucher dehors. Pour voir si ça se fait encore, une femme qui se couche sur les routes, au beau milieu des routes qui pourraient nous réunir au lieu de nous la ravir. Trouver la mort, la maudite mort, la maudite folle de mort qui ravage tout, qui empêche tout de recommencer une fois qu'on avait presque tout compris.

La folle du logis, maudite logeuse. Soudain on va lui dire qu'on ne peut plus lui payer son loyer, parce qu'on est en grève. À qui appartient ce musée, qu'en fera-t-il, qu'en fera-t-elle ? Qui est le propriétaire de ce trésor culturel, comme ils disent ? Un joyau. On n'en veut plus. Le théâtre de Laliberté va fermer ses portes comme l'institut de Beauté a fermé les siennes. Tant pis pour la postérité. On va fermer le théâtre de Laliberté puisque c'est dans la rue.

Puisque c'est sur les routes que se produisent les tragédies dans ce damné siècle-ci. On va devenir des journalistes, tiens. Comme ça on serait bien plus sûrs de la retrouver, notre Beauté. Un fait divers, tiens, un simple entrefilet dans *Le Clairon* de Saint-Hyacinthe ou dans *Le Devoir* de nulle part. Inquiétude. Impuissance. Comment lui dire d'exister à tout prix ? Ce n'est pas le métier de metteur en scène qui va nous sortir de cette angoisse-là. Ce théâtre de poche n'est qu'un foutu hangar à débarras encombré jusqu'aux combles par des fantasmes déguisés en personnages bidons. Parfaitement. On va tout brûler. Si on laissait notre peine grossir encore sa vague, elle pourrait tout éteindre ce qui brûle déjà. Ça se remettrait à vivre sans Beauté dans un raz-de-marée qui nous submergerait, qui nous avalerait, qui nous digère déjà comme la plus insignifiante grève du monde. On aime autant le dire, on n'en peut plus.

Blanche et Petite ont penché la tête. Elles n'ont qu'une tête à présent. Elles penchent la tête vers l'abîme de leurs mains et san- glotent comme des dévotes. Le théâtre de Laliberté les a rapetissées comme des têtes de zoulou bouillies. Le théâtre de Laliberté les a concoctées comme de la tête fromagée et elles prennent en gelée raide et luisante dans leurs morceaux, dans leurs lambeaux. Elles ne valent plus cher. L'institut de Beauté va s'écrouler sur elles. Les masseurs masqués par des *Devoir* jaunis ont fondu sur leurs chaises. Il fait trop chaud dans le musée imaginaire de Merlin. Les person- nages de cire coulent par leurs yeux, par leurs nez, par les trous qu'ils ont partout comme les bouches d'évacuation du fromage suisse d'Emmenthal. Ils s'évacuent comme une lave préhistorique dans les vésuves de leurs trous béants. Ils rentrent en eux et s'écrou- lent le long de leurs parois acides. Ça sent la chair grillée, ça sent la cire humaine, le cochon gras, le suif de cul, le charnu autour des trous. Ça sent l'ancien fromage d'Oka. On entend vomir le boucher Foucault dans son antre. Yvon-Yves Harvey a peur de la mort quand il se déshabille, quand il enlève ses peaux qui puent sous les réflecteurs. Yvon-Yves Harvey va ensevelir Beauté alias Félicité Angers, la première des filles de Beauté et la dernière. Ça sent le cadavre roussi dans les coulisses. Ça sent la mort dans l'âme du comédien.

Le Liseux vit, le Liseux lit. Imaginons pour lui le voyage de Beauté. Imaginons le pire. Ce voyage impossible, ils le feraient quand même, Maurice et sa toute Beauté, entêtés et sauvages comme dans les plus beaux romans des fils de Laliberté. La Côte-

Nord. Retrouver au passage le pays de hantise, le Pays Rouge de Maurice-Merlin-Manon, le pays de la découverte indicible d'un bonheur. De Saint-Hyacinthe à Québec, puis de Québec à La Malbaie. Ce serait une chevauchée héroïque pour leurs corps transis, collés, ruisselants et penchés vers le nord constamment repoussé. Québec, Saint-Tite-des-Caps, la pluie comme un rideau de fer. Saint-Tite-des-Caps, Baie-Saint-Paul, la brume épaisse comme un masque de cire et funèbre comme ceux qu'on applique sur les faces décharnées des saintes mortes. Affamés, purs et délavés par la fuite vers un nord bouché, un fleuve bouché, sournois, tapis au long de la route sous les falaises. Imaginons que nous sommes Maurice et Beauté dans leur Mustang rouge clair. Imaginons, pour voir.

Le miracle de Saint-Joseph, Saint-Joseph-de-la-Rive, en bas de la côte de la mort, le havre, l'île et ce panorama basculant sous la brume comme si ça n'était pas nous qui dévalions la pente, mais tout ce paysage de mer et de roc sous la grisaille qui montait vers nous. Sans souffle, les tympans bourdonnants, cette plaque de vie sous la grisaille immense, ce long travelling de rêve comme un rêve plein l'écran qui éclate et remplit l'espace. S'arrêter, stopper pour jouir, arrêter ce mouvement ascendant vers le bas pour qu'il bascule en nous maintenant, pour le vivre dans toute sa contradiction, son utopie, pour le vivre, l'avaler, affamés, transis, cloués ensemble, soudés comme à une même monture. Mais c'est impossible. La pente est un miroir sous la pluie ; la chaussée, c'est un fleuve, une cataracte. Nous coulons dans les méandres. Le ciel monte et nous coulons à pic, nous sommes la route, ce serpent gluant qui se tortille. Changer de peau, ramper comme lui ou glisser, glisser comme graisse onctueuse, coulante bouillante vers ce havre étouffé sous le magma lactescent de la brume éternelle. Puis cette odeur de roussi, cette fumée acide entre nos cuisses comme si les freins fondaient, avaient fondu après cette retenue, cet effort cranté dans l'éternité de la descente. On en oublie les pneus qui ont vieilli de cent ans, qui sont devenus chauves et minces comme nos peaux tendues. Sous le capot, les chevaux-vapeur écument. Puis par un mouvement de balancier, dans un manège fou, nous remontons. La Mustang rouge reprend ses proportions de voiture rouge et nous redevenons ses passagers nolisés vers le Nord.

L'odeur du pain de ménage, le pâté du pays et la cendre du ciel comme un assaisonnement sur le fleuve. Nous oublions la peur, la joie, l'angoisse et la félicité de cette communion intime avec la fin

178

du monde. Remonter vers la surface. Pour voir. Pour voir si elle existe, si le cataclysme a tout ravagé. Comme si l'on avait vécu sous le couvercle étanche d'un abri pendant que la terre éclatait au-dehors. Retombées, retombées radioactives sur ce paysage lunaire. Peut-être qu'on va s'éparpiller comme de la couleur dans une peinture de Riopelle. Peut-être que non. Du gris opaque encore. De Saint-Joseph aux Éboulements, on remonte vers une vie morne, un semblant de vie coffrée dans la même oppressante grisaille. Les Éboulements, Pointe-au-Pic et La Malbaie.

La Malbaie, autre cuvette, autre descente. Moins spectaculaire, moins éclatante, parce que cette descente vers La Malbaie est accompagnée de bruine et de brume. La cuvette est remplie de la même épaisse substance grise. On ne se sent plus remonter vers les caps. Tout est égal, tout est nivelé par ce gris. On se rend à peine compte de la proximité du gouffre que surplombent la falaise et la route. À l'est des hameaux accrochés dans l'anonyme anfractuosité du roc, nous serons nous-mêmes suspendus dans l'équilibre précaire entre les marées rongeuses et le ciel qui s'effondre.

Port-au-Persil, vu d'en bas, ce doit être un nuage gris sur fond gris. C'est rien. Vu d'en haut, c'est un fantôme qui s'écoule, fluide ou vaporeux vers l'abîme du fleuve. Puis c'est un vrombissement d'air, l'éclatement sourd d'une pétarade interrompue, sous nous, les pneus éclatent, c'est l'embardée, le froissement métallique dans le froissement des broussailles, un frisson d'arbrisseaux, la lente chute dans le vide. Cette lueur instantanée, point rouge qui perce l'espace d'une durée infinitésimale, c'est la carlingue qui saute sur le roc, notre monture fracassée qui brûle à peine sous l'ouate imbibée, saturée d'eau qui étouffe tout. Alors l'incendie de mon corps inerte me ronge. Ma chevelure crépite et fond. Cochon grillé. Ça sent la chair cuite, l'étable, l'érable fumé, le boudin fumant. La mort chaude. La mort vraie. Maurice, ficelé dans les buissons, Maurice éjecté hors de ma mort me regarde me consumer sous la blessure métallique d'une Mustang rouge flamme.

Je ne serai plus jamais sa Marie-Beauté, sa Beauté d'amour. Maurice a vu fondre sous lui celle qu'il aimait, celle que j'étais. J'ai perdu mon enfance, ma jeunesse, mon image. Beauté n'est plus qu'un souvenir de Beauté, un personnage dérisoire de chansonnette oubliée, un pseudonyme inutile et vain. Toute chirurgie m'est vaine. Je ne serai plus jamais la même, celle d'avant l'écroulement des mondes, celle d'avant la faute. Il n'y a pourtant pas eu de faute. Prostrée comme une Carmélite, j'invente Dieu, je le prie, je coule

179

vers son fleuve. Je n'ai plus de mots pour la prière. Je n'ai plus de corps. Je suis le don total, l'aumône, le pain humble qu'on mange, le pain qu'on jette aux oiseaux de feu.

Je cherche la beauté en moi. Je suis Félicité. Je cherche l'amour, je cherche Celui qui cherche. Je ne suis plus qu'une chercheuse de pou, mais je m'applique méthodiquement. Avec Beauté, avec Beauté et ses soeurs et mes soeurs, avec toutes les filles de Beauté, toutes celles qui viennent me voir. Je travaille dans la tête des femmes. Je monte bien ces têtes. Je coupe et j'ondule. C'est pour une permanente. Un bonheur permanent. La solitude de mes doigts dans les crinières épaisses. Le cuir lacéré par mes ongles sous leur tignasse emmêlée, savonneuse, liquide. Pour qu'elles souffrent. Souffrir pour être belle comme je ne souffre plus parce que je me suis débarrassée de moi-même. Qu'elles fassent comme moi, qu'elles se fassent violence, qu'elles se mettent à être vivantes dans leur peau. Les filles de Beauté seront seules, mais elles seront libres. On roule autonome. On est seule, mais on est libre et on va où on veut quand on le veut, sans drame, sans théâtre. Dans toutes les directions. Mais jamais plus vers le nord, le Pays Rouge de la souffrance. Jamais plus le Nord, parole de Beauté.

Yvon-Yves disparaît dans le black-out de la scène.

Les monks ont mis leurs gants gris perle. Quand Monkomer, quand Monkpit déplient ainsi doigt par doigt leurs gants d'entrepreneurs cérémonieux, c'est qu'il y a de la pompe funèbre qui se prépare. Le cercueil se fermera avec ce clic si chic des sacs à mains de qualité. *Genuine leather.* On ne reverra plus jamais grand-maman Éva-Rouge ? Qu'est-ce que c'est que ce satin qui dépasse du cercueil ? Qu'est-ce que c'est que cette boursoufflure luisante sur le visage de soie, cette couche de cire diaphane sur la tempe creuse d'Éva-Rose ? On ne verra plus le masque d'Éva-Rose Angers. On a fermé la boîte, l'écrin, le réticule. Le cliquetis des grandes solennités. Les limousines longues, interminables comme la rue Girouard. Le son du garde-à-vous des zouaves pontificaux et celui des Chevaliers de Colomb. Où sont les fils de Laliberté ? Ce petit bruit clinquant de la chaînette sur l'estoc et les épées fausses mais brillantes, ce déclic s'amplifiant dans la cathédrale de Saint-Hyacinthe, les portes qui s'ouvrent avec tant de haute dignité, puis les orgues du cousin Casavant qui geignent l'accueil du corps mortel. Qu'est-ce que c'est que ce satin rose qui déborde en avalanche sous le catafalque, ce satin qui risque de s'enrouler, qui ruisselle, qui s'enroule définitivement dans le mécanisme des roulettes et de la suspension de la guimbarde ? Et se tendre et se plaindre et se rompre dans le cri de soie déchirée d'un animal broyé dans son piège.

Il a fallu rouvrir la tombe. En pleine cathédrale, en pleine pompe alors que les grandes orgues s'enflaient pour le mémento des vivants. On a bougé ses mains sous le drap noir. On a bougé sa tête et son visage en entrebâillant le couvercle qui ne voulait plus s'ouvrir. Amas de satin froissé. Friselis de petits doigts gris feutrant parmi la soie grêche. Et ce visage défait déjà, le visage arraché déjà comme un cataplasme sur la plaie bleue. Sous les draps noirs, dans l'entrebâillement du couvercle j'ai vu, on a vu ce masque qui adhérait au satin des garnitures tandis que grand-maman se décomposait dans sa mort comme elle l'avait fait de son vivant. Absence de sang. Odeur forte parmi les cierges et l'encens, derniers parfums de Beauté. Absence de Beauté surtout. Absence remarquée de Beauté aux obsèques de celle qui fut. Qui fut. La mort vive.

Les orgues se sont tues. On a ficelé la boîte de chêne blond, on a remis le drap noir du catafalque sur les jointures de bronze et le mécanisme de la levée du corps a fonctionné dans le silence hydraulique des poulies lubrifiées de la guimbarde. Sans enlever leurs gants gris perle, Monkpit et Monkomer ont calmement redescendu l'allée jonchée de pétales de pivoines rouges jusqu'au portique. On pouvait les voir se tordre en deux et disparaître dans un grand rire étouffé par les grandes portes qui se refermaient sur le charnier de leur propre désagrégation.

Qu'est-ce que c'est que ces cathédrales dans les caves du musée imaginaire de Merlin ? Le Liseux n'en revient pas de voyager ainsi comme la cloche de son beffroi et comme le Chemin du roy, cordon ombilical accompagnant le fleuve hors de ses eaux fécondes. Jusqu'à la mer ; quelle mère ? René Aumiroir a fait le reportage du grand service première classe d'Éva-Rouge. C'est lui qui a construit cette cathédrale de carton-pâte dans le sous-sol. L'institut de Beauté est maintenant investi par des fantômes domestiques. La cave du musée est devenue notre caveau familial. Nous y moisirons tous lorsque l'imaginaire se racornira au point de nous faire tous disparaître. C'est peut-être demain la veille.

La lettre de Merlin

Félicité Angers que j'appelle, Félicité où es-tu
toi de même tu n'as pas de maison ni de chaise
tu erres, aujourd'hui, tel que moi, hors de toi
et je m'enlace à toi dans cette pose ancienne
                                    Gaston Miron

Une liseuse idéale

C'est Beauté qu'on entend. C'est maman. Elle a forcé la porte de l'affabulation. Beauté va assiéger le musée imaginaire qui va devenir réel. Car maman n'est pas fictive. Beauté est aussi réelle que ses filles sont inventées. Si Beauté franchit le seuil, ce seuil du lieu qui va basculer à son tour dans la réalité, c'est qu'elle a roulé sans catastrophe sur un chemin d'asphalte et de soleil sans mirage jusqu'à nous. Maman aura roulé jusqu'à nous, victorieuse, dans sa Ford obligée comme elle dit pour amollir l'éclat bourgeois de sa trop rutilante Thunderbird Grand Coupé sport flamme.

On fait semblant de rien. On la laisse nous trouver. Maurice dort entre les quenouilles du lit parmi sa prose endolorie par l'ankylose de la recherche historique. Manon sommeille en ma mémoire tandis que j'attends maman en retenant le clocher du musée de toutes mes forces pour qu'il ne s'effondre pas tout de suite dans ma chimère. Il faut que ça dure encore un peu malgré le grand tapage de Beauté qui frappe dans l'entrée de service. Telle

182

qu'on la devine, c'est par la grande porte qu'elle va finir par entrer avec effraction.

On pourra disposer à la rigueur de Yvon-Yves Harvey et de René Aumiroir. Mais le Liseux, mais le Liseux ? Qu'est-ce que je vais en faire ? Qu'est-ce que je vais faire de lui maintenant que tout s'achève, que tout va s'accomplir comme dans les inévitables Saintes Écritures ? Il faut le libérer. Il faut que je le fasse s'envoler de lui-même avant le cataclysme de l'effondrement final.

Je vois la scène.   Je la provoque.   Je l'inventerai bientôt.

On écrivait contre le mur. Nous inventions face au mur nu des histoires vraies pour un Liseux imaginaire. Maintenant que je suis seul en cette confrérie, le mur s'écarte brusquement comme une lourde tenture de gypse. Le bleu de mer et le vert du paysage éclatent comme offensés par le demi-tour qui s'enfermait avec nous. Je jure que ce bleu et que ce vert n'ont jamais existé avant ce moment précis. C'est un bleu neuf de ciel vrai, un vert humide et frais de salade ombragée. Il faut laisser un paysage se composer lui-même avec cette palette sans nuance : c'est bleu, c'est clair et lumineux, jamais turquoise, c'est vert et ça dit un secret végétal et sombre. Sans bavure aucune, en silence. Ça révèle, mais ça ne parle pas pour rien dire. Hormis ces pas maintenant, ce bruit concret des pas de Beauté qui marquent dans mon dos, derrière la porte fermée de la chambre, leur progression vers l'escalier, c'est un silence ouvert dans le jour vindicatif, c'est une mutation muette et définitive.

À chaque plainte d'une marche s'accorde l'accompagnement sourd et rythmé de la rampe qui résiste sous la pression de la main, du bras, de tout ce corps en ascension lente et lourde vers l'étage. La chambre elle-même en assomption se dessine, se meuble autour de moi. Ça émerge dans le midi des choses. Les quenouilles chantournées, Maurice, la moquette, des pantoufles. Bientôt d'autres objets sortent des limbes où ils s'engourdissaient d'inexistence, relégués par nous, par moi, comme Maurice lui-même, comme l'être même de mon père, mon essence, ma propre pesanteur dans un autre univers. Abat-jour, bibelots, presse-papier, pot de chambre. Avec furie, les couleurs recouvrent prestement le centre et le contour des choses, sans bavure, en léchant proprement, comme ce bleu, comme ce vert qui ne s'estompent jamais. C'est le rouge d'un tiroir d'acajou, le blond mat du lit et ce sont les draps crayeux, mais sans aucun flottement, sans le moindre pli. Ni demi-teinte, ni dégradé. Rien ne se mêle, ne se marie ni ne s'influence dans cette clarté nette et crue de la lumière qui a tout envahi autour de moi, autour de nous.

Je devine l'armoire, non, je la vois qui s'impose, se découpe antique et massive dans la rusticité de ses pointes de diamant. Cerclées de fer noir sans fioriture, les glaces au tain limpide reflètent ce même bleu, ce même vert sans compromis, sans tricherie. Les deux miroirs jouxtent la commode. Les deux miroirs sont des fenêtres percées dans un ciel de pivoines rouges. Les deux miroirs reproduisent les formes et les limites de ce qui veut, devant mes regards impuissants, devenir le paysage tabou, le panorama interdit, la nature même des choses refusées.

Les désirs extérieurs s'enfuient dans toute l'indépendance de la route, des buissons et du fleuve en contre-bas des falaises dans le vide. Quand les pas de Beauté s'assourdissent, c'est le palier qui accueille l'hésitation de tout son corps tendu vers chaque porte parce que ses yeux me cherchent déjà. Les yeux de Beauté fouillent dans la presque obscurité du corridor, les numéros de cuivre qui se refusent à refléter le code précis qu'on leur demande. Beauté cherche le chiffre de mon âge dans l'entêtement froid de toutes ces portes closes, dans l'immuabilité mate et secrète du chiffre douze qui l'entraîne jusqu'au bout du corridor dans le noir total. C'est avec ses doigts qu'elle inventera ce deux, puis ce un, ce douze inversé, recomposé dans un braille cabalistique. Chambre douze, case magique, boîte à surprises, prison de lumières, jarre de Pandore et Merlin pin pin. Douze, la maison du pendu dans le tarot de mon attente.

Ce jour installé dans la chambre a l'éclat d'un commencement du monde. Ce grand jour n'a d'égal que cette sourde latence derrière le mur, latence guettée elle-même par l'éclatement, par l'aveuglant réveil qui l'assaillera bientôt. Quand la porte sur ses gonds imposera la vie toute crue, la mort subite du clair-obscur, du noir total. C'est passer de Rembrandt à Van Gogh, de Dufay à Mozart. Quand la porte s'ouvrira. Quand la porte s'ouvrira enfin, toutes les pivoines de la chambre de Port-au-Persil assailleront Beauté qui se protégera le regard de sa main et de son bras levés. S'étonnera-t-elle de voir dormir Maurice aussi profondément dans cette profuse lumière de midi ? S'étonneront-ils tous deux de mon absence ?

J'ai quitté cette chambre. Je suis en haut. Comment nommer ce lieu maintenant que le musée a disparu. Vais-je persister dans l'image du clocher de caserne ou me réfugier dans ce grenier de la pension de Port-au-Persil ? Maintenant que Beauté a tout saccagé, alors que toute l'installation du musée imaginaire de Merlin est ravagée par l'obséquieuse réalité du jour, comment puis-je nommer ce réduit surchauffé, cette fournaise sous les combles où je cuis, où le face-à-face avec le Liseux est devenu inévitable ? Car je suis seul avec lui maintenant, plus démuni qu'un enfant sans personne avec lui dans la cohue, plus seul et plus abandonné qu'une des filles de Beauté sans ses soeurs. Et il est là, et il m'attend. Comment lui dire que je l'aime, sans complaisance, qu'il est ma force, ma joie, ma raison de produire ces maigres histoires d'amour ?

Je lui ressemble. Je suis pareil à lui. Dans cette intimité, dans cette promiscuité la gêne m'empourpre. C'est le dépouillement définitif des autels, le jeûne, l'ascèse, l'obscure jouissance du plaisir solitaire. Nul témoin, nulle aide, nulle complicité que ce regard qui me pénètre en élaguant de lui à moi toute distance, toute pudeur, toute interdiction. Je suis le Liseux et j'ai habité son silence comme une musique muette, une pure musique sans histoire. Une petite musique de nuit.

Redescendre maintenant vers la beauté des êtres qui se lovent en amont du sillage bleu et vert de la tendresse. Le Liseux n'existe plus déjà que dans cet effort ultime de le voir s'envoler de son clocher comme un oiseau de mer que ses ailes de géant gênent. Mais il s'est jeté dans le vide. Généreux et confiant. Lourd comme l'airain de sa cloche, épouvantable comme la stridence du tocsin et terne parfois et patiné dans sa jeunesse comme le bronze aux pigeons des statues. Mon chant, ma plainte, mon appel au secours n'implorent que la clémence du soleil beau phénix aux yeux crevés par des visions naïves. L'oedipienne aventure craque de partout et sombre.

J'avais juré d'étouffer cet élan, d'empêcher cette chute, cet envol, cet écrasement dans la matière inerte de la mort de l'enfance. Mais je les ai vus, trop vus dans toute leur nudité parentale et fétide. Elle et lui, mère et père scrofuleusement enfouis l'un dans l'autre, engoncés outrageusement dans le bonheur adultérin de l'étreinte, moi le témoin involontaire de leur libertinage de plein midi, radieux et mous dans leurs ébats cadencés. Beauté-Maurice, Maurice-Beauté, roulant comme une seule chair aux confins du lit houleux qu'un ciel par-dessus des quenouilles hautes baptisait de lumière. Je ne pouvais pas m'empêcher d'observer cette scène admirable dans toute sa bruissante activité de cigales caniculaires.

N'étais-je pas le fruit unique et exclusif de cette union ? Pourquoi Maurice m'enlevait-il encore par la force et la brutalité de son âge, la Beauté essentielle au mien ? Pourquoi me ravir dans des gestes incompréhensibles et inconfortables cette Beauté mienne de toute éternité, avais-je cru ?

Je n'invente plus. J'invente encore. J'invente au grenier de ma mémoire, ma noire Manon Rivest parce que ma mère est une femme qui fait l'amour. J'invente ma noire Manon Rivest parce que ma femme est une mère qui fait l'amour dans une vraie chambre, dans un vrai lit avec un homme aussi vrai, aussi vieux qu'elle. Je m'invente une Liseuse neuve parce que mon père m'a volé ma Liseuse idéale. Mais comment faire l'amour à Manon ? Comment ferais-je l'amour avec Manon ? Quand on est un fils de Beauté, on a toujours douze ans pour elle et pour toutes ses filles. Il fallait bien que je le dise au monde entier, à mon tour.

FIN

à Sainte-Julie de Verchères
1980-1982

186

Table

Dans la collection Prose entière

dirigée par François Hébert

Dans la collection
Prose étrangère

1. Margaret Doerkson, JAZZY, roman, 1981.
2. Margaret Atwood, LA VIE AVANT L'HOMME, roman, 1981.
3. George Bowering, EN EAUX TROUBLES, roman, 1982.

Dans la collection Mémoires d'homme

dirigée par Jean-Pierre Pichette

1. Jean-Claude Dupont, CONTES DE BÛCHERONS, 1980.
2. Conrad Laforte, MENTERIES DRÔLES ET MERVEILLEU-SES, 1980,
3. Gérald E. Aucoin, L'OISEAU DE LA VÉRITÉ, 1980.
4. Bertrand Bergeron, LES BARBES-BLEUES, 1980.
5. Clément Legaré, LA BÊTE À SEPT TÊTES, 1980.
6. Jean-Pierre Pichette, LE GUIDE RAISONNÉ DES JURONS, 1980.
7. Hélène Gauthier-Chassé, À DIABLE-VENT, 1981.
8. Donald Deschênes, C'ÉTAIT LA PLUS JOLIE DES FILLES, 1982.
9. Clément Legaré, PIERRE LA FÈVE, 1982.

Dans la collection Prose exacte

dirigée par François Hébert

1. Roger Savoie, LE PHILOSOPHE CHAT OU LES RUSES DU DÉSIR, 1980.
2. André Brochu et Gilles Marcotte, LA LITTÉRATURE ET LE RESTE (livre de lettres), 1980.
3. René Lapierre, L'IMAGINAIRE CAPTIF: HUBERT AQUIN, 1981.
4. Jean Larose, LE MYTHE DE NELLIGAN, 1981.

Lithographié au Canada
sur les presses de
Métropole Litho Inc.